JN049485
放課後はケンカ最強の
ギャルに連れこまれる生活
3
彼女たちに好かれて、僕も最強に!?

KEYWORD

四大派閥

聖ルキマンツ学園の有力不良派閥。女帝こと夏凛が率いる少数精鋭の小日向派、ならず者たちが多い荒井派、統率が取れていて頭もキレる鬼頭派、明るくケンカを楽しむ斑鳩派など、各派閥によって個性的。荒井派と鬼頭派とのケンカに勝利した史季の次の対戦相手は……

斑鳩獅音《いかるがれおん》

高校３年生。ふだんは明るく気の良い先輩で、ケンカが何よりも大好き。親友の服部翔や、妹分のアリスとともに斑鳩派を率いており、派閥の不良たちも和気あいあいとしている。

付き合う女性が総じて色んな問題を抱えており、「マインスイーパー」という異名も持っている。

地下格闘技場

街のビジネスホテルの地下で、違法に開催されている格闘賭場。不良たちが参加して、リングで勝敗を争う。

ケンカに対して情熱を燃やす斑鳩獅音は、あまりにも勝ちすぎてこの賭場を出禁になってしまった過去もある。運営しているのも半グレ組織のため、フェアに試合が行われているとも言い難く……

アウルム

この地域一帯において最大とされている半グレ組織。

金属スクラップの違法ヤードをアジトとしており、創設者の入山敦は警察からもマークされている危険人物。

地下格闘技場の運営などにも関わっており、以前から場を荒らすルキマンツ学園の生徒を目の敵にしている。

な、なんだよ……
変なところあったら

言えよ……？
もしも夏凛が水着になったら……

放課後はケンカ最強のギャルに連れこまれる生活3

彼女たちに好かれて、僕も最強に!?

亜逸

ファンタジア文庫

3395

口絵・本文イラスト　ｋａｋａｏ

CONTENTS

プロローグ

一年最強決定戦から数日が経《た》ち、鬼頭蒼紘《きとうあおい》とのケンカで負った傷が粗方癒えた頃だった。

放課後、予備品室に向かおうとしていた史季《しき》の前に、斑鳩《いかるが》派の頭《トップ》――斑鳩獅音《れおん》が姿を現したのは。

「よお、折節《おりふし》。ちょっとそこでオレとケンカしてみねえ？」

灰色《アッシュ》混じりの黒髪をソフトツーブロックと重ためスパイラルパーマでばっちりとキメた、足長高身長のイケメンが、ナンパするようなノリでケンカに誘ってくる。

実際声をかけた相手が女子で、なおかつ誘い文句が「ちょっとオレと遊ばない？」だったならば、多くの者が迷うことなく首を縦に振っていたことだろう。

もっとも、男子な上にナンパではなくケンカの誘いを受けた史季の返事は、真逆の意味で微塵《みじん》の迷いもなかったが。

「い、嫌ですよ！　そもそも斑鳩先輩、なんでやる前からそんなにボロボロになってるんですか⁉」

その指摘どおり、斑鳩の顔には青痣《あおあざ》ができていたり、唇が切れた痕ができていたり、絆《ばん》創膏《そうこう》やらガーゼやらが貼られていたりと、なかなかにボロボロな有り様になっていた。

「いやぁ、派閥の連中に『折節はオレの獲物だから手ぇ出すな』っ言《つ》ったら、勝手なこと言うなだの何だのと文句言われちまってな。めんどくせえから文句がある奴《やつ》全員とタイマン張って黙らせたんだけど、さすがにアイツら相手に一〇連戦はきつかったわ」

などと言っている割りには、「あ〜楽しかった」という顔をしていることはさておき。

史季は、荒井《あらい》派の頭《トップ》——荒井亮吾《りようご》とのタイマンに勝って以降、数多くの不良からケンカを売られるようになった。その中でも特に手こずった不良について夏凛《かりん》たちに確かめてみたところ、そのほとんどが斑鳩派のメンバーだった。

だからこそ、息を呑《の》んでしまう。斑鳩派の不良たちを相手に一〇連戦もタイマンして勝利することが如何《いか》に困難なことかを、身をもって理解していたから。

「けど、そうだな……確かに折節の言うとおり、どうせやるならお互いベストな状態の方がいいよな」

「いや僕そんなこと一言も言ってないんですけど⁉」

「お？　言ってなかったか？　まあいいや。気が変わったら言ってくれよな。いつでもどこでも相手すっから」

それだけ言い残し、斑鳩はあっさりと立ち去っていった。

「確かに小日向《こひなた》さんは、ちゃんと『嫌だ』って断れば引き下がってくれるとは言ってたけど……」

まさか本当に、こうもあっさりと引き下がってくれるとは思わなかった。

これには史季も、ただただ唖然《あぜん》とするばかりだった。

しかし、あまり唖然としすぎていると、いつの間にやら集まっていた野次馬《ギャラリー》の注目を余計に集めることになってしまうので、史季は誰にも見つからずに予備品室へ向かうためにも、そそくさとこの場を後にするのであった。

◇◇◇

史季にケンカの誘いを断られ、あっさりと引き下がっていく斑鳩を眺めながら、ピンク色の髪をツーサイドアップにまとめた、現状においては斑鳩派で唯一の一年生の女子——五所川原《ごしょがわら》アリスは、噛《か》んでいたフーセンガムを膨らませながら楽しげに笑う。

(れおん兄《にい》、早速やってるっすね〜)

鬼頭派が斑鳩派のために限定配信した、史季と蒼絃のタイマン動画はアリスも視聴している。だからこそ、斑鳩が史季とのタイマンを熱望するのは、彼をよく知るアリスからしたら自明の理でしかなかった。

(てゆうか、折節先輩といい鬼頭蒼絃といい、まともにやり合ってたら余裕で返り討ちにされてたっぽいすよね……)

一年最強決定戦に出場した際、史季にかけられた一〇万円という賞金に目が眩《くら》んで追いかけ回した時のことを思い出す。

おそらくは――の話になるが、どうにも史季は斑鳩と同様、女性には手を上げられないタイプだったようで、ひたすら逃げの一手を打ってくれたおかげで、アリスは命拾いした。

そう言い切れるほどに、動画で見た史季のキック力とタフネスさは尋常ではなかった。

尋常ではないという意味では、鬼頭蒼絃も大概だった。

斑鳩派の中にも格闘技や武道を嚙《かじ》っている人間は何人かいるが、鬼頭蒼絃のそれは嚙っているとかいうレベルではない。修めていると言っていいレベルだった。

いくら腕自慢が集《つど》う斑鳩派といえども、この二人に勝てる人間はそうはいない。

それこそ、頭を張る斑鳩獅音本人か、斑鳩派にしては珍しく滅多にケンカはしないが、事実上派閥のナンバー2にあたる斑鳩の親友――服部翔《はっとりしょう》くらいのものだろう。

たぶんきっとだいたい斑鳩派ナンバー3のアリスが勝てる相手ではない。

（一年の中で一番強いことを証明できたら、れおん兄もぼくのことを子供扱いしなくなるかもと思って一年最強決定戦に出てみたけど……ちょ～っと考えが甘かったっすね）

とほほ……と、ため息をつき、悠然と歩き去っていく斑鳩の大きな背中を見つめる。

一年最強決定戦で優勝して、斑鳩に一人の女として見てもらう計画《プラン》は失敗に終わった。

けれどアリスはへこたれない。

なぜなら、失敗したのはあくまでも計画の第一弾にすぎないからだ。

第二弾はすでにもう考えてある。その内容は来週に迫っている斑鳩の誕生日に、子供では買えないような高額のプレゼントを贈ることだった。

（こないだれおん兄は、新しいギターが欲しいって言ってたっす。ここで一〇万くらいするギターをプレゼントすれば、れおん兄もきっとぼくのことを一人前の女性《れでぃ〜》として見てくれるはず！）

あ、でもそんなお金があったら新しいバッグが欲しいかも——と、ついうっかりそんなことを考えてしまい、邪念を振り払うためにフルフルとかぶりを振る。

（あの方法なら、一〇万くらいパパッと稼ぐことができるはず！　そのためにも、どうにかして折節先輩の弱味を握らないと！）

割りと最低なことを心の中で宣《のたま》いながら、堂々と立ち去っていった斑鳩とは対照的にコソコソと立ち去っていく史季を注視する。

誰の目にも留まりたくない——そう体で表しているような、堂々たる（？）コソコソっぷりだった。

（弱味、早速握れちゃうかもしれないっすね〜♥）

ニンマリと笑いながら、アリスは史季の後を尾《つ》けていく。

子供の頃、近所のお兄ちゃんだった斑鳩と服部がどこかに出かけた際、二人のことが

――というか斑鳩のことが大好きだったアリスは、今のように尾行して、よく二人の後について行った。

髪色が派手になった今でも尾行の腕は健在――というか、髪色が派手になったからこそ尾行技術に磨きをかけたので、犯罪者さながらに周囲を気にする史季を尾行することくらい、アリスにとっては造作もない話だった。

しばらく尾行を続け……史季の訪れた場所が、体育館の舞台脇にある控え室だったことに、アリスは舌打ちする。このまますぐに自分も控え室に入ってしまったら、中にいる史季と鉢合わせになる恐れがある。それゆえに漏れた舌打ちだった。

そうならないためにも、アリスは三〇秒ほど待ってから控え室の扉に近づき、物音が聞こえないことを確認してから、そ～っと扉を開けて、そ～っと中に入る。

控え室内に史季の姿がなかったこと、つまりは尾行がバレずに済んだことに安堵《あんど》するも、それは史季を見失ったことと同義でもあるので、すぐさま彼の姿を捜すために視線を巡らせる。

いったい史季はどこに行ったのか……目ではその痕跡を見つけることはできなかったが、耳が微《かす》かな音を拾い、アリスは片眉を上げる。

（今のって……扉が閉まる音？）

控えめに閉めた末に少しだけ音が鳴ってしまったような、本当に微かな音だったが、今、確かに、舞台の方から扉が閉まる音が聞こえた。

具体的な位置まではわからないが、舞台に扉なんてものがあるとしたら舞台幕の裏以外には考えられないので、舞台最後方にあるホリゾント幕の裏に入り、足音を殺して舞台の中央へと進んでいく。

そして、見つける。暗証番号式の電子ロックがついた、両開きの扉を。

(さすがに、適当に入力してどうにかなる感じじゃないっすね)

この学園のことだ。何回か暗証番号を間違えたら、警報が鳴るくらいの仕掛けは施しているかもしれない。中に入るのは、無理だと思った方がいいだろう。

だが、史季が誰にもバレないようコソコソとこの扉まで来ていた時点で、この場所の存在こそが彼にとっての弱味であることは明白。

(これはもう、勝ち確ってやつっすね〜♥)

いったい何に対して勝ったのかは謎であることはさておき。

アリスはあくどい笑みを浮かべると、今にもスキップしそうなご機嫌な足取りで、されど器用に足音を殺しながら、扉の前から立ち去っていった。

第一章　地下格闘技場

アリスに尾行されていたことなど露ほども知らない史季は、小日向派のたまり場になっている予備品室の扉を開ける。

「あっ、史季先輩！」

中に入ると、今や学園全体に美人っぷりが知られつつある、長い黒髪が大和撫子《やまとなでしこ》という一語を想起させる後輩女子——桃園春乃《ももぞのはるの》が弾んだ声で出迎えてくれた。

「お？　来たか折節。ちょっと遅かったじゃねぇか」

春乃とは対照的に、淡泊な物言いが淡泊に感じないほどの幼女声《ロリボイス》で出迎えてくれたのは、声音どおり幼女じみた外見をした、金髪ウルフボブの少女——月池千秋《つきいけちあき》。

その手には、ロングスカートのスリットから取り出したスタンバトンが握られていた。

そんな彼女の足元には、あられもないほどに着崩した制服がさらに乱れ、ややクセのある亜麻色の髪をも乱して床に倒れている、氷山冬華《ひやまとうか》の姿があった。

状況的に、いつもどおりに性的な意味でいらんことをした冬華に、千秋のスタンバトンが炸裂《さくれつ》したといったところだろう。

「遅くなっちまったのは、たぶんアレだろ。早速斑鳩センパイにケンカ売られたとか、そんなとこだろ」

史季が予備品室に来《こ》るまでに遭った出来事を見事言い当てたのは、小日向派の頭《トップ》にして、この聖《セント》ルキマンツ学園の頭でもある、赤く染めた髪をゴールデンポニーテールでまとめた〝女帝〟――小日向夏凜《かりん》。

夏凜は懐《ふところ》から取り出した箱から、パインシガレットを一本取り出して口に咥《くわ》えると「ん」とこちらにも勧めてきたので、史季は無駄に気恥ずかしさを覚えながらも一本頂戴し、口に咥えた。校内でお菓子を食べている程度の話なのに、パインシガレットが煙草《たばこ》によく似た形状をしているせいで、なんとなく悪いことをしている気分になってくる。

けれど、こうして夏凜にパインシガレットをお裾分けしてもらうことも、冬華が倒れていることと同じくらいにはいつもどおりのことなので、気兼ねなくパインとハッカの風味を堪能《たんのう》してから夏凜に応じた。

「小日向さんが言ったとおり、ちゃんと『嫌です』って断ったら下がってくれたよ」

「だろ？　おまけに、斑鳩《いかるが》センパイは気に入った相手に対しては、派閥メンバーとやり合ってでも手出しさせないようにすっからな。センパイに狙われるのはうぜーだろうけど、そこさえ目を瞑《つぶ》れば、斑鳩派に限ればもうケンカを売られる心配はないと思っていいぜ」

史季はボロボロになっていた斑鳩を思い出し、苦笑しながらも「そうみたいだね」と返す。史季の与《あずか》り知らない話になるが、斑鳩派の派閥メンバーを抑えることはできないと言っていたのは、他ならぬ斑鳩本人だった。そのメンバーを抑えつけることは、派閥の頭である斑鳩といえども無事にというわけにはいかなかったようだ。

「というかこれ、鬼頭先輩はこうなることまで読んだ上で、僕に取引を持ちかけたっぽいよね……」

取引とは、史季が鬼頭派の頭――鬼頭朱久里《あぐり》と交わした約束を指した言葉であり、その内容は、鬼頭派が運営する一年最強決定戦の賞金首役を引き受ける代わりに、史季の首を狙う学園の不良どもに鬼頭派が睨《にら》みを利《き》かせるというものだった。

「確かに、鬼頭パイセンならそんくらいのこたぁ読んでそうだな。睨みを利かせるだけで済む他の連中とは違って、斑鳩派は簡単に抑えられるような連中じゃねぇことくらいはわかってただろうし」

スタンバトンをスカートの中に仕舞いながら千秋が、

「鬼頭先輩は、約束を反故《ほご》にするようなタイプじゃないもの。弟くんを信じる気持ちとは別に、弟くんが負けた場合でも、取引どおりにしーくんに悪い虫が寄ってこないよう手を打っていたとしても不思議じゃないわね～」

いつの間にやら復活していた冬華が、会話に交ざってくる。「悪い虫」と言った際に、なぜか夏凜の方を見やりながら。その視線が意味するところを理解しているのかいないのか、夏凜はパインシガレットをピコピコと上下させながら史季に言った。

「っても、鬼頭派が睨みを利かせてる状況でもケンカを売ってくるようなイカれた野郎が、出てこねーとは限らねーからな。そういった連中に備えるって意味でも……」

「今日も張り切ってケンカレッスン！　ですね！」

ここぞとばかりに春乃が締めたところで、ケンカレッスンを開始する。

とはいえ、蒼紘《あおい》とのタイマンの傷が完全に癒えたわけではないので、今日のところは激しい運動は控えることにして、軽めにサンドバッグ打ちをやることにする。

右のキックに、蒼紘とのタイマンの決め手となった左のキック、そしてケンカレッスンを始めて以降コツコツと続けてきたパンチをサンドバッグに叩《たた》き込む。バシッという音とともにサンドバッグが揺れる様は、左のキックと比べても格段に見劣りするものだった。

しかし、最初の頃は、ペチッという情けない音とともにちょっとだけサンドバッグを揺らす程度のパンチ力だったことを鑑《かんが》みると、長足《ちょうそく》の進歩と言っても過言ではなく、

「だいぶ良くなってきたじゃねーか。パンチが使えるレベルになるのはもうちょい先かと思ってたけど、これならぼちぼち実戦でも使っていけそーだな」

事実、夏凛が驚き交じりに褒めてくれた。そのことをパンチ力が上がったこと以上に嬉《うれ》しく思っていると、千秋が夏凛に向かってこんな提案をしてくる。

「つうか、パンチが使えるようになったんなら、ぼちぼち折節に集団戦《ゴチャマン》のやり方教えてやってもいいんじゃねぇか？」

「そうだな……タイマンじゃ、この学園で史季に勝てる奴《やつ》なんて、もうあんまいねーだろうし……」

という夏凛の言葉に、史季が「そんなことないそんなことない！」と言わんばかりにブンブンとかぶりを振るも、

「タイマンだと勝てないから人を集めて——とか考える悪い子が、出てこないとも限らないしね～」

冬華の言葉に、かぶりを振っていた首を固まらせてしまう。

その様子を見て、夏凛は苦笑を漏らした。

「決まりだな」

「う、うん。異存はないけど……パンチが使えるようになったことと、ゴチャマンのやり方を教えてくれることの因果関係がわからないんだけど……」

後半の言葉は、夏凛のみならず、千秋にも向かって言った言葉だった。

「キックは確かに強力だけど、その分大味で隙がでけーからな。小回りが利くパンチが使えねーと、相手してる集団に隙を突かれやすくなる」

「だから人数が多い側からしたら、キックしか打てねぇ奴なんざカモでしかねぇってわけよ。誰か一人を囮《おとり》にして、キックを打たせたところを他の連中で潰すだけでいいからな」

夏凛と千秋の返答を聞いて、まさしくそのとおりだと思った史季は顔を引きつらせる。

「つっても、あたしが史季に教えようと思ってるのは、そんなことじゃねーけどな。どのみち、史季はフリでもあたしらに手ぇ出せねーから、その辺のことは体で覚えてもらうことなんてできねーし」

と前置きしてから、夏凛はこの場にいる全員に向かって言う。

「つーわけだからおまえら、次の週末付き合え。予備品室《こ》《こ》じゃ狭くてゴチャマンのレッスンなんてできねーからな」

いったい夏凛がどんなレッスンをするつもりなのか……どうやら千秋と冬華でさえも見当がつかなかったらしく、史季ともども揃《そろ》って小首を傾《かし》げていた。

そんな中、誰よりも状況がわかっていない春乃がパンッと手を打ち鳴らし、

「なんだかよくわからないけど楽しそうですね！」

一人楽しげに声を上げるのであった。

その後、全員の予定を確認したところ、日曜日ならいけるということで、その日は皆でゴチャマンのケンカレッスンをやることに決定する。今日のケンカレッスンに関しては、史季がまだ本調子ではないということで早めに切り上げ、完全下校時刻となる一八時まで勉強会《スタディレッスン》をしてから、予備品室を後にした。

「じゃあ、一年最強決定戦後の出来事がきっかけで、声をかけてくれる人が増えたの？」

下足場で外履きに履き替えながら史季が訊《たず》ねると、春乃は元気に嬉しそうに「はい！」

と答える。

「おかげさまで、お友達がいっぱいできました！」

そんな春乃の報告に、史季のみならず、夏凛たちも安堵《あんど》の笑みをこぼす。

荒井派に拉致られた一件以降、春乃はクラスで腫れ物のような扱いを受けていた。

史季たちもそのことを心配していたわけだが、持ち前の人当たりの良さに加えて、一年最強決定戦後に春乃が出場者全員の応急処置をした出来事をきっかけに、腫れ物扱いを通り越してクラスの人気者になりつつあるご様子だった。

そんな朗報もあってか、五人はお喋《しゃべ》りに花を咲かせながらも校舎の外に出て、裏門を抜けたところで、一人帰る方角が違う史季だけが別れることとなる。

慣れたとはいっても、そのことに一抹の寂しさを覚えることはさておき。

今日は特に寄り道する予定もないので、史季は真《ま》っ直《す》ぐ家に帰ることにした。

鬼頭派が睨みを利かせてくれているおかげで、腕自慢の不良に絡《から》まれる危険はほぼなくなったとはいっても、あくまでも〝ほぼ〟であって〝完全に〟というわけではない。

それに、四六時中鬼頭派のメンバーが視界に入っていたら気が休まらないだろうと朱久里が配慮してくれたことで、一年最強決定戦前ほどガチガチには睨みを利かせていない。

だからこそ帰途についている間、史季は油断せずに周囲を警戒していたわけだが……その時が訪れるまで彼女の尾行に気づけなかったことは、史季にとっては一驚に値する出来事だった。そしてその時は、家まであと五分というところに来たところで、訪れた。

「ぶえ〜くしょいっ‼」

微妙におっさんくさいが、一聴して女子のそれだとわかる豪快なくしゃみが背後から聞こえてくる。まさかと思って振り返るも、パッと見た限りでは人の姿は認められなかった。今史季が歩いている場所は、閑静とは言わないまでも比較的静かな住宅街にある一本道。不法侵入してまで身を隠した可能性を考慮しなければ、隠れられる場所は電柱の陰くらいしかない。その電柱の陰を注視してみると、案の定、千秋ほどではないにしても大概に背丈の小さい人影が身を潜めていることを確認することができた。

なんとなく非常にめんどくさいことになりそうな予感がしたので、見なかったことにしたいところだが、自宅の場所を知られた方がもっとめんどくさいことになるのは明白。

史季は諦めたようにため息をつくと、意を決して電柱に隠れている人影のもとへ向かうことにする。観念しているのか、こちらから近づいても、人影は逃げる素振りすら見せなかった。やがて人影の顔を、ピンク色の髪をしっかりと視認できる位置まで近づいたところで、向こうから棒読み気味に話しかけてくる。

「あっ、折節先輩。こんなところで会うなんて奇遇っすね」

一年最強決定戦では一〇万円という賞金に目が眩《くら》み、史季を追いかけ回した斑鳩派所属の不良女子――五所川原アリスが。

「奇遇も何も五所川原さん、僕のこと思いっきり尾《つ》け――」

「ア！　リ！　ス！　ぼくのことを呼ぶ時は、そう呼んでほしいっす！　今度そのかわいさの欠片《かけら》もない名前で呼んだら、口利いてあげないっすからね！」

アリスのあまりの剣幕に、思わず「あ、はい」と敬語気味で答える史季だった。

「それで、折節先輩はなんて言おうとしてたんすか？」

「いや、奇遇も何も、ご――……君、僕のことを思いっきり尾けてたよね？」

うっかりまた五所川原と言いそうになった上に、下の名前で呼ぶことが気恥ずかしくて「君」と言い換える史季に、アリスは不服そうな顔をしながらも独り言じみた言葉を返す。

「まさか、ぼくの尾行に気づいてたなんて……ちょっと折節先輩のこと舐《な》めてたっすね」

いや、くしゃみなんてされたら誰だって気づくよ――と言おうとしたけど、そこに触れたらまた話が明後日《あさって》の方向に行ってしまいそうなので黙っておくことにする。

「本当は折節先輩の家まで尾けるつもりだったんすけど、見つかってしまった以上はしょうがないっすね」

そう言ってから、アリスは何とも小生意気な笑みを浮かべ、史季の心胆を凍えさせる言葉をつぐ。

「ぼくね、見ちゃったんすよ。折節先輩が体育館の舞台裏にある扉に入ってくとこ」

例によってわかりやすく動揺が顔に出た史季を見て、アリスは小生意気な笑みを深める。

「放課後に小日向《こひなた》派が姿を消すって話は、ぼくも何度か耳にしたことがあるんすけど、まさかあ〜んなところに隠れていたなんて思わなかったっすね〜」

楽しげに喋るアリスとは対照的に、史季はもう冷汗ダラダラだった。

いつかはこういう事態が起こりうるとは思っていたし、こういう事態にならないよう細心の注意を払っていたつもりだったけど……バレた相手がアリスであったことには、よりにもよってと思わずにはいられなかった。

一年最強決定戦で対峙《たいじ》した際、彼女が史季に向かって言っていた、

『と・こ・ろ・で♥　ぼくね、ちょうど新しいバッグが欲しかったんすよね〜』

という言葉が、どうしても脳裏をよぎってしまう。

そんな脳裏の台詞《せりふ》を再現するように、アリスは史季に向かってお強請《ねだ》りする。

「と・こ・ろ・で♥　ぼくね、折節先輩にお願いしたいことがあるんすよね〜」

◇　◇　◇

日曜日の昼下がり。集団戦《ゴチャマン》のケンカレッスンをする約束をしたにもかかわらず、肝心要

の史季が来られなくなったことに、夏凜《かりん》はちょこっとだけムスっとしていた。

日曜日にケンカレッスンをやること自体が急だったし、史季もその日の内に用事ができて無理になってしまったと、謝罪つきでLINEを送ってくれたけれど、

「な～んか気にくわねーんだよなぁ……」

頭の後ろで両手を組み、パインシガレットを咥《くわ》えながら、夏凜は繁華街の通りを歩いていく。日曜日なので当然制服姿ではなく、Tシャツの上に薄手のデニムジャケットを羽織り、下はミニスカートにプチルーズソックスという、いつもどおりながらも夏凜らしい服装をしていた。

「まだ言ってんのかよ」

ムスっとしている夏凜に呆《あき》れた声を投げかけたのは、パーカーと、例によってスリットが入っているロングスカートを身に纏《まと》った千秋。

勿論《もちろん》一緒にいるのは彼女だけではなく、肩周りもお腹《なか》周りも丸見えなオフショルダーのブラウスに、体のラインがモロ見えなスキニーデニム姿の冬華と、淡い水色のブラウスにカーディガン、白のレーススカートという清楚《せいそ》系コーデでまとめた春乃《はるの》の姿もあった。

史季が来られなくなったことでケンカレッスンはお流れになったけど、どうせだから四人で遊ぼうという話になり、こうして仲良く街を歩いている次第だった。

「りんりん、ちょ～っと気にしすぎじゃないかしら～」

と言ってくる冬華の表情は、なぜか鬱陶しいほどにニヤニヤしていた。

そんな顔をされたせいか、それとも「気にしすぎ」という言葉が効いたのか、夏凛は話題を変えるようにして話を〝本題〟に移すことにする。

「つーかさ、これからどうするよ？」

集まったはいいものの、ファミレスで昼食をとって以降は完全に無計画《ノープラン》だった。

そのことは千秋たちも承知していたので、素直に夏凛の言葉に従い、これから何をして遊ぶかを考えることにする。

「カラオケは、こないだ行ったしね～」

「ゲーセンにしようぜゲーセン」

「千秋……おまえそれ、クレーンゲームの景品漁《あさ》りてーだけだろ？」

図星だったのか、夏凛の指摘に千秋は舌打ちする。

そんな中、最年少の春乃がビシッと手を挙げ、元気潑剌《はつらつ》にこんな提案をしてくる。

「はいはい！　わたし、今クラスの間で流行《はや》っている映画が見たいです！」

「そういえば、なんとかってアニメが話題になってたな。そいつのことか？」

夏凛が訊ねると春乃はブンブンとかぶりを振り、スマホを操作して「クラスの間で流行っている映画」の公式ページを見せつけてくる。高校生だと入場することすらできない映画館でやっている、公共の場ではタイトルを口に出すことすら憚《はばか》られる大人の映画を。

「おまえそれ絶対クラスの男子の間で流行ってる映画だろ⁉」

　ちょっと顔を赤くしながらツッコみを入れる夏凛に、春乃は「えへへ……」と照れたように笑った。なお、春乃が見たいと言っている映画は、タイトルからしてドぎつい内容だとわかる代物だったので、照れる程度で済んでいる後輩に夏凛は戦慄を禁じ得なかった。

「映画か……素晴らしいわね。行きましょう」

「冬華《おまえ》はそう言うと思ったよ」

「ったく、ウチらはまだ高校生なんだから、せめてR15にしとけよ」

　そう言って千秋がスマホの画面に映し出し、見せつけてきた映画は、一五歳未満は見ることが出来ない程度に描写がえぐいホラー映画だった。

「おまえはおまえでこんなタイミングでぶっ込んでくるとか、ほんと良《い》い性格してやがんなっ！」

　スマホの画面に映るホラー全開な絵面をうっかり直視してしまった夏凛は、悲鳴じみた声を上げる。

「ゲーセンを却下された恨みってやつだ」

　ドヤ顔全開な千秋に反撃しようにも、ホラー全開なままになっているスマホの画面を向けてくるせいで、夏凛は近づくことすらできなかった。

　そんな調子で姦《かしま》しく繁華街の通りを歩き、曲がり角を曲がろうとしたその時、

「⁉　待って……！」

いち早くそれに気づいた冬華が、常よりも真剣な声音で夏凛たちに制止を求める。

尋常ならざる雰囲気の冬華に迷うことなく従った夏凛たちは、制止を求められた理由を確かめるために、曲がり角の陰からそれを覗《のぞ》き見て……三人揃《そろ》って瞠目《どうもく》した。

史季がいたのだ。今日は用事があるからとケンカレッスンを断ったはずの史季が、彼にしては珍しくもオシャレな感じのジャージに身を包んで、繁華街を歩いていたのだ。しかも、ダボっとしたトレーナーワンピースを着た、ピンク髪の可愛《かわい》らしい女の子と一緒に。

「おいこれどういうことだよ⁉」

千秋は声を小さくしながら、いつの間にやら春乃の口を塞いでいる――おそらく春乃が史季に声をかけようとしたところを止めたのだろう――冬華に訊《たず》ねる。

「ワタシだって知らないわよ～。ただ、ね～……？」

冬華にしては珍しく、おそるおそるといった風情《ふぜい》で夏凛を見やる。

「い、いやー……まさかデートだったとはなー……そりゃ今日は無理だわー……史季の野郎も隅に置けねーなー……」

夏凛は夏凛で珍しいことに、顔が青くなるくらいにショックを受けているご様子のようで、平静を取り繕った物言いとは裏腹に声はちょっとだけ震えていた。

居たたまれなくなった冬華は、夏凛から視線を外し、塞いでいた春乃の口を解放する。

「はるのん。さっき、しーくんだけじゃなくて、女の子の方にも声をかけようとしてたように見えたけど、知り合いなの？」

さらに真剣味の増した物言いで訊ねられたからか、春乃も真剣な顔になりながら——たぶん何もわかってない——小声で冬華に答える。

「はい。アリスちゃんって言って、一年最強決定戦で知り合いました」

実際は一年最強決定戦の最中に派手にぶつかり合っただけで、会話らしい会話もしていないため、まかり間違っても知り合いだとは言えないことはさておき。名前を聞いて「やっぱりあの子か」と呟《つぶや》く冬華に、千秋が顔を引きつらせながら訊ねた。

「そういやオマエ、一年全員物色済みっ言《つ》ってたな。で、アリスってのは何者《なにもん》なんだ？」

「今のところ、一年生で唯一斑鳩《いかるが》派に入ってる女の子よ。ちっちゃく見えるけど、身長はちーちゃんよりも七センチ高いわ」

「んな情報はいらねぇんだよクソッタレ……！　それより、斑鳩派の一年がなんで折節と一緒にいんだよ？」

「普通に考えたら、まず間違いなくワケありでしょ〜ね。しーくんがワタシたちとの約束を破ってまでデートするっていうのも違和感があるし、アリスちゃんはアリスちゃんで斑鳩先輩にお熱だから、しーくんに鞍替《くらが》えっていうのも違和感があるし」

なんだかんだで話を聞いていた夏凜が「ふーん……そうなんだ……ふーん……」と呟き

ながら、ちょっとだけ安堵《あんど》したような顔をしていた。

「てか、なんでアリスってのが、斑鳩パイセンに惚《ほ》れてることまで知ってんだよ？」

ごもっともな千秋の疑問に、冬華は臆面もなく答える。

「ああいう子って、ベッドの上だとほんと良い声で鳴いてくれるから、ちょ～っと狙ってたのよね～。ま～、他に好きな人がいる以上、味見をするつもりもないけど～」

「頼むからしないでくれ。つうか、んなこったろうと思ったよ……」

自分で質問しておきながら微妙に後悔する千秋を尻目に、春乃が逼迫《ひっぱく》した声を上げる。

「そ、それより追わなくていいんですか⁉　見失っちゃいますよ⁉」

春乃の言うとおり、距離が離れたことで史季とアリスの姿がもう随分小さくなっていた。

四人は顔を見合わせて頷《うなず》き合い、史季たちの尾行を開始する。が、一分足らずという、春乃がドジる暇《いとま》すらないほどすぐに、史季たちが目的地と思《おぼ》しき建物に入っていく様を目《ま》の当《あ》たりにすることとなる。

「あそこって……」と、きょとんとする春乃の言葉を引き継ぐように、千秋は言う。

「ビジネスホテルだな。んな場所に何の用があるってんだよ」

「あら？　ラブホ代わりにビジホの一時利用《デイユース》を利用するのは、けっこう定番よ～？」

「そうなんですか⁉」

「そこに食いついてんじゃねぇよ！」

詳しく！――と、言わんばかりに冬華に顔を近づけてくる春乃を押しのけながら、千秋は話を続ける。

「定番かどうかはともかく、あの折節だぞ？　しかも、アリスって女は斑鳩パイセンにお熱なんだろ？　さすがにそれはなくねぇか？」

「あり得ないとは言い切れないわよ～。なんだかんだ言って、アリスちゃんも女の子だから、〝棒〟が欲しくなる時もあるだろうし～」

「おい、言い方」と、微妙に頬を赤くしてツッコむ千秋をよそに、冬華は言葉をつぐ。

「なんだかんだ言って、しーくんも男の子だもの。デートのお誘いだけならまだしも、エッチのお誘いまでついてくるとなると、乗ってしまう可能性はゼロじゃないわね」

「……もしマジで、アリスって女が史季を誘って、史季がそれに乗っちまってた場合はどうするよ？」

あえて明言は避けたにもかかわらず、千秋の頬がさらに赤くなってしまったことはさておき。

「そうね～……誰とヤるかはその人の自由だし、実際ワタシも自由にヤってるから、しーくんがアリスちゃんとヤったとしても文句を言うつもりはないけど～」

普段は開いているのかどうかわからない冬華の目が、ゆっくりと開いていくのを見て、千秋はギョッとする。

「それが原因で誰かさんを泣かせたりなんかしたら〜、ちょ〜っとしーくんにお仕置きしちゃうかもしれないわね〜」

普段どおりのゆるい物言いとは裏腹に、珍しく開かれた目は本気と書いてマジになっていた。さしもの千秋も気圧《けお》され、〝圧〟などさっぱり感じていない春乃が頭上に「？」を浮かべる中、

「あのビジホって確か……」

夏凛は一人難しい顔をしながら、史季たちが入ったビジネスホテルを見つめていた。

◇◇◇

時は遡る。アリスの〝お願い〟により、日曜日に夏凛たちと集団戦《ゴチャマン》のケンカレッスンを行うという約束を反故《ほご》にせざるを得なくなった史季は、その日彼女が待ち合わせ場所に指定した、時計台が設置されている駅前の小広場へ向かった。

待ち合わせ時刻――一四時よりも一〇分ほど前に到着し、そこから二〇分ほど待たされたところで、アリスが待ち合わせ場所にやってくる。

小生意気を地で行くアリスが、遅刻してきたことを謝るわけもなく、

「な〜んすか。そのクソダサジャージは」

呆《あき》れ顔《がお》で容赦の欠片《かけら》もない第一声を史季に浴びせた。

実際、人のことをクソダサ扱いするだけあって、アリスの服装は流行に疎《うと》い史季の目から見てもオシャレだった。可愛らしい容姿をさらに際立《きわだ》たせるトレーナーワンピースに、ちょっと高そうなマイクロミニバッグを斜めがけにしたその姿は、春乃《はるの》とはまた違った方向性で雑誌のモデルを想起させる。

そんな彼女から見れば、史季が今着ている芋ジャージは確かにクソダサいのかもしれないし、なんだったら史季自身も微妙だと思っているくらいだけど。

芋ジャージを着てきたことにはちゃんとした理由が――というか、アリスも原因の一端を担《にな》っていたので、史季は年下の少女に向かって控えめに抗議した。

「いや、だって、君が動きやすい格好で来いって言ったから……」

「だからって、そのジャージはないっすよ。てゆうか折節先輩、ぼくのことを呼ぶ時は、ちゃんとアリスって呼んでって言ったじゃないっすか。『君』でごまかそうとしたってダメっすからね」

女の子を下の名前で呼ぶことに抵抗があった史季は、思わず口ごもってしまう。そんな史季の反応を見て、アリスは新しい玩具を見つけた子供のようにニンマリと笑った。

「あれあれ～？　なんすかその反応～？　ちょっと下の名前で呼ぶだけっすよ～？」

「そ、それは、そうなんだけど……」

「あ～わかった～。折節先輩ってもしかして、女の子と付き合ったことないんだ～？」

図星を突かれ、史季はますます口ごもる。その反応がますますアリスを調子に乗らせる。

「ってゆうことは、年齢イコール彼女いない歴なんだ～。や～い、ザ～コザ～コ」

とはいえ、ここまで言われてはさすがに史季も黙っている気にはなれず、つい反撃の言葉を返してしまう。

「それを言ったら、斑鳩先輩に振り向いてもらえない君も同じなんじゃ……」

振り向いてもらえない云々《うんぬん》は、これまでのアリスの言動から導き出した、確信に近い推測だった。そしてそれは当たっていた。というか当たりすぎていた。

「……まだ、れおん兄がぼくの魅力に気づいてないだけだもん……」

一転して、アリスは涙目でプルプル震え出す。

どうやら史季の反撃は、アリスの急所にクリティカルヒットしてしまったようだ。

「ぼぼぼ僕が間違ってた！　そ、そうだよね！　斑鳩先輩が、ア、アリス……さん、の魅力に気づいてないだけだよね！」

さすがに傷つけるつもりはなかった史季は、機嫌をとるためにも下の名前で呼びながら、大慌てでアリスを慰める。

「……『さん』はかわいくない」

ふて腐れた声音で、注文をつけてくる。

「じゃ、じゃあ……アリスちゃん、は？」

アリスは目元を袖でグシグシと擦ると、

「しょうがないっすね～。折節先輩がどうしてもアリスちゃんって呼びたいなら、特別に呼ばせてあげてもいいっすよ」

秒で機嫌を直す、アリス。物言いは、小生意気を通り越してクソ生意気なくらいだった。

春乃とは別の意味で高校生とは思えないアリスに苦笑しそうになるも、その彼女からいまだ〝お願い〟についてろくに教えてもらっていない現状を考えると、苦笑を浮かべるよりも先に頰が引きつってしまう。

〝お願い〟についてアリスから聞かされたことは、日曜の一四時に駅前の時計台広場に集合することと、動きやすい格好で来ること。この二つのみ。計画性という言葉とは縁遠そうな彼女を見ていると、否《いや》が応《おう》でも不安が募ってしまう。

そんな史季の心中など露ほども知らないアリスは、スマホで時刻を確認すると、引き続き容赦のない言葉を浴びせてくる。

「まだちょっと時間に余裕があるし、さすがにそのクソダサジャージと並んで歩くのは恥ずかしいっすから、さくっと新しいジャージに買い換えるっすよ」

「か、買い換えるって言われても、今あまり手持ちが……」

「大丈夫っすよ。ちゃ～んとぼくが、安くてオシャレなやつを見繕ってあげるから」

そうして史季は、近くにあった、ロープライスが売りの某アパレルショップに強制連行されることとなった。そのわずか一〇分後。本当に安くてオシャレな黒色のジャージを見繕ってもらえたことに、史季は驚愕《きょうがく》を禁じ得なかった。普段使いもいけるどころか、史季が持っている服の中で一番オシャレなくらいだった。

「これで、だいぶマシにはなったっすね。だけど……」

アリスはジト目になりながらも、ズビシと史季の左手に下がっている手提げ紙袋を指でさす。紙袋の中には、先程まで史季が着ていたクソダサジャージが入っていた。

「まさかそれ、持って帰るつもりっすか？」

「まだ全然使えるから、捨てるのも勿体《もったい》ないかなぁっと思って……」

「はぁ～……貧乏性っすね～」

否定できず、微妙な顔をする史季を尻目に、アリスは「それじゃ、行くっすよ」と言ってさっさと歩き出す。

彼女に続く形で歩きながら、史季は前を行く小さな背中に控えめに催促した。

「アリスちゃん、そろそろ〝お願い〟について教えてほしいんだけど……」

「折節先輩せっかちっすね～。そんなんじゃモテないっすよ。あ、ガム食べるっす？」

バッグからフーセンガムを取り出して勧めてくるも、向かう場所次第では捨てるのに難儀する可能性があるので、やんわりと固辞する。

アリスは「ノリ悪いっすね～」とケチつけながらも、ガムを口に入れてモグモグと噛《か》み、プクーっと綺麗《きれい》な風船を膨らませた。その様子を見て、〝お願い〟についてこれ以上問い詰めても無駄だと悟った史季は、諦めて大人しく彼女の後をついて行くことにした。

それからしばらく繁華街を歩き……アリスがビジネスホテルの前で足を止めたので、史季も倣《なら》って足を止める。

「このホテルが目的地なの？」

「正確には、ここの地下っすけどね」

「それってどういう意味？」

「すぐにわかるっす。あと受付が終わるまで、折節先輩は余計な口挟んじゃダメっすよ」

そう忠告してからアリスはホテルに足を踏み入れ、史季も続いて中に入る。

チェックイン開始時刻前の、一人も客のいないフロントへ向かうと、アリスはバッグから財布を取り出し、その中にある、何かの会員証と思しき一枚のカードを受付スタッフに提示した。そのカードを見て、受付スタッフはわずかに眉をひそめながらも備えつけのタブレットを操作し、事務的な口調で訊《たず》ねてくる。

「五所川原アリス様で、よろしかったでしょうか？」

フルネームで呼ばれたことに今度はアリスの方が眉をひそめるも、さすがに受付スタッフ相手にゴネたりはせず、ちょっと不機嫌な声音で「はいっす」と答えた。

「お連れの方は？」

「ここに来るのは初めてっす。彼、ぼくの紹介って形でエントリーしたいんすけど、いいっすかね？」

なんとも嫌な響きがする言葉だったが、アリスに余計な口を挟んじゃダメだと言われた手前、大人しく状況を見守ることにする。

「ええ、勿論《もちろん》。今回は参加人数があまり多くないので、飛び入り参加はこちらとしても大歓迎です。お名前、こちらにご記入いただいてもよろしいでしょうか？」

最後の言葉は、史季に向かって言ったものだった。

不安のみならず嫌な予感まで募ってしまったせいで、受付スタッフに名前を教えることになんとなく抵抗を覚えてしまうも、だからといってここで偽名を名乗れるほど史季の神経は太くできていないので、差し出された紙に大人しく実名を記入する。

「折節史季様ですね。それでは、こちらをお受け取りください」

受付スタッフがタブレットに入力した後に手渡してきたのは、アリスが受付スタッフに提示したものと同じカードだった。

「この会員証を、あちらの廊下を進んだ先にいるスタッフにご提示ください」

その言葉を最後に、受付スタッフは折り目正しく一礼する。これで受付は終わりだと言わんばかりに。たとえ他に客がいなくても、必要なこと以外は話さないと言わんばかりに。

そんな受付スタッフの態度にますます不安と嫌な予感を募らせながらも、慣れた足取りでフロントを離れていくアリスの後をついて行く。

受付スタッフに言われたとおりに廊下を進み、その突き当たりにある扉の前に立っていたスタッフに会員証を提示する。確認が終わるとスタッフは無言で扉を開き、先に進むよう促してくる。扉の先にあったのは、地下へと続く非常階段だった。

階段を下り始めたところで、アリスは深々と安堵《あんど》の吐息をつく。

「会員証が生きてるかどうかは賭けだったっすけど、上手《うま》くいったみたいっすね」

「……アリスちゃん。ここがどういう場所なのかとか、君がいったい僕に何を〝お願い〟しようとしているのかとか、さすがにそろそろ教えてほしいんだけど……」

年下の女子を相手におずおずと催促する史季に、アリスは「しょうがないっすね」と言わんばかりにもう一度吐息をついてから応じる。

「このビジホって、表向きは地下一階までしかないんすよ」

その言葉の意味を瞬時に理解した史季は、思わず息を呑《の》んでしまう。なぜなら史季たちが今いる場所は地下二階。しかも、そこまで下りてなお階段はまだ下に続いていた。

「ぼくたちがこれから向かう場所は、このホテルには存在しないはずの地下四階。そこでは……う～んと……アレっすよ……たぶん犯罪ってほどじゃないけど、お巡りさんには見せられない感じの賭博《ギャンブル》が行われてるんす」

まさか僕に賭け金を出せと？——と、訊ねそうになるも、それだと「動きやすい格好で来い」と言ったこととの辻褄《つじつま》が合わなくなる。

そもそも彼女は、ジャージを買ったことでこちらの懐《ふところ》がもうだいぶお寒いことになっていることを知っている。なので史季は、別の質問を投げかけることにした。

「まさかとは思うけど、アリスちゃんはギャンブルでお金を稼ぐためにここに？」

「そのとおりっす。来週れおん兄の誕生日なんすけど、どうせプレゼントするなら、れおん兄がビックリするぐらい高いやつをプレゼントしたいじゃないっすか」

好きな異性にプレゼントするためにお金を稼ぐ——ここだけを切り取れば微笑《ほほえ》ましい話だが、そのためにギャンブルという駄目人間まっしぐらな手段に走っているせいで、史季の頰に浮かんだ微笑はどうしても引きつったものになってしまう。

などと話をしている内に、階段の終点となる地下四階に辿《たど》り着《つ》く。フロアに繫《つな》がる扉の前には、やはりホテルのスタッフが常駐していた。地上階《うえ》と同じように会員証を提示し、スタッフが開いてくれた扉をくぐって地下四階のフロアに足を踏み入れる。

直後、視界いっぱいに拡《ひろ》がった光景に、史季は言葉を失ってしまう。

学校の体育館二棟分はくだらない広大なフロアに、如何《いか》にもガラが悪そうな輩《やから》が何百人と集まっていたのだ。そこにいる輩全員が、フロアの中央に鎮座する、ボクシングやプロレスで使われているリングに釘付《くぎづ》けになっていたのだ。

「おら！　そこだ！　やっちまえ！」

「ああバカ！　んなもんくらうなよ⁉」

「いいぞぉッ‼　そのままぶっ殺せぇッ‼」

声援というよりは野次に近い叫び声を上げながら、輩どもはリング上で戦っているボクサーパンツの男と胴着の男を応援する。

その異様なまでの熱狂に、史季は思わず後ずさってしまう。

「ア、アリスちゃん、ここってもしかして……」

ビビり倒す史季にアリスはニヒっと笑うと、こちらが思っていたとおりの答えを返した。

「お察しのとおり、地下格闘技場ってやつっすよ」


「なんでこんなことに……」

嘆きをそのまま口にする史季が立っている場所は、地下格闘技場のリングの上。

史季が立つ青コーナーの反対側――赤コーナーには、Tシャツにハーフパンツという、動きやすい服装という意味ではジャージ姿の史季と似たり寄ったりの、茶髪の男が立っていた。不良というよりはお調子者という風体をした茶髪が「応援よろしくぅ！」と観客《ギャラリー》を囃《はや》し立《た》てる中、史季はリングに立つハメになった経緯を思い返す。

「僕にリングに立てって言うの⁉」

悲鳴じみた声を上げる史季に、アリスは事もなげに「はいっす」と答えた。

「それがぼくの、折節先輩への〝お願い〟っす」

「さ、さすがにそんな危険なことやらされるなんて聞いてないんだけど⁉」

「そりゃそうでしょ。だって言ってないっすもん」

またしても事もなげに言うアリスに、史季はいよいよ閉口してしまう。

「そんな心配そうな顔しなくても、折節先輩なら大丈夫っすよ。見た目と違って詐欺みたいに強いし、そもそもこの地下格闘技場は、勝てる奴《やつ》がいないからってれおん兄を出禁にする程度のレベルっすから」

だからアリスは、会員証が生きているかどうかは賭けだったと言っていたのかと、得心したことはさておき。斑鳩《いかるが》が出禁をくらったという話にはちょっと興味を引かれるものがあったので、史季は抗議を中断して質問を投げかけることにする。

「斑鳩先輩も地下格闘技場《ここ》の試合に出てたの？」

「はいっす。知ってのとおり、れおん兄は周りから〝ケンカ屋〟なんて呼ばれちゃうくらいのケンカ大好き人間っすからね。こんなケンカし放題な場所があるって知ったら、そりゃ～ほっとくわけがないっすよ」

「それはまあ、そうだろうけど……斑鳩先輩は、どういう経緯でこの場所を知ったの？」

途端、アリスの表情が露骨にムスっとなる。

「当時れおん兄と付き合ってた、ギャンブル狂いの女に教えてもらったからっす」

アリスが突然不機嫌になった理由に得心できたことはさておき。

斑鳩の〝ケンカ屋〟とは別の渾名《あだな》――〝マインスイーパー〟に恥じない地雷女の引きっぷりに、史季は思わず頰を引きつらせた。

「とにかく、れおん兄はケンカしたさに地下格闘技場に出入りするようになって、れおん兄一人だけだと何やらかすかわからないということで、ぼくとしょ、しょー兄も付き合うようになったってわけっす」

「しょー兄？」

聞き慣れない名前に思わず反応する史季に、アリスはコクリと首肯を返す。

「服部翔《はっとりしょう》って名前で、ぼくとれおん兄の幼馴染《おさななじみ》で、実質的に斑鳩派のナンバー２になるのがしょー兄っす。あ、しょー兄は他の人らと違ってケンカ好きでも何でもないから、ケンカ売られる心配ならしなくていいっすよ」

斑鳩派のナンバー２という言葉を聞いて不安が顔に出てしまったのか、アリスはフォローするように付け加えた。

「それに、折節先輩とケンカしたい人はみんなれおん兄にわからされてるから、れおん兄以外の斑鳩派が折節先輩にケンカを売ることは、もう絶対にないと思っていいっすよ」

夏凛《かりん》が「斑鳩派に限ればもうケンカ売られる心配はない」と言っていた上に、史季自身もそうだろうとは思っていたが、それでも、こうして斑鳩派の人間に明言してもらえたことは、史季にとっては朗報だった。

「話を戻すっすけど、れおん兄にとってこの地下格闘技場は、出禁になってもそこまで惜しくはないって程度のレベルっす。そのれおん兄がタイマンしたくて堪《たま》らないってレベルの折節先輩なら、大丈夫っつうかむしろ余裕って感じのレベルっす。てゆうか、そうでないとぼくが困るっす」

最後の言葉を聞いた瞬間、史季は、理解したくもないアリスの〝お願い〟の全容を理解してしまう。

「僕が試合に出て、その僕にアリスちゃんが賭けることで、斑鳩先輩のプレゼント代を稼ぐ……アリスちゃんの〝お願い〟って、つまりはそういうこと？」

「大当たり～♥　折節先輩見た目はクソザコだから、賭け率《オッズ》が高くなってボロ儲《もう》けできると思うんすよね～♥」

もう勝った気でいるアリスの目は「¥」になっていた。

そこまで信頼してもらえるのはそう悪い気分ではないが、その信頼が泡銭《あぶくぜに》を稼ぐためであることを考えると（なんだかなぁ……）と思わずにはいられない。

兎《と》にも角《かく》にも、こうして史季は地下格闘技場の試合に出場するハメになった。

運営スタッフに控え室に案内されるも、アリスにあれだけクソダサいと言われた芋ジャージに着替えて登場《リングイン》しようものなら、物笑いの種になる予感しかしなかったので着替える気にはなれず。窃盗が起きることが当たり前になっているのか、軒並み鍵が破壊されているロッカーに貴重品を保管する気にもなれず。

使《つか》い途《みち》が見当たらない控え室をさっさと後にした史季は、多少以上の不安を覚えながらも、財布とスマホ、クソダサジャージの入った紙袋をアリスに預け……現在、こうしてリングの上で茶髪の男と相対していた。

「なんでこんなことに……」

再び、嘆きをそのまま口にする。負けたらその時点で終わりだが、勝ったら勝ったで最大五回まで連戦が可能であることは、運営スタッフから説明を受けている。可能という言葉からもわかるとおり、連戦するかどうかは勝者の意思に委ねられているが、アリスからは当然の如《ごと》く五連勝するよう言い含められているため、史季の意思でリングから降りることはできない。本当に「なんでこんなことに」と思わずにはいられなかった。

そうこうしている内に、天井のそこかしこに吊《つ》り下《さ》げられている無数のモニターに、史季と茶髪のオッズが表示される。

会員証を用意する程度にはしっかりとした運営なだけあって、名前を表示するような無配慮はやらかしておらず、コーナーの色で選手を区別する形でオッズが表示されていた。オッズは茶髪を表す赤が一・四倍に対し、史季を表す青が三・一倍になっていた。

途端、史季のはるか後方――観客の中に埋もれているアリスの「キタ―――っ‼」という黄色い声が聞こえてきたことはさておき。見た目がお調子者っぽいとはいえ、明らかに不良だとわかる風体をしている茶髪に対し、史季はケンカなんてろくにしたことがなさそうな一般人《バンビー》にしか見えない。そんな人間がリングに上がる姿は、観客の目には、肉食動物の檻《おり》に放り込まれた草食動物のように映ったことだろう。

当の史季も、オッズが偏るのは仕方ないと思っているくらいだった。

「両者！　準備はいいな！」

リング中央にいる審判が、史季と茶髪に向かって声を張り上げる。

これがちゃんとした格闘技の試合ならば、史季たちは一度リング中央に集められてルールの説明を受けていたところかもしれないが、今から行われるのは格闘技は格闘技でも頭に〝地下〟が付く格闘技。運営からは、相手の意識を絶つかギブアップさせたら勝ちであることと、武器の使用を禁ずることは説明されているが、それ以外は何も禁止されていない、何でもありのデスマッチ。

だから審判は何の説明もせずに、ただ一言「始めッ‼」と叫ぶと、さっさとリングの外へ退避していった。

「よーしお前ら！　俺っちの雄姿、とくと目に焼きつけろよ！」

茶髪が見た目どおりに調子に乗った宣言をかましてから、青コーナーの傍《そば》でボサッと突っ立っている史季に突貫してくる。

「おぉおおぉおおりゃぁあああぁッ‼」

叫びながら繰り出してきたのは、大振り全開のテレフォンパンチ。

夏凛とのスパーリングごっこに加えて、不本意ながらも数多くの実戦《ケンカ》を経験してきた史季にとって、当たる方が難しいくらいにお粗末なパンチだった。

史季は、半身になってパンチをかわしながら思案する。

茶髪の強さは、史季とアリスがこの地下フロアに足を踏み入れた際に試合を行っていた、ボクサーパンツの男と胴着の男よりも明らかに見劣りしている。

そのことを鑑《かんが》みると、史季を見た運営が「こいつは弱い」と判断し、その弱い奴と試合が成立しそうな程度に弱そうな茶髪を、対戦相手としてあてがったといったところだろう。

などと考えている間にも茶髪は次々とパンチを繰り出してくるが、史季はその全てを軽々とかわしながら思案を続ける。

ただ茶髪に勝つことは、そう難しくない。が、あっさりと勝ってしまったら、次の試合では運営が強い相手をあてがってくるかもしれない。アリスはこの地下格闘技場についで

「折節先輩なら、大丈夫っつうかむしろ余裕って感じのレベル」と言っていたが、正直鵜《う》呑《の》みにする気にはなれない。五体満足で五連勝するには作戦が必要だ。

（一年最強決定戦が終わってからも、何か良《い》い初見殺しはないか考えてみたけど、結局何も思いつかなかった。けど、小日向《こひなた》さんが言うには、僕のキック力は初見殺しとしてはけっこう機能しているという話だから……）

今相手をしている、わざわざ初見殺しなんてする必要がない茶髪には、キックを使わずに勝つのが得策というもの。キック力という初見殺しを温存できることに加えて、ここで多少手こずってみせることで運営にこちらの強さを誤認させれば、次の試合もあまり強くない相手をあてがってもらえるかもしれない。それに、こういう時のために特訓を続けてきた、パンチを試す相手としてはちょうど良い——などとはさすがに思わないが、強い人を相手にぶっつけ本番でパンチを試す度胸は史季にはないので、内心で失礼を詫《わ》びながらも、あまり強くない茶髪を相手にパンチを実戦投入することを決意した。

「クソがぁッ！　ちょこまかとッ！」

攻撃が当たらなさすぎて苛立《いらだ》ったのか、茶髪のパンチがますます大振りになっていく。

頃合いと見た史季は、顔を傾けるだけでパンチをかわすと同時に、しっかりと握り締めた右拳を茶髪の左頰に叩《たた》き込む。史季自身狙ってやったわけではないが、お手本のようなクロスカウンターだった。だったから、一撃で意識を刈り取られた茶髪は、頽《くずお》れるようにリングに沈んだ。思わず「……え？」と、呆《ほう》けた声を漏らしてしまう。

「勝負あり！　勝者、青コーナー！」

審判が史季の勝利を宣言する中、

「マジかよ!?」

「クソが！　見た目に騙《だま》された！」

「俺の一万がぁあああぁぁぁッ!!」

茶髪に賭けていた輩《やから》どもの怨嗟《えんさ》の怒号が、フロア中に響き渡った。

そんな中、「や～ったやった～っ!!」と狂喜乱舞するアリスの叫びが、いまだ自分が勝ったことを飲み込めないでいる史季の耳に、いやによく響いた。

◇　◇　◇

それから史季は危なげなく三連勝し、アリスはリングに立つ彼の背中を見つめながら、陶然と心の中で独りごちる。

（これは思った以上かもしんないっすね～♥）

一人目の茶髪をクロスカウンターの一撃で仕留めた史季は、二人目三人目を、多少時間をかけながらもキックを使わずに倒してみせた。

しかも、いまだまともな攻撃は一発ももらっていないものだから、自称斑鳩《いかるが》派ナンバー3のアリスとしても、ただでさえ高かった史季の評価を改めざるを得なかった。

（攻撃面はキック力以外はまあまあってとこだけど、防御面がもう反則っすね。打たれ強いくせに防御も回避も上手《うま》いとか何なんすか？　てゆうか一年最強決定戦で折節先輩を追いかけ回した時も、なんだかんだでこっちの攻撃はほとんど防がれてたっすよね……）

アリスの曲芸師並みの軽業は、それだけで初見殺しとして機能する。

なのに史季は、ついぞ一発の決定打ももらうことなくアリスの攻撃を凌《しの》ぎきってみせた。

防御と逃走に専念していたから凌げたという側面も確かにあるが、それを差し引いても、史季の防御能力の高さは脅威の一語に尽きるものだった。

（敵として見たら割りとマジで相手にしたくないタイプっすけど、味方ってゆうか賭ける対象として見たら、安定感があって安心して見てられるからいいっすね～♥）

と浮かれている間に、四人目の対戦相手がリングインする。運営もそろそろ史季の強さに気づいたらしく、あてがわれた相手はプロレスラーを想起させるほどの巨漢だったが、

（見たとこ、荒井先輩ほどの体格《ガタイ》じゃないっすね。これなら余裕そうだから、今回も折節先輩に全額賭《ベット》けっと……）

アリスはバッグからスマホを取り出すと、運営がつくった地下格闘技賭博《とばく》用のアプリを起動し、ポチポチと操作してこれまでに儲けた三万円超を全額ベットする。

最初に賭けた金額はたったの一〇〇〇円だったが、これまでの三試合、史季の賭け率《オッズ》が全て三倍前後で、その度に全額ベットしていたため、一時間そこそこで金額を三〇倍にまで膨れ上がらせることに成功した。

そして今回の試合のオッズは、赤コーナーの巨漢が一・三倍に対し、青コーナーの史季は三・二倍。普通、三連勝もすればオッズが下がりそうなものなのに、史季の見た目の弱々しさと巨漢の見た目の力強さの対比が、観客に「青の快進撃もここら《こいつ》で限界だろう」という印象を与えたらしく、史季のオッズは依然として三倍のままになっていた。

（相手はまともにやり合ったら苦戦もあり得たかもしれないっすけど、ここまで折節先輩はまだ一回もキックを見せてないっすからね）

四試合目にして、目標額の一〇万に届くことを確信したアリスは、ワクワクしながら試合開始を待つ。

そして、審判が「始めッ‼」と叫んだ直後、巨漢の表情が苦悶《くもん》で歪《ゆが》んだ。

予想どおりキックを解禁した史季が、巨漢の太股《ふともも》に強烈なローキックを叩き込んだのだ。

堪《たま》らず膝を突く巨漢の側頭部に、とどめのハイキックが炸裂《さくれつ》する。

一撃で意識を絶たれた巨漢は、糸が切れた操り人形《マリオネット》のようにその巨体をリングに沈めた。

四試合目にしてまさかの秒殺劇に、観客たちが静まり返る。

「しょ、勝負あり！　勝者、青コーナー！」

呆気《あっけ》にとられていたのか、審判は慌てて史季の勝利を宣言する。途端、賭けに勝った者たちの喜声と、賭けに負けた者たちの悲鳴が耳をつんざいた。ここに来てようやく観客たちが史季の強さに気づき、フロア全体が異様な空気に包まれる中、

（さすがにもう三倍とかにはならなさそうっすけど、この分だとれおん兄のプレゼントだけじゃなくて、新しいバッグも買えそうっすね～♥）

そんな空気には気づきもしないアリスは、目を「¥」にしながら最後の試合が始まるのを心待ちにしていた。

◇◇◇

笑いが止まらないアリスとは対照的に、地下格闘技場を運営するとある半グレ組織の幹部――松尾《まつお》は、冷汗が止まらない思いだった。

「何なんだよあのガキは！　見た目は俺でも勝てそうな感じだってのに、なんであんなにつえぇんだよ！」

地下格闘技場があるフロアと隣接しているモニタールームで、松尾は声を荒らげる。

「ど、どうやらあの折節史季とかいうガキ、出禁になった斑鳩と同じ、聖ルキマンツ学園の生徒らしいですよ」

パソコンで史季の情報を確認していた下っ端《したっぱ》が、動揺した声音で松尾に報告する。

「またルキマンツかよ！　つうか、受付はなんであんなの通しやがった⁉」

「それはたぶん、あんなクソ弱そうな見た目をしていたからかと……」

おそるおそるな下っ端の意見に、松尾は舌打ちする。

荒事があまり得意ではない松尾自身も、史季を見て「俺でも勝てそう」だと思ってしまった。そんな弱そうな見た目をした奴《やつ》が、ちょっと参加者が少ない日に試合に出たいとか言ってきたら、松尾でも数合わせには丁度いいかと思って参加を許可していただろう。

あのガキを通してしまったからといって、これ以上受付スタッフを責めることは松尾にはできなかった。

「さっきの試合で、折節に有金全額《ウォレット》突っ込んだバカは何人いる？」

下っ端はパソコンを操作し、相も変わらず動揺した声音で松尾に告げる。

「ろ、六人です。内三人がさっきの試合でウォレットが一〇万を越え、内一人が五〇万を越えました」

「半数以上かよッ⁉　って、五〇ってアホかぁッ‼　うちはあくまでもどつき合いの見世物がメインでギャンブルの方はオマケだってのに、マジ賭けしてんじゃねえよッ‼」

頭を抱える松尾に、下っ端はおそるおそる提案する。

「ど、どうします？　もうここらで、無理矢理にでも折節の出場を止めた方がいいと思いますが……」

「駄目だ！　現状はあのガキのせいで損してる奴の方が圧倒的に多い！　下手に運営《こっち》で出場を止めようものなら、暴動が起きるのが目に見えている！　起こすにしても、そいつはあくまでも最終手段だ！」

「じゃ、じゃあどうするんですか⁉　次の試合もこの六人が全ツッパして折節が勝ってしまったら、間違いなく赤字になってしまいますよ⁉」

「んなこたわかってるッ‼　……赤字なんて出したら、入山さんからどんな制裁受けるか、わかったもんじゃねぇってこともな」

入山《いりやま》という名前を出した途端、下っ端のみならず、言った本人である松尾すらも一瞬震え上がる。

「今いる参加者の中で、一番つぇぇのはどいつだ？」

「ちょっと待ってください……」

そう言って下っ端はパソコンを操作し、わずかに弾んだ声音で答えた。

「山下《やました》がいますね！」

「あぁ、あのキックボクサー崩れか。あいつなら勝てるかもしれねぇが、さっきのえげつねぇ蹴りのような隠し球がまだ残ってたら、さすがに厳しいかもな……」

松尾は顎に手を当てて黙考し、下っ端に告げる。

「よし。入山さんがたまに使ってた〝あの手〟でいくぞ」

「わ、わかりました。すぐに人員を手配します。ですが、もしそれでも折節が勝ってしまった場合は?」

「それこそ最終手段だ。配置する人員の中に〝火種〟を何人か紛れ込ませておけ」

◇◇◇

勝っても負けても残すところあと一試合となった史季は、その事実を内心嬉《うれ》しく思いながらも、赤コーナーに立つ最後の対戦相手を見据える。

(なんというか、如何《いか》にもやってるって感じの人だよね……)

ボクサーパンツを穿《は》いた金髪の男は、体格《ガタイ》という点では四戦目の巨漢には劣るものの、筋肉の引き締まりっぷりは今までの対戦相手とは一線を画していた。

観客向けのパフォーマンスか、それとも史季に向かっての威嚇か。シャドーボクシングを披露する姿は、なかなか堂に入っている。最後の一戦だからといって気を抜いたら、怪我《けが》だけでは済まないかもしれない——そう自分に言い聞かせることで気を引き締め直していると、天井に吊《つ》り下《さ》げられた無数のモニターに、最後の試合のオッズが表示される。

赤が二・一倍に対し、史季の青は二・四倍。四戦目の秒殺劇が余程鮮烈だったのか、今までのような偏ったオッズにはなっていなかった。

評価してもらえたことが嬉しくないと言えば嘘《うそ》になるが、それが賭けという形だったり、殴り合いから起因するものだったりと、素直に喜べる要素が一つもないせいで、史季の表情はどうしても複雑なものになってしまう。

そうこうしている内に観客の声が小さくなっていき……ほどよく静かになったところで、審判が「始めッ‼」と叫んで試合を開始した。

赤コーナーに立っていた金髪が、ファイティングポーズをとりながら、ゆっくりとこちらに近づいてくる。明らかにリング上での戦いに慣れていそうな相手に、コーナーを背負って戦うのは危険だと判断した史季は、申し訳程度に拳を構えながら前に出て、リング中央で金髪と対峙《たいじ》する。

やはり、雰囲気からして今までの四人とはモノが違う。迂闊《うかつ》に仕掛けたら、手痛いしっぺ返しをくらうかもしれない——そう思った矢先に金髪の左拳が霞《かす》み、矢のようなジャブが飛んでくる。即応した史季は身を反らし、紙一重でジャブをかわした。

（速い！　でも、小日向《こひなた》さんに比べたら！）

続けざまに金髪が放ってきたジャブを、史季は上体の動きだけでかわす。

しかしその攻撃はあくまでも連携《ワンツー》の初手《ワン》に過ぎず、引き絞った弓を解き放つようにして繰り出された右ストレートが、史季の左頬を襲う。これも上体の動きだけでよけられると

判断した史季は、回避と同時にローキックで反撃する絵図を脳内に描くも、

「!?」

突然、目に緑色の光を照射され、反射的に目を瞑《つぶ》ってしまう。次の瞬間、考えるよりも先に後ろに飛び下がり、不格好ながらも右ストレートをかわした。

(いったい何が!?)

そんな混乱が顔に出てしまったのか、好機と見た金髪が一気に距離を詰め、容赦なくローキックを叩《たた》き込んでくる。いまだ網膜に緑光の残像が焼きついている史季にかわせるはずもなく、左太股に走った鋭い痛みに表情を歪めてしまう。続けて放ってきた右フックは、残像の外側から飛んできてくれたおかげで、どうにか腕で防御することができた。

このままでは一方的にやられてしまうと思った史季が、無理矢理にでも反撃に出ることを決意し、相討ち覚悟でローキックを放とうとした、その時だった。偶然視界に入った観客の一人が、こちらに向かってペンのような物を突き出していることに気づいたのは。

まさかと思った時にはもう、視界が緑光に塗り潰されていた。

そのせいでローキックをかわされてしまい、その隙を突かれることを恐れた史季は、両腕で顔を守りながらも後ずさる。が、どうやらローキックが結果的に牽制《けんせい》になったらしい。三分の一以上が緑光の残像で塗り潰された視界の中で、追撃を捨てて距離をとる金髪の姿が見て取れた。視界に残像がちらついていることを金髪に悟られないよう、できる限り

平静を装《よそお》いながら、二度も目に照射された緑光の正体を断定する。

（間違いない、レーザーポインターだ。ということは、僕に勝ってほしくない誰かが、試合を妨害してることになるけど……）

これほど大勢の人間に見られている状況で、妨害されていることを声高に叫ぶ度胸は勿《もち》論《ろん》のこと、妨害について審判に訴える度胸も、史季にはない。

どれだけ強くなっても、草食動物全開な性根は変わらない。ゆえに、リング外に退避している審判に向かって、チラッチラッと物言いたげな視線を送るのが精一杯だった。

ほどなくして審判はこちらの視線に気づくも、まるで不良に睨《にら》まれた時の史季と同じように、目が合った瞬間に露骨に視線を逸《そ》らした。

その反応を見て、史季は得たくもない確信を得てしまう。

（まさか試合の妨害をしてるのって、地下格闘技場《こ》《こ》の運営⁉）

考えてみれば、あり得ない話ではない。何せ自分は、勝てる人間がいないという理由でこの地下格闘技場を出禁にされた斑鳩《いかるが》と同学。おまけに今の自分は、斑鳩の妹分であるアリスの紹介によって試合に出場している。運営の不興を買う要素には事欠かない。

などと、あれこれ考えている間に、金髪がゆっくりと詰め寄ってくる。

史季はレーザーポインターから目を守るために、構えていた拳を顔の高さにまで上げ、過去二回の妨害から光の照射位置を大雑把に逆算し、詰め寄ってくる金髪との間合いを調整するフリをしながら、目が狙われない位置にジリジリと移動する。そんな史季の行動を見て何か仕掛けてくると勘違いしたのか、金髪は足を止めて警戒を強めた。

その行動を見て、金髪はこちらが妨害を受けていることに気づいていない、つまりは運営とグルではないと結論づける。レーザーポインターによる妨害を知っていたら、構えの変化は光の照射から目を守るためだということを知っているため、わざわざ警戒を強めたりなどするはずがないからだ。とはいえ、こちらはこちらでレーザーポインターの警戒ばかりしていては、試合には勝てない。

（まずは、これまでの試合で意外と使えることがわかったパンチで牽制。相手の反応を見て、キックを決めることができたら！）

妨害される前に勝てるかもしれない——そう思って、パンチを放とうとした瞬間、右前方から緑光を目に照射され、前に出ようとしていた史季の動きが不自然に止まる。

さすがにこんなわかりやすい隙を見逃す金髪ではなく、ここぞとばかりに史季の股ぐらを蹴り上げようとする。

それがかえって史季の防衛本能をこの上なく刺激し、本能に従った史季は蹴り足が見えていないにもかかわらず、大袈裟《おおげさ》に半身になることで金的蹴りを回避した。

まさかかわされるとは思ってなかったのか、反撃を恐れた金髪が慌てて飛び下がる。

まだ網膜に緑光の残像が焼きついていた史季は、これ見よがしに拳を構えて威嚇することで視界が回復する時間を稼ぐ。

金髪が慎重に立ち回る手合いだったことが、不幸中の幸いだった。

（駄目だ……！　やっぱり先にレーザーポインターをどうにかしないと……！）

しかし、リングの上からではどうすることもできない。おまけに、レーザーポインターで妨害してくる人間は一人や二人ではない。史季が立ち位置を変えてもすぐに光を照射してきた時点で、レーザーポインター要員が複数人いるのは火を見るよりも明らかだった。

こうなってしまった以上はもう、頼みの綱はアリスしかいないわけだが、

「な～にやってんすか！　そんなのくらいちょちょいとやっつけなくてどうすんすか！」

他の観客と同様、声援というよりは野次に近い声を上げている時点で、史季が妨害を受けていることに全く気づいていないのは、これまた火を見るよりも明らかだった。

（結局、自力でなんとかするしかなさそうだね……）

暗澹《あんたん》たる気持ちになりながらも、慎重に距離を詰めてくる金髪に意識を戻す。

（こうなったら、簡単に目が狙えないくらいに動き回りながら戦ってみよう）

それでも駄目だった時は、最終手段として、勇気を振り絞って妨害を受けていることを観客に向かって叫ぼう。

そう覚悟を固めた史季だったが、金髪のはるか後方――リングの外に、こ、ここにいるはずのない人物がいることに気づき、試合中であることも忘れて目を丸くしてしまう。

と、無駄に勿体《もったい》ぶってから、冬華は常よりも真剣な声音で答える。

「小さかったのよ」

「小さい？　何がだよ？」

という夏凜の疑問に、冬華は引き続き真剣な声音で答えた。

「ナニがよ」

その一言だけで、夏凜も、千秋も、春乃さえも察してしまう。

「おまけに、皮をかぶっていたの」

その言葉がとどめとなり、夏凜と千秋は思わず片手で頭を抱えた。二人とも、微妙に頬を火照《ほて》らせながら。春乃もまた頬を火照らせていたが、その色合いは夏凜たちの羞恥の赤とは明らかに別の色合いをしていた。おまけに、誕生日に欲しかったゲーム機を買ってもらえた男の子のように、キラキラと目を輝かせていた。

「えーっと、アレだ。あのビジホに、地下格闘技場があるって話だったな」

露骨に話を変える、夏凜。

「……そうだったな。で、地下格闘技場について、オマエはどんくらい知ってんだ？」

当然のように夏凜に乗っかった千秋が、何事もなかった風を装いながら冬華に訊《たず》ねる。

冬華は少しだけ面白くなさそうな顔をするも、突っ込んだ話をしたらしたで服部の名誉を著しく傷つけることになるのが目に見えているので、素直に千秋の質問に答えた。

「先に断っておくけど、あんまり詳しいことは知らないわよ～。知ってることといったら、あのビジホで地下格闘技の試合が行われてることと、賭けが行われていること、会員証がないと入れないことと、あとは～……ケンカがしたくて出入りしてた斑鳩先輩が、勝ちすぎて出禁になったってことくらいね～」

「いや、充分知ってんじゃねぇか」

　という千秋のツッコみをよそに、夏凛はますます難しい顔をしながら、これまでの話を疑問符付きで総合する。

「つーことは、服部センパイは斑鳩センパイに付き合う形で地下格闘技場に出入りしてて、アリスってのは二人にくっついて出入りしてた……ってところか？」

「まぁ、だいたいそんな感じっぽいな」

「話はわかりましたけど……」

　と言ったのが春乃だったせいで、夏凛たちは失礼だと思いながらも、本当にわかっているのか半信半疑になっていることはさておき。

　彼女にしては珍しくも核心を突いた質問を、夏凛たちに投げかけてくる。

「史季先輩とアリスちゃんは、その〝ちかかくとーぎじょー〟に、何の用があるのでしょうか？」

　まさかのまともな質問にちょっとだけ面食らいながらも、夏凛は答えた。

「まー、あんま良《い》い予感はしねーな」

「つうわけだから、冬華。さっさと服部パイセンをここに呼び出せ」

命令じみた千秋の言葉に、冬華は首肯を返す。

アリスが絡《から》んでいる以上、この件は斑鳩派の耳にも入れておいた方がいい。かといって、出禁になっている斑鳩を呼んだら、かえって話がややこしくなる可能性もある。

元カレゆえに連絡先を知っているという意味でも、呼び出すなら服部以外には考えられないので、冬華は千秋に言われたとおりに、アリスが史季を連れて地下格闘技場があるビジネスホテルに入っていったことを、LINEで服部に伝えた。

なお、電話ではなくLINEで連絡したのは、冬華曰《いわ》く、別れた男にいきなり電話したら、勘違いされて話がややこしくなるとのことだが、

「事が事だからな。五分経《た》っても既読がつかなかったら電話しろよ」

夏凛の言うとおり、事が事であまり長い時間待っていられないのは冬華もわかっているので、「は～い」と諦め交じりに了承した。

それからきっかり五分が経ち、こちらから電話をしようとしたタイミングで、冬華のスマホが振動する。画面に「しょーさん」と表示されていることを確認すると、冬華は夏凛たちに目配せをし、首肯が返ってくるのを確認してからスピーカーモードで電話に出た。

「は～い、しょーさん。LINE見てくれた～？」

『見たけどよ、マジかァ……』

電話越しでも、服部が頭を抱えていることが容易に想像できる声音だった。

「ちなみにだけど、しょーさんは、アリスちゃんがしーくんを地下格闘技場に連れ込んだ理由に心当たりある？」

『しーくん？　……あぁ、折節くんのことか。そうだな……もうじきレオンの誕生日だし、折節くんに試合に出てもらって、彼が勝つ方に賭けることで誕プレの軍資金を稼ぐとかそんなとこだろな』

「あらあら」と微笑《ほほえ》ましげにしている冬華や、「アリスちゃんらしいかも」と言いたげに笑っている春乃とは対照的に、夏凛と千秋は呆《あき》れすぎてなんとも言えない表情をしていた。

『ったく、レオンのことが好きなら、今もバイトで頑張って稼いでるあいつの姿勢を見習えっての』

愚痴るようにこぼしてから、服部は言葉をつぐ。

『しかしまずったな。実は今、原付でちょっと遠出しててな。戻るのに一時間くらいかかりそうなんだよ。地下格闘技場の会員証なんて持ってるのは、斑鳩派《うち》でもおいらとレオンとアリスの三人しかいねェから、一時間丸々待ってもらうことになっちまう。それでも構わねェか？』

一時間という数字に、春乃を除いた全員が苦々しい顔をする。

「さすがに一時間は長《なげ》ーな」

「つってもよ、斑鳩《いかるが》パイセンが出禁くらってる以上、頼れるのは服部パイセンだけなんだから待つしかねぇだろ。何の紹介もなく入れるとは思えねぇし、さすがに今回ばかりは強行突破ってわけにもいかねぇし」

全くもって千秋の言うとおりだったので、夏凛は諦めたようにため息をついてから、冬華に向かって頷《うなず》く。冬華もまた頷き返すと、電話越しに待っている服部に返事をかえした。

「構わないわ。でも、できるだけ急いでね」

『了解。なるはやでそっちに向かうよ』

というやり取りから七〇分後。

ようやく服部と合流した夏凛たちはビジネスホテルに入り、彼の紹介という形で自分たちの分の会員証を発行してもらい、地下四階にある地下格闘技場に足を踏み入れた。

その時にはもう史季の五戦目が始まっており、彼の動きが精彩を欠いていたことに気づいた夏凛は、彼がレーザーポインターによる妨害を受けていることにも気づいた。

そして――

◇◇◇

突然の夏凛の登場に史季が目を白黒させていると、隙ありとばかりに金髪がローキックを繰り出してくる。よけられないと判断した史季は、あえてローキックを受ける覚悟を固めると同時に、相討ち上等で金髪の軸足に右のローキックを叩《たた》き込んだ。

鍛えているだけあって、さすがに一撃で膝を折ったりはしなかったが、覚悟の差に加えて威力の差があったせいか、金髪は堪《たま》らずといった風情《ふぜい》でたたらを踏みながら後退する。

追撃の好機と言いたいところだが、ローキックをもろに受けたのはこちらも同じであることに加えて、レーザーポインターによる妨害も警戒する必要があったため深追いはできなかった。慎重な金髪が再び様子見モードに入ったところで、史季は思考を巡らせる。

(今の一連の攻防の間、一度もレーザーポインターの妨害を受けなかった。ということは、小日向《こひなた》さんだけじゃなくて月池さんたちも……！)

金髪を視界内に捉えつつも視線を巡らせてみると、すでにもう移動して別の妨害者を鉄扇の一撃で気絶させている夏凛の姿を、スタンバトンで昏倒《こんとう》させている千秋の姿を、裸絞めで絞め落としている冬華の姿を、確認することができた。

最後にアリスの方に視線を向けてみると、

「な、なんでしょー兄がこんなところにいるんすか!?」

「お前さんがこんなところにいるからに決まってんだろ」

Ｔシャツに革ジャン、ジーンズと、ロックファッションでばっちりキメている、ウニのように尖《とが》った金髪と、レンズの小さい丸サングラスがいやに目立つ男に詰め寄られ、タジタジになっているアリスの姿が見て取れた。

　アリスの声が甲高いおかげで、観客たちの野次が飛び交う状況にあってなおはっきりと聞こえた「しょー兄」という言葉から察するに、この金髪グラサンの男が斑鳩派ナンバー2──服部翔と見て、まず間違いないだろう。そしてアリスと服部の傍《そば》には、物珍しそうにキョロキョロと周囲を見回している春乃《はるの》の姿もあった。

「わぁ……ホテルの地下にこんな場所があるなんて……」

「って、しょー兄以上になんで桃園春乃がこんなところにいるんすか⁉」

「あぁっ、桃園ちゃん！　勝手においらの傍から離れないで！　桃園ちゃんに何かあったら、おいら小日向ちゃんたちに殺され──……いや、割りとアリか？」

「何言ってんすかしょー兄⁉」

というやり取りは、さすがにはっきりとは史季の耳に届かなかったけれど、気の抜けるやり取りをしていることだけはなんとなく察することができた。

　ケンカレッスンの約束を反故《ほご》にしている手前、後が色々と恐《こわ》いのは今は棚に上げるとして。夏凜《かりん》たちが妨害者たちを懲《こ》らしめてくれたおかげで、ここから先は何の気兼ねもなく目の前の相手に集中することができる。怒られるにしても無事にこの試合を乗り切ってからだと頭を切り替えた史季は、一向に仕掛けてこない金髪を見据えた。

途端、金髪の表情に怯《おび》えの色が混じる。ファイティングポーズをとる姿も、どこかぎこちない。どうやらまだ、ローキックのダメージが抜けきっていないようだ。

（それなら……！）

史季は間合いを詰めると同時に、これ見よがしにローキックの動作《モーション》に入る。

やはり先のローキックのダメージが尾を引いているらしく、金髪は逃げるようにして後ろに下がる。史季が思い描いた絵図どおりに動いているとも知らずに。初めからローキックをフェイントに使うつもりだった史季は、動作を中断してリングを踏みしめ、そこから全力で踏み込むことで一気に肉薄。瞠目《どうもく》する金髪の右頰目がけてパンチを繰り出した。

キックに比べて凡庸なパンチを、利《き》き腕《うで》とは逆の左で放ったせいか、金髪の右頰に届く前に手で《パ》い《リ》な《ン》さ《グ》れてしまう。が、それもまた、史季が思い描いた絵図どおりの展開だった。

金髪の意識が〝上〟に向いた瞬間、ここぞとばかりに右のローキックを叩き込んだ。

先と同じところを蹴られた金髪は「ぐぁ……ッ⁉」と、苦悶《くもん》を吐き出しながらもかろうじて踏《ふ》み止《とど》まる。しかし、本当に〝かろうじて〟だったせいで、踏み止まる以外の行動に移る余裕は金髪にはなかった。

続けて放った右のハイキックが、無防備を晒《さら》す金髪の側頭部を捉える。

防御も回避もできなかった金髪は、リングに吸い込まれるようにして倒れ伏した。

完全に決着を迎えたところで、史季はリング外にいる審判に視線を向ける。

やはりというべきか、審判は露骨に視線を逸《そ》らすだけで、史季の勝利を宣言しようとする素振りすら見せなかった。

この地下格闘技場に集まっている観客の多くは、見るからに血の気の多そうな人間ばかり。おまけに金が絡んでいるとなると、沸点の低さは普段の比ではないだろう。

事実、いつまで経っても審判が勝ち名乗りを上げないことに観客は苛立《いらだ》ちを募らせ、ざわつきとともに嫌な空気が地下のフロアに拡《ひろ》がりつつある。このままでは暴動が起きてしまうかもしれない――と、ここまで思考を巡らせたところで、はたと気づく。

(まさか運営は、あえて暴動を起こして賭けを有耶無耶《うやむや》にするつも――)

「っざけんじゃねえぞゴラァッ‼」

史季の思考はおろか、観客たちのざわつきすらも吹き飛ばすほどの激しい怒号が、フロア中に響き渡る。

「誰がどう見たって青の勝ちだろがッ‼　おい審判ッ‼　さっさと青が勝ったって宣言しやがれッ‼」

数瞬フロア全体が、しん……と静まり返るも、

「青の勝利なんて宣言しなくていいぞ審判ッ‼　なんだったら、この試合無効にしてくれ

たっていいッ‼　そしたら俺も損せずに済むしなぁッ‼」

赤、つまりは金髪に賭けていたと思われる観客が、無茶苦茶なことを言い始める。

必然、怒号を上げた男の口からさらなる怒号が上がる。

「今ふざけたこと言った奴《やつ》ぁ誰だッ⁉　ぶっ殺してやるッ‼」

「やれるものならやってみろよッ‼　こっちまで来れるもんならなッ‼」

金髪に賭けていたと思われる観客が挑発を返しながら、怒号を上げた男に向かって、まだ中身が残っている缶コーヒーを放り投げた。そんなことをしたら、宙を舞う缶の飲み口からコーヒーがぶちまけられるのは自明の理であり、コーヒーがかかった他の観客たちがブチ切れることも、関係のない観客に缶が当たってそいつがブチ切れることも、何もかもが自明の理だった。ブチ切れた観客がケンカし始め、人が密集しているがゆえに必然的に巻き込まれた観客がまたブチ切れてケンカし始め……瞬《また》く間《ま》に暴動に発展していく。

（やっぱりだ！　だとしたら、さっき怒鳴っていた人たちは――）

「お察しのとおり、ありゃ運営が仕込んだ〝火種〟だな」

例によって、考えていたことが顔に出てしまっていたことはさておき。

横合いから聞き慣れない男の声が聞こえてきて、おそらくはあの人だろうと思いながら、史季は声が聞こえた方を見やる。

視線の先――リングサイドには案の定、春乃とアリスを引き連れた服部《はっとり》の姿があった。

「一応自己紹介しとくと、おいらはこいつの保護者の服部って者《もん》だ」

言いながら、傍にいたアリスの頭をワシャワシャと撫《な》でる。

「だぁれが保護者っすか！　てゆうか、セットが乱れるからやめてぇ〜〜〜っ！」

悲鳴じみた声で抗議するアリスを無視してワシャワシャし続けながら、服部は訊《たず》ねる。

「折節くん、荷物はアリスに預けてる分で全部か？」

質問の意味がわからず「は、はい……」と返すと、

「なら、さっさと退散《ズラ》かんぞ。こっちから大人しく引き下がりゃ、運営もこれ以上の無茶苦茶はしてこねェだろうしな」

「はあぁっ⁉　待ってよしょー兄っ‼　今尻尾巻いたら、ぼくが儲《もう》けた……え〜と……ん〜と……何十万！　何十万がパァになるじゃないっすかっ‼」

「何十万って……そんなバカみてェな賭け方してるバカがいたら、そりゃ運営も暴動起こしてでも賭けをなかったことにしようとするわ」

「え？　賭けをなかったことにって……そ、それじゃあぼくの何十万は？」

「なかったことになるに決まってんだろ。まぁ、アプリのウォレットに、元金くらいは戻ってくるかもしれねェけどな」

「そんな〜……」とガックリと項垂《うなだ》れる、アリス。

そんな二人のやり取りを見て、史季は思う。地下格闘技場の運営が、賭けのためにわざ

わざ専用のアプリをつくったのは、人を介さずに賭け金を返す仕組みをつくることで、賭けをなかったことにしやすくしているのではないか、と。

「あ！　夏凛せんぱ～い！　こっちで～す！」

難しい顔をしている史季とは対照的に、春乃は難しさの欠片《かけら》もない明るい笑顔で、夏凛に向かって手を振る。

手を振り返しながら、暴動が起きている場所を避けてこちらに向かってくる夏凛に、史季も手を振り返したいところだったけれど。やはりケンカレッスンの約束を反故にしたことが後ろめたくて、中途半端《ちゅうとはんぱ》に手を上げたまま夏凛から目を逸らしてしまう。

「よし。冬華ちゃんと月池ちゃんもこっちに来てんな。全員集まり次第、さっさとズラかんぞ」

という服部の言葉どおり、夏凛たちと合流し次第、史季は皆と一緒に地下格闘技場を後にしたのであった。

地上階まで戻った史季たちは、何食わぬ顔でビジネスホテルの外に出る。

このままビジホの前で屯《たむろ》するのは、地下格闘技場の運営を挑発するようなものなので、落ち着いて話をするためにも、服部の先導のもと人気の少ない公園に移動するも、

「ななななんで、れおん兄までいるんすか⁉」

斑鳩《いかるが》がベンチにふんぞり返って待ち構えていたことに、アリスは素っ頓狂な声を上げた。

まさかの斑鳩の登場に史季たちも少なからず驚く中、小日向派においては唯一動じていなかった冬華が服部に訊ねる。

「あら、しょーさん。結局斑鳩先輩にも連絡したの？」

「ああ。アリス絡《がら》みのトラブルとなると、あいつの耳にも入れといた方がいいと思ってな。今くらいの時間、あいつがやってるバイトっつったらアレだから融通が利くだろと思って、この公園で待ってるようあらかじめＬＩＮＥを送っといたんだよ」

そう言って、上が赤、下が黒のランニングウェアを着た斑鳩の隣に置いてある、四角いバッグを指でさす。そこからさらに公園の入口付近に視線を移せば、斑鳩のものと思《おぼ》しき自転車《クロスバイク》が一台、ぽつんと佇《たたず》んでいるのが見て取れた。

ここまで確認できれば、最早《もはや》言に及ばない。服部の言うアレとは、フードデリバリーを指した言葉だった。そんなアルバイト真っ最中な格好をした斑鳩は、ベンチにふんぞり返ったままアリスの疑問に答える。

「なんでオレがこんなところにいるかだぁ？　んなもんオマエがまたアホやらかしたって、翔《しょう》が教えてくれたからに決まってんだろ、五所川原」

「アホやらかしたってなんすか⁉　てゆうか、ぼくのことはそのかわいくない名前で呼ぶなっていつも言ってるじゃないっすか！」

「わかったわかった。で、今度はいったい何やらかしたんだ、五所川原？」

「だから、ア！　リ！　ス！　って呼んでって言ってるじゃないっすか～っ！」

ムキーっと顔を真っ赤にして抗議するアリスを、斑鳩が軽くあしらう。

一目見ただけで二人の関係性がよくわかる一幕だった。

「で、マジな話なにやらかしたんだ？　素直に全部吐けば、お尻ペンペンくらいで許してやんぞ」

「お尻ペンペンとか下手な罰ゲームよりも嫌なんすけど⁉」

悲鳴じみた声を上げるアリスをよそに、史季はおずおずと手を挙げながら斑鳩に話しかける。

「何があったのかは、僕の方から話していいですか？　ちょっと、どこまで話していいか小日向《こひなた》さんたちに確認しておきたいことがあるので」

「ああ。別に構わね――」

「確認って……ああ、体育館の舞台裏の扉のことっすか？」

何も考えていないことがよくわかるアリスの発言に、同じく何も考えていない春乃以外の全員が凍りつく。そのくせ、史季が夏凛たちに確認しようとしていたこと――予備品室絡みの話だということは概《おおむ》ね言い当てているものだから、タチが悪いにも程があった。

いち早く凍結が解除された斑鳩はベンチから立ち上がり、アリスの右頭頂部をむんずと摑《つか》む。その動きに呼応するように、服部がアリスの左頭頂部をむんずと摑むと、

「あのな五所川原、いつも言ってっけど……」

「思ったことをそのまま口に出すのは、頼むからマジでやめてくれ」

二人はピッタリと息を合わせて、左右からアリスの頭をワシャワシャと撫でくり回した。

「ぎゃ〜〜〜っ‼ セットが乱れる〜〜〜っ‼」

というアリスの悲鳴をBGMに、大体察した夏凜《かりん》が同情交じりに史季に訊ねる。

「要は、あのアリスってのに予備品室のことがバレて、それをネタに強請《ゆす》られたっつったところか？」

「うん……ごめん」

「謝んな謝んな。さすがにそれはしょうがねーわ」

「でも、小日向さんたちとの約束を反故《ほご》にしたのは事実だから……」

「それも気にしなくていいって。あたしはどっちかっつうと、史季がアリスとデートしてたわけじゃねーってことがわかってホッと――……」

なぜか、夏凜の言葉が中途半端に途切れる。なぜか、夏凜の頰に朱が差し込んでいく。

（もしかして小日向さん……今、僕とアリスちゃんがデートしてたわけじゃないってことがわかって「ホッとした」って言おうとした？）

いや、まさか、そんな——と、都合の良《い》い解釈が次々と脳裏に浮かびそうになるも、

(いやいや、ないない。絶対にそんな意味じゃない)

恋愛に関しても草食動物全開な性根が、浮かびかけた解釈を根こそぎ否定した。

こと恋愛に関しては肉食動物全開な冬華が、史季の表情を見ただけで全てを察して深々とため息をつく中、ようやく「ホッと」から繋《つな》がる言葉が思いついた夏凜が言葉をつぐ。

「ホ、ホッとけねーなーって思ってな」

「ホ、ホッとけないか。う、うん、普通はそう思うよね」

無理矢理乗っかった史季も、夏凜がいったい何を言っているのかも、自分がいったい何を言っているのかも、さっぱり理解できなかった。そんな二人のやり取りに、千秋は意味深かつ呆《あき》れきったため息をついてから、会話に交じってくる。

「つうか強請られてたってことは、折節が体育館の舞台裏に行くとこをアリスに見られてたってことだよな?」

「え? まあ、そうなるけど……」

「なんつうか、そこがしっくりこねぇんだよな。ウチらの中じゃ一番人目を盗んで行動することに慣れてるくせに一番慎重な折節が、あんなやかましいチビっ子に舞台裏の扉を見られるようなポカをやらかすとは思えねぇんだよ」

「って、誰がやかましいチビっ子っすか! てゆうか、あんたにだけは言——わぷっ⁉」

髪の毛をグチャグチャに撫でくり回されながら抗議するアリスを、斑鳩と服部が息を合わせて押さえつける。

「それについては、オレらの方から謝らせてもらうわ。コイツときたら、オレと翔がどっか行く度《たんび》にくっついて来やがってな。二人でナンパに行く時とかさすがに邪魔でしかねえからコイツに内緒で出かけたり、くっついて来ても無理矢理撒《ま》いたりしてたら……」

「いつの間にやら、アリスの尾行技術が無駄に磨かれちまってなァ。将来は探偵かストーカーになりそうだって、おいらたちも心配してんだよ」

「って、誰がストーカーっすか⁉」

ある種、小日向派に通じるものがあるやかましいやり取りに、史季はおろか、夏凛たちまでもが苦笑してしまう。春乃《はるの》一人だけが、頭に〝苦〟がつかない笑みを浮かべているのは最早言うまでもなかった。

結局アリスに、予備品室に通じる舞台裏の扉についてバラされてしまったので、隠しても仕方ないと思った史季は、夏凛たちの同意を得た上で地下格闘技に出場した経緯を洗いざらい話した。そして、全てを聞き終えた斑鳩は、

「ほうほう、つまりオマエはオレの誕プレの軍資金を稼ぐために、折節脅して出場させたってわけか」

「ちょっと待ってれおん兄……な～んでそんな笑顔なんすか？」

「なぁに、これから公園のド真ん中でお尻ペンペンするのは見た目的にやべえから、オレの爽やかな笑顔で誤魔化《ごまか》そうと思ってな」

「いやそれ絶対誤魔化せないと思――ぎにゃ～～～～～～～～っ⁉」

斑鳩に、お尻が前に突き出る形で小脇に抱えられたアリスが悲鳴を上げる。

「まままままま待って！　公園《こんなところ》でお尻ペンペンはマジで死ぬほど恥ずかしいから勘弁して～～～～～～～～～っ‼」

「恥《それ》も含めてのお仕置きに決まってんだろ」

無慈悲な言葉に、アリスの顔からサーッと血の気が引いたのも束《つか》の間《ま》、ペチンッと小気味好《よ》い音を鳴らして、斑鳩はアリスのお尻を平手打ちした。お尻ペンペンなので当然その一発だけでは終わらず、何回も何回もアリスのお尻を平手打ちする。

「ひぎゃっ⁉」

「いだっ⁉　ぎにゃっ⁉　ごめんなざいっ‼　ごべんばざいっ‼」

泣いて謝るアリスのお尻を容赦なく叩《はた》く斑鳩を見て、史季は確信する。

斑鳩にとってアリスの存在が、本当にただの妹分でしかないことを。それも、妹は妹でもだいたい小学生くらいの感じの。

アリスは斑鳩に一人の女性として見てもらいたがっている一方で、斑鳩のかわいいかわいい妹分を自称していた。そこから鑑《かんが》みるに、斑鳩の妹分というポジションそのものは気に入っているようだが、だからといって本当にただの妹分として扱われるのは本意ではないはず。なのに斑鳩から受ける扱いが妹分（お子様）なものだから、彼女には今日一日振り回されっぱなしだったことを差し引いても、同情せずにはいられなかった。

「うーん……まー……さすがにこりゃ、あたしらまでお仕置きする必要はなさそうだな」

どうやら同情しているのは史季だけではないようで、夏凛の言葉に同意するように、千秋が苦笑まじりに首肯した。

「折節が地下格闘技に出てるとこ見た時は、どうしてくれようかと思ったけど……なんかウチまで段々アイツのことが可哀想《かわいそう》に思えてきたぞ」

そんな会話が聞こえていたのかいなかったのか。

斑鳩はお尻ペンペンをやめて、ゆっくりとアリスをベンチの上に下ろす。

アリスはそのままベンチに横たわり、「えぐ……えぐ……」と嗚咽《おえつ》を漏らしていたが、

「思ったとおり、アリスちゃんは良い声で鳴くわね～」

冬華の婀娜《あだ》っぽい視線に、怯《おび》えた猫のようにビクリと震え上がった。さすがに妹分がそんな目で見られるのは看過できなかったのか、服部《はっとり》は冬華に自制を求める。

「冬華ちゃん。あいつは見てのとおりのお子様だから、できればそういう目で見るのはやめてやってくれねェか？」

真剣な表情で面と向かって言われては、さしもの冬華も引き下がるほかなく、「わかっ

たわよ～」と残念そうに言いながら聞き入れるも、

「その代わりと言っちゃなんだが、おいらならいくらでも鳴かせてオーケーだから、いくらでもケツをぶっ叩《たた》いてくれて構――わふぅッ⁉」

いつも自分が夏凛や千秋にされているのと同じように、冬華は容赦の欠片《かけら》もない一撃《スパンキング》を服部にくらわせた。その一方で、

「どうしよう……夏凛先輩……千秋先輩……お尻叩かれてるアリスちゃん見てたら……なんか興奮してきた……」

「おい、なんか春乃がやべー扉開いちまったみてーだぞ⁉」

「春乃！　冬華側《そっち》はやめとけ！」

「千秋先輩、そっち側って叩く方ですか？　それとも叩かれる方ですか？」

「両方だっ‼」

色んな意味で道を踏み外しそうになっている後輩を、夏凛と千秋が必死の形相で引き止めていた。

泣いていたはずのアリスがドン引きするほどに混沌《カオス》な状況に、史季が頬を引きつらせていると、まさしくこの状況の引き金となった人物が他人事《ひとごと》のように話しかけてくる。

「あ～あ、もう無茶苦茶だな」

「それ、斑鳩先輩が言います？」

「そりゃもう。なんてったって、わりぃのは全部五所川原だからな。五所川原が余計なことしなかったら、オレだって通報《タレ》こまれる危険を冒してまでこんな公園《とこ》でお尻ペンペンなんてしねえよ」

危険を冒してとか言っている割りには、斑鳩《いかるが》の頰にはイタズラ小僧じみた笑みが浮かんでいた。しかし、その笑みもすぐに消え、先程までよりも真剣な声音で史季に謝罪する。

「悪かったな、折節。ウチの者《もん》が迷惑かけて」

その物言いがあまりにも真摯だったことに少しだけ面食らいながらも、史季はかぶりを振る。

「い、いえ……たぶんアリスちゃんも、悪気があって僕を地下格闘技場に連れて行ったわけじゃないと思いますし……」

「おいおい、大概にお人好《ひとよ》しだなオマエ。金欲しさに他人に地下格闘技やらせるなんざ、悪気しかねえだろ」

どこまでもアリスに辛辣な斑鳩に、史季は引きつった笑みを返すことしかできなかった。

「まあ、今日のところはオマエも疲れてるだろうし、オレもこの後別のバイトがあるから、ケンカに誘うのはまた今度にするわ」

「いや今度でも勘弁してほしいんですけど⁉」

悲鳴じみた史季の声を聞いているのかいないのか、斑鳩はいまだドン引きしているアリスが座るベンチへ向かい、そこに置いていたデリバリーバッグを担《かつ》ぎながら彼女に話しかける。

「おい、アリス」

斑鳩にちゃんと名前で呼んでもらえた事が嬉《うれ》しいのか、アリスの顔に笑顔の花が咲きかけるも、散々お尻ペンペンされたことが尾を引いているのか、すぐに不機嫌そうに唇を尖《とが》らせ、微妙に棘《とげ》のある声音で返す。

「な～んすか、れおん兄」

「久しぶりに、オマエがつくったケーキが食いたくなってな。つうわけだから、オレの誕生日に腕によりをかけてご馳走《ちそう》しやがれ」

アリスがケーキをつくれることを、失礼だと思いながらも意外に思う史季を尻目に、アリスは目をパチクリさせながら訊《たず》ねる。

「べ、別に構わないっすけど……いいんすか？　そんなのが誕生日プレゼントで」

「ば～か」

斑鳩はアリスの頭にポンと掌《てのひら》を乗せると、先程のような髪のセットをかき乱す撫《な》で方ではなく、優しい手つきで彼女の頭を撫でた。

「そんなのだからいいんだよ」

途端、アリスの顔が恋する乙女のそれに変わる。

恋愛ごとに疎《うと》い史季でも「あ、この人モテる人だ」と一発で理解できる言動だった。

もっとも彼の場合、どれだけ顔が良くても、どれだけモテる言動ができても、渾名《あだな》となっている〝マインスイーパー〟が全てを台無しにしてしまっているわけだが。

斑鳩はアリスの頭から手を離すと、いい加減混沌《こんとん》が収束しつつある夏凜《かりん》たちに向かって謝る。

「小日向《こひなた》ちゃんたちも悪かったな。休みだってのに面倒事に巻き込んじまって」

「それを言ったら、斑鳩センパイたちも大概に巻き込まれた側だろ」

「迷惑かけたのが身内も身内だからな。巻き込んだ側ってことにしといてくれや。翔《しょう》も、そういうことで構わねえよな？」

言いながら、冬華にスパンキングされて微妙に恍惚《こうこつ》な表情をしていた服部を見やる。

「ああ。おいらとしちゃ、冬華ちゃんに頼ってもらえてプラスなくらいだしな」

「な〜んて未練をちらつかせるような真似《まね》をする人はモテないわよ〜、しょーさ〜ん」

いつもどおりの笑顔で辛辣な言葉を投げつける、冬華。

痛いところに直撃したのか、服部は「ぐはっ」と目に見えない血を吐いた。

「そんじゃ、マジでバイトの時間がやばいからオレはもう行くわ。翔、五所川原のことちゃんと家まで送っとけよ」

「あ〜〜〜っ‼　また五所川原《そっち》に戻ってる〜〜〜っ‼」

というアリスの抗議を無視して、服部が応じる。

「わかってるわかってる。ちゃんと家まで送ってやらねぇと、また何しでかすかわかったもんじゃねぇからな」

「しょー兄はしょー兄でひどくないっすか!?」

「ひでェのは折節くん使って金稼ごうとしたお前さんだろうが。つうわけだからほら、帰るぞ」

服部はむんずとアリスの襟首を摑《つか》むと、そのままズルズルと引きずって退散していく。

その頃にはもう斑鳩は公園の入口付近に置いていた自転車《クロスバイク》に乗って、さっさとバイト先に向かっていた。

「あ、待っ、引っ張らないでしょー兄〜〜〜っ!」

「あぁ、そういやお前さん、まだ折節くんと冬華ちゃんたちに謝ってなかったよな。謝るなら公園出るまでに謝っとけよ」

「そこは引っ張るのやめて謝りに行かせる場面じゃないんすか!?」

という抗議には応じず、服部はなおもズルズルとアリスを引きずりながら指摘する。

「引っ張るのをやめたところでお前さん、素直に謝るなんてことできねェだろうが。恨むなら、切羽《せっぱ》詰まらねェとろくに謝ることもできねェ自分を恨むんだな」

「あ〜もう！　折節先輩と小日向先輩と月池先輩と氷山先輩！　今日は本当にすみません

でした～～～っ‼　でもっ‼」

アリスは服部に引きずられながらも、ズビシと春乃《はるの》を指でさす。

「桃園春乃！　あんたには絶対に謝らないっすからね！　今日のところは見逃してやるっすけど、次会った時は――」

「うん！　また遊ぼうね、アリスちゃん！」

まさかの春乃の返答に、史季たちはおろか、服部さえも噴き出してしまう。

一人笑っていないアリスが、金切り声でツッコみを入れた。

「またも何も、いつぼくがあんたと遊んだんすか～～～～～～～～っ‼」

そんな魂の叫びを最後に、アリスは服部に引きずられながら公園の外へと消えていった。

途端、公園内が一気に静まり返る。

「なんつうか、嵐が過ぎ去った後みてぇだな」

千秋の言葉に誰も彼もが同意したように頷《うなず》き、その嵐に今日一日振り回されっぱなしだった史季が「ははは……」と乾いた笑いを漏らす中、夏凜がようやく触れられると言わんばかりに話しかけてくる。

「にしても今日の史季、けっこうシャレた格好してんじゃん」

「ああ……実はこれ、アリスちゃんが選んでくれたもので」

直後、夏凜の周囲の空気がピシっと固まる。

その手の感情には何かと疎い史季と、その手もへったくれもなく色々と疎い春乃は、夏凛の周囲の空気が音を立てて固まったことに気づいていなかったが、

「おい、冬華。コイツぁ……」

「お察しのとおりよ。しーくんってば、地雷を一気に二つも踏み抜いちゃってるわね～」

しっかりと気づいていた千秋と冬華は小声で言葉を交わし、二人揃《そろ》って「あちゃ～」と片手で頭を抱えた。そんな仕草とは裏腹に、二つ目の嵐が到来したことに内心ちょっとだけワクワクしながら。そんな二人を尻目に、夏凛は話の流れを無視して史季に言う。

「あたしまだ、下の名前で呼ばれたことないんですけどー」

言われてみればそのとおりだと思った史季は「あ……」と声を漏らした。

おまけに、夏凛たちと比べたら付き合いなど無いに等しいアリスのことを、自分は下の名前で呼んでいる。そのことに思い至った瞬間、なぜか無性に「このままではまずい」と焦《あせ》った史季は、頼まれてもいないのに言い訳をしてしまう。

「ア、アリスちゃんのことを下の名前で呼んでいるのは、そうしないとあの子がろくに話を聞いてくれないからで……」

「斑鳩先輩は普通に五所川原って呼んで、普通に話してたんですけどー」

「そ、それはアリスちゃんが斑鳩先輩のことが好きだからであ――」

「あたし、史季と二人でショッピングなんて行ったことないんですけどー」

怒濤《どとう》の敬語責めに、史季はいよいよ口ごもってしまう。そういえば、初めて川藤《かわとう》を相手にケンカをしたあの日も、当時は〝女帝〟にビビり倒していた自分に対し、夏凛が「さすがに傷つくんですけどー」と、彼女らしくもない敬語で抗議をしてきたことを薄《うす》ぼんやりと思い出す。思い出したからこそ、その言葉どおりに夏凛のことを傷つけてしまったのではないかと思った史季は、ますます焦りながら彼女に謝った。

「ご、ごめん小日向さん！　その……色々と配慮が足りなくて……」

「別に、謝ってほしいわけじゃねーし」

敬語はやめてくれたものの、夏凛は唇を尖らせながら不機嫌そうに返す。

いよいよどうすればいいのかわからなくなった史季に、千秋が助け船と呼べるかどうか微妙な船を出してくる。

「こりゃ年貢《ねんぐ》の納め時ってやつだな、折節」

「ね、年貢の納め時？」

問い返す史季に、千秋はニッカリと笑って返す。

「夏凛のこと、下の名前で呼んでやれって話だよ」

「べ、別に呼んでくれって頼んでるわけじゃねーし……」

などと、先程と同じような言い回しで夏凛は否定しているが、物言いがやけに弱々しい上に露骨にそっぽを向いている時点で、言葉ほど否定するつもりがないのは史季の目から見ても明らかだった。

「あっ！　だったら、わた——ん～～～っ！」

春乃が突然手を挙げて何か言おうとするも、いつの間にやら背後に忍び寄っていた冬華が、両手で彼女の口を塞ぐ。

「あら、ダメよ～はるのん。虫が飛んできてるのに、そんなに大きくお口を開けちゃ～」

どことなく物言いが棒読みっぽく聞こえることに、史季が小首を傾《かし》げていると、

「で、どうなんだ折節？　夏凛のこと名前で呼ぶのか？　それとも、下の名前で呼ぶのはアリスだけにすんのか？」

千秋があからさまにズルい言い回しで、訊ねてくる。

彼女の頰に意地の悪い笑みが浮かんでいるところを見るに、今の問いを聞いた夏凛がチラッチラッとこちらを見てくることを見越した上で訊ねてきているのは明白だった。

だったから、本当にズルいとしか言いようがなかった。

期待と不安が入り交じった夏凛の視線。

さっさと腹ぁくくりやがれと、口以上にものを言っている千秋の視線。

依然として春乃の口を塞ぎながらも、ここが男の見せ所よ～と言いたげな冬華の視線。

なんか面白いことが起きていると思っていそうな、ワクワクキラキラした春乃の視線。

四つの視線に晒《さら》されて進退窮《きわ》まった史季は、本当に千秋の言うとおり年貢の納め時かも

しれないと思いながらも、勇気を振り絞って、下の名前で夏凛を呼んだ。

「夏凛……さん……」

束の間《つかのま》、沈黙が降りる。

「下の名前で呼んでんのに〝さん〟付けは、さすがにちょっとよそよそしいっつーの」

夏凛は半顔だけ振り返らせ、不服そうに注文をつけてくる。

「じゃ、じゃあ……夏凛……ちゃん……」

「〝ちゃん〟はガラじゃねー」

いや、斑鳩《いかるが》先輩と服部《はっとり》先輩には普通に〝ちゃん〟付けで呼ぶことを許してたよね!?――と抗議しそうになるも、二人とも年上でなおかつ夏凛のことを名字で呼んでいたことを思い出し、やむなく呑《の》み込んだ。

「じゃ、じゃあ……」

先程と同じ前置きを入れるも、夏凛を下の名前で呼び捨てにすることに対する、恐れ多さやら気恥ずかしさやらが半端《はんぱ》なかったせいで、無駄に長い沈黙を挟んでしまう。

そして、

「…………夏凛…………」

勇気もろとも声を振り絞り、彼女の名前を呼ぶ。千秋と冬華がニンマリと笑い、春乃が羨ましそうな顔をする中、夏凛は再びそっぽを向いてぶっきらぼうに言った。

「それでいいんだよ、それで」

彼女はそれこそ初めから「夏凛」って呼んでいいと言っていたので、下の名前で呼び捨てにしたところで何の問題もないことはわかりきっていたが、それでも、言葉にして許してもらえたことには安堵《あんど》を抱かずにはいられなかった。などと、いっぱいいっぱいになっているからこそ、史季は、夏凛がそっぽを向いている理由に気づくことができなかった。

夏凛の頬は、今にも緩みそうなくらいにひくついていた。色合いにしても、ほんのわずかに朱が差し込んでいた。千秋や冬華が今の彼女の顔を真っ正面から見たら、一発で全てを察することができる程度にはわかりやすい表情をしていた。

もっとも、当の夏凛はその辺りの自覚は全くないようで、自分の内側から湧き上がってくるよくわからない感情を誤魔化すように、振り返りながら千秋たちに言った。

「つーか、この際だからおまえらも下の名前で呼んでもらえよ」

それに対して、千秋と冬華は顔を見合わせてニンマリと笑う。

「いや、別にウチはそのままでいいぞ。そもそも、ウチはウチで折節のこと折節って呼んでるし」

「ワタシも今さら呼び方変えられてもね〜って感じだから、そのままでいいわ〜」

二人なら乗ってくれると思い込んでいたのか、夏凛が思わずといった風情《ふぜい》で「なっ⁉」と驚愕《きょうがく》を吐き出した。

「な、なら、春乃はどうなんだよ⁉」

「もががもんがんっももんがももんもが」

縋《すが》るような響きが混じった夏凜《かりん》の問いに春乃は即答するも、いまだに冬華に口を塞がれていたため、何を言っているのかさっぱりわからない有り様になっていた。

「いや、いつまで春乃の口塞いでんだよ」

ごもっともすぎる夏凜のツッコみに、冬華は再び千秋と顔を見合わせる。千秋が肩をすくめて返すと、冬華はようやく春乃の口から両手を離した。直後、春乃は今の今まで口を塞がれていたとは思えないほど元気に——いつもどおりとも言う——答える。

「わたしもアリスちゃんと同じように、春乃ちゃんって呼んでほしいです！」

グッと拳を握り締めながら要求する後輩を見て、千秋が「まぁ、これくらいが落としどころか」と言いたげに、三度《みたび》冬華と顔を見合わせたことはさておき。

「わかったよ……は、春乃ちゃん……」

「はい！　春乃ちゃんです！」

いちいちぎこちなくなる史季と、いちいち元気いっぱいな春乃に、さしもの夏凜も苦笑を隠せない様子だった。そんな三人をよそに、千秋と冬華は再び小声で密談する。

「春乃のやつ、『アリスちゃんと同じように』ってのが、内心夏凜も思ってたってこと、わかってて言ってんじゃねぇよな？」

「はるのんだもの。わかってるわけないじゃない。ま〜、わかってないという意味では、りんりんもしーくんも同じだけど。それより、ちーちゃん……」

「それこそわぁってんよ。つうわけだから、ちょいと仕掛けてくるわ」

千秋はあくどい笑みを浮かべながら冬華の傍《そば》を離れると、すぐにその笑みを消して史季に歩み寄る。

「そういや折節、今着てるのがアリスに選んでもらった物ってこたぁ、ソイツがもともと着てた物になるってわけか」

言いながら、史季が手に提げている紙袋を指でさす。

「うん。アリスちゃんに動きやすい格好で来いって言われたからジャージで来たんだけど……その……クソダサいって言われて……」

「そりゃまた随分な言われようだな。ちょいとどんなもんか見てもいいか？」

「あっ！　わたしも見てみたいです！」

「まー、あたしもどんなんかは興味あるな」

春乃と夏凜も話に乗ってきて「ＮＯ」とは言えなくなった史季は、諦め交じりに手提げ紐《ひも》を左右に広げ、紙袋に入っているクソダサジャージを皆に見せた。

「知ってます！　これって芋ジャージって言うんですよね！」

悪気の欠片《かけら》もない言葉のナイフが、史季の心を無邪気に切り裂く。

「いやー……まー……クソダサいってほどではねーと思う……うん……」

気を遣わせてしまったことで、かえって居たたまれない気持ちになってしまう。

「冬華、オマエなら芋ジャージ《コィッ》に何点つける？」

「う〜ん……赤点は免《まぬが》れないわね〜」

いつの間にやら、紙袋からクソダサジャージの上着を取り出して広げてみせている千秋と、遠慮がちに忖度《そんたく》の欠片もない採点を下す冬華の容赦のなさが、史季の心を抉《えぐ》る。

いよいよ項垂《うなだ》れる史季を尻目に、千秋はクソダサジャージの上着を紙袋に戻すと、

「つうわけだから夏凛、今度はオマエが折節のためにイカしたジャージを選んでやれ」

まさかの提案に、「『え？』」と、史季と夏凛の声が綺麗《きれい》に重なった。

「な、なんでそうなるんだよ⁉」

史季よりも先に千秋の言葉の意味を理解した夏凛が、すぐさま抗議するも、

「いや、オマエさっき折節に向かって『あたし、史季と二人でショッピングなんて行ったことないんですけどー』とか言ってたじゃねぇか」

千秋の指摘に、「『……あ』」と、またしても史季と夏凛の声が綺麗に重なった。

今度は、微妙な沈黙を挟んだにもかかわらず。

「ちょちょちょちょっと待って月池さん！」

「それってつまり、あたしら二人だけで行ってこいってことか⁉」

泡を食ったような有り様の二人に対し、千秋はすっとぼけた顔をしながら、二人を一発で黙らせる言葉を返す。

「なんだオマエら？　二人でショッピングするの嫌なのか？」

これには史季も夏凛も、揃《そろ》って押し黙ってしまう。ここで嫌だと答えることは、目の前にいる相手と二人でショッピングをすることが嫌だと答えるのと同義。史季にしても夏凛にしても、そんな相手を傷つけることがわかりきっている答えを返すなんて真似《まね》はできない。そこまで読み切った上での、なんとも意地の悪い言葉だった。

「返事がねぇってことは決まりだな」

「そ〜ゆ〜わけだから、はるのんはワタシたちと一緒に行きましょうね〜」

「え、ええっ⁉　なんでですか⁉」

状況についていけていない春乃《はるの》が、いつもどおり素直に疑問を口にするも、冬華が何やらゴニョゴニョと耳打ちすると、

「わかりました！　がんばってくださいね！　夏凛先輩！　史季先輩！」

目をキラキラと輝かせながら親指を立てて、史季と夏凛に向かって応援《エール》を送った。

「んじゃ、ウチらはカラオケにでも行くとしようぜ」

「「は〜い」」

冬華と春乃の聞き分けの良《い》い返事を最後に、三人は史季たちの前から立ち去っていった。

史季にしろ夏凛にしろ、冬華に耳打ちされる前の春乃以上に状況についていけていなかったため、遠ざかっていく三人の背中をただ黙って見送ることしかできなかった。

もっとも、三人のことを黙って見送ってしまった理由はそれだけではなく。

史季にしろ夏凛にしろ、目の前の相手と二人きりでショッピングに行けることを無意識の内に嬉《うれ》しく思っていた。思っていたから、ここで千秋たちを呼び止めてしまったら、ショッピングに行く流れがなかったことになるかもしれないと、無意識の内に危惧していた。

だから二人揃って、去っていく千秋たちの背中をただ黙って見送ってしまったわけだが。

自身の心の動きに全く気づいていない二人は、ただただ呆然《ぼうぜん》と立ち尽くすことしかできなかった。

◇◇◇

（んだよ、これ……）

夏凛は無意識の内に、かつてカラオケルームで史季と二人きりになった時と同じことを心の中で呟《つぶや》く。確かに自分は「史季と二人でショッピングなんて行ったことないんですけどー」とは言った。けれどそれは、明らかに小日向《こ ち ら》派よりも付き合いの短いアリスと行くなんて水臭いんじゃねーかという意味であって、本当に史季と二人きりでショッピングに行きたいという意味では断じてなかった。

（……いや、断じては言いすぎだよな。どっちかっつーと……あんまりっつーか……ちょっとだけっつーか…………いや別に史季とショッピングに行きたくねーって意味じゃねーんだけど……）

などと心の中で言い訳していると、史季が今着ている自分のジャージを指差しながら、申し訳なさそうに言ってくる。

「あの、小日向《こひなた》さん……ちょっと言いにくいんだけど、このジャージを買ったことで財布の中身がだいぶピンチだから、小日向さんにジャージを選んでもらっても……その……」

「要するに、買う金がねーってことかよ」

ホッとしたように、あるいは残念がるようにため息をつくも、時間差で史季の失言に気づき、即座に抗議する。

「って、また『小日向さん』に戻ってんじゃねーか！」

「あっ！　ごごごごめん小日向《こひな》――じゃなくて、か、か、夏凛ッ！」

思わず、頰が緩みそうになる。史季に下の名前で呼ばれると、なぜか頰に力が入らなくなることには、さすがに夏凛も気づいていた。けれど、その理由については全く気づいていないので、内心困惑しきりだった。

兎《と》にも角《かく》にも、だらしなく緩んだ頰を史季には見られたくなかったので、夏凛はパインシガレットを一本咥《くわ》えることで、どうにかこうにか表情筋を引き締め直す。

「つーか、金がねーんだったら、ジャージ見に行ったたってしょうがねーけど……」

だからといって、このままお開きにしようという気にはなれなかった。

別れてすぐにお開きにしたことが千秋たちにバレてしまったら、後々何を言われるかわかったものじゃないという理由もある。

だがそれ以上に、折角の機会だからこのまま史季とショッピングにしゃれ込むのも悪くねーかなと思っている自分がいることを、夏凛は否定することができなかった。

（ま、まー……友達《ダチ》だからな。二人きりでショッピングっつーか、買い物に行くことなんて普通だし、珍しくも何ともねーし）

自分で自分に言い訳を言い聞かせたところで、史季に提案する。

「どうせだからさ、近くのショッピングモールでも覗《のぞ》いてみねー？　買う買わないは別にしてさ」

「う、うん。小日《こひ》――か、夏凛さえ良ければ」

またしても「小日向さん」と言いそうになる、史季。

これには夏凛も、ちょっとだけムッとしてしまう。

「……史季」

史季自身、ついつい「小日向さん」と言ってしまいそうになることを悪く思っているのか、「は、はいッ」と答えた彼の声は微妙に上擦っていた。

「モールに行く前に、ちゃんとあたしのこと『夏凛』って呼べるよう練習すっぞ」

「…………はい？」

言っている言葉の意味が理解できなかったのか、史季が間の抜けた返事をかえしてくる。

そんな反応を半ば予想していた夏凛は「かかってこいよ」と言わんばかりに、両手で自分を扇ぐようにして手招きしながら言った。

「つーわけだから、ほら」

ほら――が、名前を呼ぶ合図だと理解するのに時間がかかったのか、数秒ほど遅れてから史季は名前を呼ぶ。

「か、夏凛……」

途端、頰が緩みそうになるも、すっかり小さくなっていたパインシガレットをバリボリと嚙《か》み砕《くだ》くことで、どうにかこうにか堪《こら》えきる。

「声が小せーぞ。ほら」

「か、夏凛……ッ」

やはり緩みそうになった頰を、懐《ふところ》から取り出した鉄扇でさりげなく隠しながら、夏凛は続ける。

「『小日向さん』って呼ぶ時に比べたら、メッチャヤぎこちねーぞ。ほら」

「夏凛《かりん》……ッ」

「お？　今のはちょっとよかったぞ。ほら」

「夏凛……！」

◇　◇　◇

という小っ恥ずかしいやり取りを、千秋、冬華、春乃の三人はカラオケルームで聞いていた。

「ウチらはいったい何を聞かされてんだろな……」

片掌《かたて》で顔を覆いながら、千秋は項垂れる。彼女の左隣に座っている冬華は、笑いすぎて引きつったお腹《なか》を押さえながら、テーブルに突っ伏した状態でプルプルと震えていた。

「で、でも、本当に良いんですか？　その……盗聴なんて……」

千秋の右隣に座っている春乃が、テーブルの上に置かれている千秋の常用のスマホを見つめながら遠慮がちに言う。

然う。千秋たちは、二人きりになった史季と夏凛の会話を盗み聞きしているのだ。

千秋が、史季のクソダサジャージの上着を紙袋に戻した際に、予備のスマホを一緒に忍ばせるという手法で。予備のスマホが、テーブルの上の常用のスマホと通話状態になっているのは言《げん》に及ばない。

「いや、ウチらも褒められたやり方じゃねぇってことはわかってんよ？　けど、まぁ……なんつうか……」

千秋にしては珍しくも、口元をモニョモニョさせながら言葉を濁す。

頬には、微妙に朱が差し込んでいた。

なんともらしくない千秋の反応を見て、得心した春乃がポンと手を打ち鳴らす。

「要するに、夏凛先輩と史季先輩が大人の階段を上るかどうかが気になって気になってしょうがないということですね！」

「そこまでは気になってねぇっ！　つうか、アイツらの場合それ以前の問題だからな⁉」

「大丈夫です！　盗聴はイケないことですけど、それはそれとしてわたしもそこは気になってましたから！」

「いやだからウチが気になってんのはそういうとこじゃねぇっ言《つ》ってんだろ！　つうか、一体全体今の話の何が大丈夫なんだよ⁉」

ボケ倒す春乃に散々ツッコんだ後、千秋は疲れたようにため息をつく。

ちなみに、今テーブルの上に置かれている常用のスマホは抜かりなく無音《ミュート》に設定しているため、こちらの声が向こうに届くことはない。逆に向こうからの音声はスピーカーモードで出力しているため、『夏凛！』『よし、その調子だ。ほら』『夏凛！』という、いまだ続いている小っ恥ずかしいやり取りがバッチリと聞こえていた。

「とにかく、お友達の恋愛に興味津々《きょうみしんしん》なちーちゃんに免じて、盗聴については目を瞑《つぶ》ってもらえると助かるわ〜」

いつの間にやら復活していた冬華が、千秋の頭に手を置きながら春乃に言う。

「だから、そんなんじゃねえっ言《つ》ってんだろ」

抗議する千秋の声音に常ほどの覇気はなく、頭に乗せられた手を振り払う素振りすら見せなかった。

「それにね、はるのん。盗聴って、はるのんが思ってるほど悪いことじゃないのよ？　たとえばの話になるけど、女湯と男湯を衝立《ついたて》一枚で仕切ってる露天風呂《ろてんぶろ》があるとするじゃない。その状況で男湯を覗き見に行くこと、はるのんは悪いことだと思う？」

「テメェは何言ってんだ？」

「思いません！」

「テメェも何言ってんだ⁉」

普段ツッコみ役を分担している夏凛と史季の存在の有り難《あ がた》さを実感しながらも、千秋は「ぜぇはぁぜぇはぁ」と疲れ切った息を吐く。カラカラになった喉をドリンクバーで調達したメロンソーダで潤した後、ツッコみ忘れたことを独りごちるようにして吐き出した。

「そもそも、なんで盗聴の話から覗きの話になってんだよ……っ」

「そもそもといえば、夏凛先輩と史季先輩が両片思いかもしれないって話は、本当なんですか⁉」

その話を冬華に耳打ちされたからこそ、夏凛たちとまだ遊びたかった春乃《はるの》が、目をキラキラさせながら二人に応援《エール》を送ってこちらについて来てくれたことはさておき。ツッコミを無視《スルー》された上に、ド直球に春乃がぶっ込んできたことに、千秋は思わず咽《む》せそうになる。

「……っ……ん……あ、あくまでも、冬華の見立てではだけどな。言《い》っても、さっきの夏凛と折節の様子を見た限りじゃ、限りなく黒《クロ》だとウチも思ってる」

「りんりんもしーくんも、ワタシとちーちゃんが露骨に煽ってることに気づきもしなかったものね～」

「折節はともかく、夏凛の奴《やつ》は普段は動物並みに勘が鋭いってのに、さっきは鈍《にぶ》いを通り越してポンコツになってやがったからな。史季の紙袋に仕掛けたスマホにしても、普段の夏凛《アイツ》ならぜってぇ勘づいてただろうし」

「なるほど……」と、春乃が顎に手を当てて納得している――話がわかった上で納得できているかどうかはともかく――と、スマホの向こう側にいる夏凛と史季に動きがあったので、三人は揃《そろ》って耳を澄ませる。

『まー、こんなもんでいいだろ。あんまりこだわりすぎると、マジでこれだけで日が暮れそうだしな』

『そ、そうだね……か、夏凛』

『……おう』

と、ぶっきらぼうに返しているように聞こえる夏凛の言葉だったが、その実、微妙に声音が弾んでいることに気づいた三人は、顔を見合わせて微笑《ほほえ》んだ。

「さすがにありえねぇとは思うけど、告白とかそんな感じの雰囲気になったら、通話は切るからな」

「二人だけの愛の言葉まで盗聴するのは、野暮なんてものじゃないしね～」

「千秋先輩！　冬華先輩！　盗聴している時点でもう〝やぼ〟なんて騒ぎじゃないと思います！」

「確かにそのとおりだけど、オマエ〝野暮〟の意味わかってねぇくせに言ってるだろ⁉」

「ちーちゃ～ん、はるの～ん、りんりんとしーくんがまた何か喋《しゃべ》ってるから、ちょ～っと静かにしましょうね～」

冬華に注意された千秋と春乃は、すぐさま黙ってスマホに耳を傾ける。盗聴されているなど露ほども知らない夏凛の声が、一曲の歌も流れていないカラオケルームに響き渡った。

『そんじゃ、そろそろ行くとしようぜ』

◇◇◇

公園で女の子を下の名前で呼び捨てにするという、恥ずかしいようで不思議と悪い気がしない練習を終えた後、史季は夏凛と一緒にショッピングモールを訪れた。

その頃には外は暗くなりつつあったので、どうせだからモール内のフードコートで夕飯でも食べようかと夏凛が提案してくるも、

「それも、ちょっと厳しいかな……」

史季は乾いた笑みを浮かべながら、財布の中身を夏凛に見せる。

お札が一枚も入っておらず、小銭も一〇〇円玉が三つと、一〇円以下の硬貨が少々という惨状を見て、夏凛は顔を引きつらせた。

「これピンチはピンチでも、〝だいぶ〟どころか親に仕送りお願いするレベルでピンチじゃねーか⁉」

「そこは大丈夫。生活費分はちゃんと別にして家に保管してるから。それに、まさか服を買うことになるなんて思ってなかったから……」

「まー、元から買い物に行くつもりでもねー限り、財布にそんなにお金なんて入れとかねーよな。万札とか入れてると、なんか落ち着かねーし」

お互い親元を離れて一人暮らしをしていてお金の扱いに気を遣っているせいか、それとも単に貧乏性なだけなのか、共感《シンパシー》を覚えた史季と夏凛は揃ってうんうんと頷《うなず》いた。

「繁華街からだと史季ん家《ち》は遠いし、二人でメシ食うのはまた今度でいっか」

「う、うん……」

夏凛自身、特に意識せずに言ったようだが、だからこそ、ごく自然に「二人で」と言ってもらえたことを史季は心底嬉《うれ》しく思う。が、例によって恐れ多さやら気恥ずかしさやらも半端《はんぱ》なかったので、返事はどうしてもぎこちないものになってしまう。

そしてこれまた例によって、そんな心中が顔に出てしまっていたらしく、夏凛は微妙に顔を赤くしながらもこちらの肩を弱々しく叩《はた》いた。

「ばかっ。友達《ダチ》としてに決まってんだろ」

「あ、いや、そ、そうだよね！　そんなことないよね！」

というやり取りをかわしたところで、史季と夏凛は揃って相手から顔を背けてしまう。

二人していっぱいいっぱいになっているせいで、史季も夏凛も、自分のみならず相手も〝そんなこと〟を意識しているという事実には毛ほども気づいていなかった。

「い、いつまでもこんなところでボサっと突っ立ってるのも何だし、そろそろ行こうぜ」

「う、うん。そうだね」

史季は言わずもがな、夏凛までもがぎこちなくなりながら、特に目的地も決めずに肩を並べて歩き出す。小日向《こひなた》派の皆で訪れていたならば、どこに行こうかと駄弁《だべ》りながらモール内を練り歩いていたところだろう。しかし今は、史季と夏凜だけしかいない。その事実が、いつもよりも二人の口を重くする。

行き交う人たちの中にちらほらとカップルが交じっているせいで、史季も夏凜もますます〝そんなこと〟を意識してしまい、ますます口が重くなっていく。

そのせいで史季は今、この場から走って逃げ出したいくらいの居たたまれなさを覚えていた。同時に、ずっとこのまま歩き続けたいと思えるほどの居心地の良さも覚えていた。

相反する甘さが、堪《たま》らなく気恥ずかしくて、堪らなく心地良い。

このままずっとこの甘さに浸《ひた》っていたいところだけれど、甘さを感じているのは自分だけかもしれないという思いが没入《それ》を許さない。

そんな思いを抱えているくせに、今隣を歩いている彼女がどんな顔をしているのか、確かめることもできない。

少し目を横に向けるだけで済む話なのに、それができない。

確かめた瞬間に、この逃げ出したくなるような甘い一時《ひととき》が、終わってしまうような気がしたから。

とはいえ、何事にも終わりというものは訪れる。

それは偶然か必然か、ある意味では目的地とも言えるスポーツアパレル店が道行く先に見えた瞬間、史季と夏凛《かりん》は「「あ」」と声を重ねて立ち止まった。

「せ、折角だし、見てくか？」

「そ、そうだね」

歩き出す前のぎこちなさをいまだ引きずりながら、二人はスポーツアパレル店に足を踏み入れる。どうやら夏凛の方は史季ほど重症ではないらしく、入ってすぐのところにジャージのコーナーがあるのを認めた途端、ぎこちなさなど忘れて楽しげに物色し始めた。

「へー、この店イケてるやつ多いじゃん」

そんな夏凛に釣られるように、史季も幾分ぎこちなさがとれた調子で応じる。

「だね。その分高そうだけど……」

「どのみち三〇〇〇円ちょっとで買えるジャージなんてあるわけねーし、その辺は今は気にしなくていいだろ」

言いながら、ハンガーラックにかかっていたジャージのセットを一着抜き取り、こちらに見せつけてくる。

「こいつなら、アリスが選んだやつよりもかっこいいと思わねーか？」

黒を基調としている点はアリスが選んだジャージと同じだが、夏凛が選んだジャージには胸のあたりに見たこともないブランドロゴの刺繍《ししゅう》が施されていたり、ジャージの両サイドにロゴテーピングが縫い付けられていたりと、華やかさがプラスされていた。だから

こそ、忖度《そんたく》抜きにアリスが選んだジャージよりも格好いいと思った史季は首肯を返したが、

「でもこれ、本当に高そうな感じがするんだけど……」

「言《い》ってもジャージだろ？　いって一万くらいだ……ろ……」

商品タグに書かれていた値段を見て、夏凛の言葉尻が萎《しぼ》んでいく。

その反応を見て、まさかと思いながら史季も商品タグを覗《のぞ》き込み……その〝まさか〟すらも上回る値段に、思わず素っ頓狂な声を上げた。

「二五〇〇〇円ッ⁉」

「た、たぶんこいつがたまたま高かっただけだろ」

声音と同じように震えた手でジャージをハンガーラックに戻すと、他のジャージを抜き取って値段を確認し……そっとハンガーラックに戻した。

「夏凛……今の、三〇〇〇〇って書いてなかった？」

「……書いてたな」

「……とりあえず、店の外に出ない？」

「異議なし」

史季と夏凛は足早に、実は頭に〝高級〟がついているタイプのスポーツアパレル店を後にした。近くにあったエスカレーターに乗り、一つ上の階で降りたところで、夏凛が嬉しげに笑いながら話しかけてくる。

「つーか史季さ、さっきすげー自然に『夏凜』って言えてたよな」

指摘されてようやく気づいた史季は、「あ……」と間の抜けた声を漏らしてしまう。

「それでいいんだよ、それで」

夏凜自身意識しているのかいないのか、初めて「夏凜」と呼ばれた時に史季に向かって言った言葉を、今度はそっぽを向くことなく、ぶっきらぼうでもなく、嬉しげに微笑みながら言ってくる。そんな笑顔を向けられたせいか、顔が熱くなっていくのを感じた史季の方が、思わずそっぽを向いてしまう。

「あ、照れてる照れてる」

ケラケラと笑いながら指摘され、ますます顔が赤くなっていくのを自覚する。

そっぽを向いているせいで、彼女の頬にも少しだけ熱が帯びていることにも気づかずに。

これまた当の夏凜は意識しているのかいないのか、火照《ほて》りを冷ますようにして鉄扇で顔を扇《あお》ぎながら、エスカレーターのすぐ傍《そば》にある雑貨屋を空いた手で指し示した。

「次はあの店覗いてみよーぜ。さっきの店と違って、高い商品《やつ》は置いてなさそーだし」

史季はそっぽを向いていた顔を戻し、夏凜が指し示した雑貨屋を見やる。

店の内装こそ異国情緒に溢《あふ》れているものの、店頭に置かれている「全品一〇〇円！」とデカデカと書かれたワゴンセールのＰＯＰが、その全てを台無しにしていた。

自らの強みを殺していく営業スタイルに、史季は思わず苦笑してしまう。

「ここなら、今の史季でも三つくらいは何か買えるな」

夏凛はイタズラっぽく笑いながら鉄扇を懐《ふところ》に仕舞い、一〇〇円セールのワゴンに小走りで駆け寄る。彼女に遅れてワゴンを覗いてみると、そこにはキーホルダーやアクセサリーといった小物が、種類別で区分けされた状態で陳列されていた。

「おっ、これいいな」

そう言って彼女が摘まみ上げたのは、吸いかけの煙草《たばこ》を模した鞄用装飾品《バッグチャーム》だった。

再び、史季の頬に苦笑が浮かぶ。

「本当に好きだよね。煙草っぽいの」

「だって、なんかかっこいいし……およ？」

応じながらワゴンを物色していた夏凛は片眉を上げ、

「もう一コ見～っけ」

ニンマリと笑って、二つ目の煙草型バッグチャームを摘まみ上げた。

自然と、史季の苦笑が深くなる。

「けどまー、いくら安いっ言《つ》っても二コもいらねーから、買うのは一コだけで……」

両手で摘まんでいたチャームの片割れをワゴンに戻そうとしたところで、夏凛は言葉のみならず、動きも中途半端《ちゅうとはんぱ》に止めてしまう。

それから何か逡巡《しゅんじゅん》するようにしてそのまま固まり続け……突然、こちらを見もせずに、ワゴンに戻そうとしていたチャームを突きつけてきた。

「し、史季も買っとけよ。折角来たのに何も買わねーってのも何だし、たった一〇〇円だしさ」

史季は、夏凜の言動をすぐには理解することができなかった。

だって彼女は今、僕に向かって、お揃いのバッグチャームを買うことを勧めてきている。

骨の髄まで草食動物な史季は、その事実をすぐには呑《の》み込むことができなかった。

「か、勘違いすんじゃねーぞ。これは……その……アレだ。史季があたしのことを、下の名前で呼ぶようになった記念ってやつだ。それ以外にたいした意味なんてねーからな」

耳まで真っ赤にしながら、相も変わらずこちらを見もせずに言い訳じみた言葉を並べてくる。健全な男子高校生ならば、この時点で脈の一つや二つあるのではないかと舞い上がる場面だが、

「き、記念か！　そ、そうだよね！　そういう意味だよね！」

魂の髄まで草食動物な史季は、〝もしかして〟とすら考えることなく、というか思考そのものを放棄して夏凜の言葉に乗っかった。

「なら………んっ」

ちょっとだけこちらに横目を向けながら、さらに深くチャームを突きつけてくる。

史季が無駄に畏《かしこ》まりながら両手でチャームを受け取ると、夏凜はもう我慢の限界だと言

わんばかりに完全にそっぽを向いた。

史季は史季で、もうどうしようもないくらいに頬が緩んでいくのを自覚していたため、夏凛と全く同じタイミングで、そっぽを向いていた。今の彼女が、自分と同じように、もうどうしようもないくらいに頬が緩んでいるとは夢にも思わずに。

そして史季はおろか、夏凛さえも夢にも思っていないことがもう一つ。

今二人がいる場所は、日曜日のショッピングモール。その中にある、雑貨屋の店頭。行き交う人々の目に、二人の初々《ういうい》しい有り様が映るのは必然であり、その日の悉《ことごと》くが生暖かいものになることもまた、必然だった。

そんなことになっているなど毛ほども気づいていない史季と夏凛は、二人してお揃《そろ》いのチャームを握り締めたまま、今しばらくはワゴンの前でモダモダしていた。

◇　◇　◇

『わ、わかってっとは思うけどこのチャーム、千秋や冬華には見せねーようにしとけよ。お揃いの物《もん》持ってるなんて知られたら、あいつらぜってー勘違いしやがるからな』

『そ、そうだね！　勘違いされるよね！』

カラオケルームのテーブルに置かれた、千秋の常用のスマホから聞こえてくるやり取り

に、冬華はニヨニヨと笑っていた。

「あぁんもう♥　二人とも初々しくてかわいいわね～♥」

夏凛と史季の仲は、もうかなり「お前らさっさと付き合えよ」と言いたくなる段階まで来ている。だが、片や恋心というものをまるで自覚しておらず、片や相手に対して神格化に近い感情を抱いているせいで恋心を抱くことすら恐れ多いと思っている節があるため、あともう三、四歩というところで、二人仲良く足踏みしている有り様になっていた。

そのモダモダが、もうほんと「ごちそうさま」と言いたくなるくらいに、冬華を満足させていた。

「ワタシにも、こんな時期があったわね～」

と言いつつも、千秋から「あったのかよ」とか「嘘《うそ》つけ」とか、無慈悲なツッコみがくるだろうと思っていたら、

（……あら？）

一向にツッコみがこず、片眉を上げる。一体どうしたのかと思い、右側に座っている千秋を見やった冬華は（あらあら～♥）と、心の中で恍惚《こうこつ》を吐き出した。

千秋は今、気恥ずかしさとか憧れとか羨ましさあたりの感情が綯《な》い交ぜになったような、なんとも複雑な表情をしていた。その表情に赤みが差し込んでいるものだから、夏凛と史季とは違った意味で微笑《ほほえ》ましさを覚えずにはいられない。

なお、千秋の隣に座っている春乃《はるの》は、目をキラキラさせながら、スマホから聞こえてくるやり取りを食い入るように聞いているものだから、こちらはこちらで負けず劣らず微笑ましかった。もっとも、目をキラキラさせている以上に鼻息を荒くさせているため、冬華以外の人間が今の春乃の様子を見て、微笑ましいと思えるかどうかは微妙なところだが。

自然、冬華はニヨニヨ笑いを深めながら、ここぞとばかりに千秋をいじる。

「あらあらちーちゃん、お顔が赤くなってるわよ～。もしかして、今のりんりんとしーくんの状況《シチュ》、ちーちゃん的にはストライクだったのかしら～？」

千秋は我に返ったようにハッとした表情を浮かべると、赤みが差し込んでいた顔をさらに赤くしながら否定した。

「バッ……！　こ、こんな中坊の乳繰り合いみてぇなシチュが、ス、ストライクなわけねぇだろ！」

「じゃ～、なんでお顔が赤いの～？」

「ア、アイツらのやってることが中坊すぎて、き、聞いてるこっちが恥ずかしくなってきただけだっつうの！」

などと怒鳴っている間にも顔の赤みはさらに濃くなっていき、耳まで侵食していく。

彼女の言う「中坊の乳繰り合い」が、琴線《ストライク》に触れているのがよくわかる反応だった。

大切なお友達が、こと恋愛に関しては思った以上に乙女だったことを知った冬華は、辛抱堪《たま》らんとばかりに千秋に抱きつく。

「あぁんもう♥　ちーちゃんか〜わ〜い〜い〜♥」

「だーもうっ！　抱きつくなっ！」

怒鳴りながら手で押しのけようとはしているものの、セクハラさえしなければ凶器《ドーグ》を使ってまで引き剝がそうとはしない千秋のことがますます愛おしくなり、彼女の頰に自分の頰をスリスリさせていると、

『買う物も買ったし、そろそろ出るか？』

『うん。お互い、夕飯の準備もあるしね』

不思議と二人の笑顔を想像できるやり取りが聞こえてきて、冬華はスリスリしていた動きを、千秋は冬華を押しのけようとしていた手を止める。

「あらら、もうお開きみたいね」

「まぁ、金もねぇのに夜遅くまでってわけにはいかねぇからな」

などと、半端《はんぱ》に揉《も》みくちゃったまま得心していると、

「え？　〝これから〟が本番じゃないんですか？」

穢《けが》れを知らない無垢《むく》な目で、穢れだらけの〝これから〟を期待している春乃に、千秋は頰を引きつらせ、冬華は頰を綻ばせた。

な三人組に絡まれ、史季のみならず夏凜までもが頭を抱えそうになる。

「わりー、史季。まさかマジで絡まれるとは思ってなかったわ」

「いや、まあ、うん……僕も危ないとは言ったけど、まさか本当に絡まれるとは思ってなかったから……」

と、答えたところで、ふと気づく。今の状況に、自分が全くビビっていないことに。

ケンカが強くなったことを自覚しても、史季の草食動物な性根は変わっていない。

だからいつもなら、こんなガラの悪そうな人たちに絡まれたら、ケンカをする覚悟が固まらない内はビビり倒していたところなのに、今は少しもビビっていない。

（もしかして、夏凜と一緒にいるから？）

それは、聖ルキマンツ学園の〝女帝〟が隣にいる安心感があるからという意味ではなかった。憧れの〝彼女〟の前でビビり倒すようなかっこ悪い真似《まね》はしたくない――そんな思いからきた言葉だった。

夏凜の前では今まで散々かっこ悪いところを見せたというのに、そんなことを思っている自分に内心苦笑しながら、彼女を守るようにして一歩前に出て、決然と告げる。

「夏凜は下がってて。ここは僕がなんとかするから」

夏凜は一瞬、虚を衝《つ》かれたようにきょとんとするも、すぐに嬉しげな笑みを浮かべ、懐《ふところ》から取り出したパインシガレットを咥《くわ》えながら了承する。

「わかった。かっこいいとこ、見せてくれよ」

「……努力はする」

結局最後は自信なさげになってしまい、背後にいる夏凛にカラカラと笑われてしまう。

色々な意味で見せつけられた男たちは、見るからに弱っちそうな史季を前に、揃いも揃って嘲笑を浮かべた。

「おいおい、まさかボクちゃん、俺たちとやる気かよ？」

「やめときなやめときな」

「痛い目見るだけじゃ済まねえぞ〜」

舐《な》め腐った物言いでからかってくる三人に対し、史季は毅然《きぜん》と言い返す。

「僕も、やらずに済むならそれに越したことはないと思ってます。だからここは、退いてくれませんか？」

「おいおいおい、今の聞いたか？」

「おっかしいな〜。なんかまるで『痛い目見たくなかったら退け』って言われてるように聞こえたぞ〜？」

「ボクちゃ〜ん、女の前だからってかっこつけなくてもいいんでちゅよ〜」

予想していたことだが、ただ馬鹿にされるだけの結果に終わってしまったことに、史季はため息をつく。おそらく、ケンカになるのは避けられない――そう判断した史季が、覚

悟を固めようとしたその時、

「はは〜ん。さてはオマエら、モテねえな」

男たちの後方から、史季と夏凛にとってはそれこそ嫌というほどに聞き覚えのある、男の声が聞こえてくる。

「んだとゴラァッ！」

「誰だナメたこと言いやがった奴ぁッ！」

「ぶっ殺されてぇのかッ！」

図星だったのか、ブチ切れながら三人の男は振り返り……揃《そろ》って目が点になってしまう。

男たちの背後にいたのは、ウサギだった。「一時間二〇〇〇円！」と書かれた立て札を持った、ピンク色のウサギの着ぐるみだった。

ウサギは立て札の根元あたりで自身の肩をトントンと叩《たた》きながら、その見た目でなければそれなりにかっこよかったかもしれない感じの言葉を吐く。

「女の前だからってかっこつけなくてもいいだぁ？　逆だ逆。女の前でかっこつけなくて、いつかっこつけんだよ」

正論だと思ったのか、男たちは揃って口ごもる。そんな中、ウサギの着ぐるみの正体に

1時
円

気づいていた史季と夏凛は、動揺を露《あら》わにしながらも小声を交わした。

「確かに、別のバイトがあるとは言ってたけど……⁉」

「だからって、さっきの今で出会うか普通……⁉」

普通は出会わない。ていうかどういう偶然だ――そんな結論で一致した二人が驚きと呆《あき》れが入り交じった目で、ウサギの着ぐるみを着た斑鳩獅音を見つめていると、三人の中でいち早く我に返った赤髪が、その斑鳩《いかるが》に向かってツッコみを入れる。

「つうか、お前は何なんだよ⁉」

「見てのとおり、ラブホの客引きをしてるウサギさんだ」

そう言って斑鳩《ウサギさん》は、デカデカと「一時間二〇〇〇円！」と書かれた立て札を男たちに見せつける。肝心のラブホテルの名前は立て札の隅っこに小さく書かれているが、この夜闇の中では街灯の明かりに照らされてなお読みづらかった。

「そういう意味で聞いてんじゃねぇよ⁉」

「つうか、なんで路地《こんなとこ》にいんだよ⁉」

遅れて我に返った、青髪と黄色髪からもツッコみが入る。

あっという間に蚊帳《かや》の外に追いやられた史季と夏凛は、斑鳩の登場に驚けばいいのか呆れればいいのか笑えばいいのかわからず、微妙な表情を浮かべることしかできなかった。

「店長が言うには、ラブホに行こうかどうかグダグダ迷ってるカップルは、雰囲気を盛り上げるために、この辺りの路地みてえな人気の少ねえとこに行きがちだって話らしくてな。そういうのを客引《キャッチ》きするために、ちょっと見て回ってこいっ言《つ》われたんだよ」

三人は「え、その話マジ？」と言いたげな顔をしながら顔を見合わせるも、

「最近は同性での利用も珍しくねえからな。オマエらモテなさそうだし、いっそ三人でヤってみるってのも悪くねえんじゃねえか？」

真面目に客引きをしているつもりなのか、それとも単にケンカしたいがための挑発なのか。いずれにせよ二度目のモテない認定にいよいよブチ切れた三人が、一斉に斑鳩に襲いかかる。

「誰がモテないじゃゴラァッ！」

「やっぱナメてんだろぉッ！」

「ぶっ殺ぉすッ！」

などと凄《すご》んだところで、ここが路地である以上、二人以上同時に殴りかかっても邪魔になるだけなので、赤髪が先んじて斑鳩に殴りかか――

「⁉」

ノーモーションで放たれた斑鳩の蹴り上げが、赤髪の顎を捉える。

蹴り足が、着ぐるみを着ているとは思えないほどの速さだったせいもあって、全く反応ができなかった赤髪は、後続の青髪と黄色髪に倒れ込む形で気を失った。

「やりやがったなてめぇッ‼」

「お、おいッ⁉」

青髪が赤髪を抱き止めている間に、激昂《げきこう》した黄色髪が斑鳩に突っ込んでいく。その動きに合わせて斑鳩がハイキックを繰り出そうとしたので、黄色髪はすぐさま腕で防御しようとする。瞬間、逆V字を描くようにして蹴り足がハイキックからローキックに変化し、無防備になっていた右太股《ふともも》を強打。激痛で黄色髪の動きが止まっている隙に、斑鳩は立て札を持っていない左手でフックを放ち、正確にこめかみを打ち抜いて一撃で昏倒《こんとう》させた。

あまりにも鮮やかな手並みに、史季は思わず息を呑《の》む。

以前、夏凛は斑鳩の蹴りについて、クソ速《はえ》ーだの、ノーモーションで蹴ってくる時もあるだの、変幻自在だの、挙句の果てに蹴りの軌道を途中で変えたりするだのと言っていたが、まさしくその通りだったことに驚愕《きょうがく》を通り越して戦慄すら覚える。

おまけに、黄色髪を仕留めたパンチにしても、拳だけで学園のトップ層に食い込めるのではないかと思えるほど堂に入っていた。夏凛は、キック力に関しては史季に軍配が上がると言ってくれたが、それ以外の部分は自分の上位互換のような強さだと史季は思う。

「あとはオマエだけだが、どうする？　やるってんなら喜んで相手になってやるが？」

立て札の根元あたりでトントンと肩を叩きながら、斑鳩は青髪に言う。

「い、いやぁ……俺はもうけっこうっすよ……」

仲間二人を瞬殺されたからか、青い髪以上に顔を青くしながらも、青髪は気絶した仲間たちを引きずってこの場から逃げ去っていった。

「んだよ、逃げんのかよ。まあでも、客引き中にケンカなんてしてたって知られたら、店長にどやされちまうからな。こんくらいで我慢してやるか」

残念そうにため息をついてから、斑鳩がこちらに歩み寄ってくる。

夜闇の暗さと街灯の陰影によって、ウサギの被《かぶ》り物《もの》が絶妙にスプラッターホラーじみた雰囲気を醸《かも》し出《だ》しているものだから、夏凛《かりん》は思わずといった風情《ふぜい》で一歩後ずさってしまう。

その際彼女の方から、微《かす》かに「ひ……っ」と引きつった悲鳴が聞こえてきて、史季は内心苦笑しながらもお願いした。

「すみません斑鳩先輩。夏凛がちょっと恐《こわ》がってるので、せめて被り物は脱いでもらっていいですか？」

「こ、恐がってなんてねーし！」

そんな強がりとは裏腹に夏凛が幽霊を筆頭にホラーの類が苦手なことをしっかりと知っていた斑鳩が、「わりぃわりぃ」と謝りながらウサギの被り物を脱いだ。

「小日向《こひなた》ちゃん、相変わらずホラーな感じなやつ駄目なのな」

「だ、だから恐くねーっ言《つ》ってんだろ！」

なおも強がりを吐く夏凛に、史季ともども苦笑していた斑鳩だったが、不意に「ん？」

と眉根を寄せる。

「そういや折節、公園ん時は小日向ちゃんのこと『小日向さん』っ言《つ》ってたのに、今は何の違和感もなく『夏凛』って言ってたなぁ？」

ニヤニヤしながら指摘され、史季と夏凛の心臓が仲良くドキーンと飛び跳ねる。

ほんの数時間の間に〝色々あった〟と斑鳩に確信させるには、充分すぎる反応だった。

「そうかそうかそういうことか～」

「あ、いや、本当にそういうことじゃなくて……！」

「なな何勘違いしてんだよ斑鳩センパイ⁉」

「照れんな照れんな。何だったらうちのラブホ使うか？　なぁに金のことなら心配すんな。オレが店長に頼んで割引きさせてやっから」

「けけけっこうですッ！」

「だだだからそんなんじゃねーっ言《つ》ってんだろっ！」

顔を真っ赤にして否定する二人に、斑鳩はカラカラと笑う。これ以上は心臓がもたない上に、純粋に斑鳩が鬱陶しかったので、史季は無理矢理にでも話題を変えることにした。

「と、ところで、斑鳩先輩はどうしていくつもアルバイトを掛け持ちしてるんですか？」

「お？　聞いてくれるか？」

ただでさえ明るかった斑鳩の表情が、さらに明るくなる。

この時点でもう、史季は話題の選択《チョイス》をしくじったことを確信する。

「スマホは……あ、着ぐるみじゃ出せねえわ。まあとにかく、今付き合ってるレナちゃんって娘《こ》が、これ《れ》がまたサイコーにかわいくてサイコーに良《い》い娘なんだよ」

だらしない顔で彼女――おそらくはご多分に漏れず地雷女――のことを語る斑鳩《マインスイーパー》に、史季は戦々恐々《きょうきょう》になる。

（まさかとは思うけど、サイコーじゃなくてサイコな彼女だったりしない……よね？）

夏凛も似たり寄ったりなことを考えているのか、先程までの羞恥の赤が消えた彼女の表情は、史季と同じように戦々恐々としていた。

「そのレナちゃんがさ、悪い野郎に騙《だま》されて借金しちまってな。で、レナちゃん一人じゃ返せるような額じゃねえから、オレが一肌脱いだってわけよ」

内容が内容だからか、一転してだらしなかった表情を引き締めながら斑鳩は語る。

今の話を聞いただけだと断定はできないが、これまでに斑鳩が付き合った彼女が地雷率一〇〇パーセントであったことを鑑《かんが》みると、どうしても、そのレナちゃんこそが斑鳩を騙す悪い野郎に思えてならなかった。

「ち、ちなみに、借金の話は服部《はっとり》先輩とアリスちゃんには……？」

「いんや、してねえ。彼女の借金のためにバイトしてるなんて言ったら、アイツらぜってえ止めやがるからな。だからアイツらには、レナちゃんにプレゼントを贈るためにバイトしてるってことにしてる」

史季と夏凛は頭を抱えたい衝動を堪《こら》えながらも「ちょっと失礼します」と一言断ってから、揃って斑鳩に背を向けてヒソヒソと話し合う。

「史季、今の話どう思う？」

「斑鳩先輩の渾名《あだな》を考えたら、彼女さんの借金は嘘《うそ》の可能性がすごく高いと思う」

「だよなー……」

「ちなみにだけど、そのことを斑鳩先輩に指摘するのは？」

「やめとけ。一〇〇パーブチ切れっから」

「けど、今の話を聞いて放っておくというのもちょっと……」

「寝覚めわりーよなー……」

二人して「う〜ん……」と頭を悩ませていると、本来は一番悩むべき人間が、微塵《みじん》の悩みも感じられない声音で言ってくる。

「んだよ、いきなり内緒話なんておっ始めて。まさか、気が変わってうちのラブホを使う気に——」

「なりませんよ！」「ならねーよ！」

振り返るタイミングも含めてシンクロした史季と夏凛のツッコみに、斑鳩は再びカラカラと笑った。史季も夏凛も、どっと疲れた顔をしながらヒソヒソ話に戻る。

「つーか、マジでどうするよ？」

「う〜ん……ちょっと、やるだけやってみていい？」

「なんか思いついたってんなら任せる。ぶっちゃけ、あたしの方はお手上げだ」

そのやり取りを最後に、二人は斑鳩に向き直る。

「あの……これは彼女さんが借金を返す際の話になるんですけど、斑鳩先輩はその場に立ち会ったりはしないんですか？」

「いんや。プライベートなことにあんまり立ち入るのもよくねえしな」

「でも、彼女さんは悪い人に騙されて借金をしてるんですよね？　だったら彼女さんには無理を言ってでも、借金を返す場に立ち会った方がいいと思いますよ。トラブルに備えるという意味でも、斑鳩先輩が傍《そば》にいた方が彼女さんも安心でしょうし」

「ソイツは……確かにそのとおりかもな」

顎に手を当てて考え込む斑鳩に、史季は決め手となる言葉を投げかける。

「いざという時は、斑鳩先輩が彼女さんを守ってあげてください」

「おぉ……ッ！　そうだな折節！　レナちゃんのためにも、もう一丁くらい一肌脱ぐとするか！」

その台詞《せりふ》を引き出せたところで、史季は夏凛に目配せする。

それだけで意思疎通を完了させた彼女は、何気ない口調で斑鳩に言った。

「つーかセンパイ、いつまでもこんなとこで油売ってていいのかよ？　そのレナちゃんって娘《こ》のためにも、バイト頑張んなきゃいけねーんだろ？」

「っと、そうだったそうだった。さすがに一人も客を連れて来ねえとなると、店長にどやされちまうかもしれねえしな。つうわけだから、やっぱオマエらうちのラブホに――」

「行きませんよ！」「行かねーよ！」

ツッコみをシンクロさせる史季と夏凛に、斑鳩《いかるが》は「だよな」と笑ってからウサギの被り物をかぶり、「じゃあな」と言わんばかりに手を振りながら路地の闇へ消えていった。

斑鳩《ウサギさん》の姿が完全に見えなくなったところで、史季と夏凛は揃《そろ》ってため息をつく。普段の二人ならば、散々ラブホテルの話をされたことで顔を赤くしていた場面かもしれないが、斑鳩の相手をしてとにかく疲れてしまったせいで、色合いはむしろ青に近いくらいだった。

「……夏凛。あの人何なの？」

「あたしの方が聞きてーよ。でも……」

疲れた表情はそのままだが、夏凛はどこか楽しげな笑みを浮かべながら言葉をつぐ。

「良いセンパイか悪いセンパイかっ言《つ》ったら、ギリ良いセンパイって言ってもいいとは思う」

「ギリギリなんだ」

苦笑しながらも、確かに夏凛の言うとおり、斑鳩は良い先輩なのかもしれないと史季は思う。

史季にとって、夏凛たち小日向派を除いた不良たちは、強くなった今でも恐い存在だった。その中でも、夏凛以外の四大派閥の頭《トップ》は、格別に恐い存在だった。

荒井亮吾《りょうご》には、その威圧感も含めて終始震え上がるほどの恐さを感じた。

鬼頭朱久里《あぐり》には、油断したら策に嵌《は》められそうな、他の不良とは別種の恐さを感じた。

実力的には四大派閥の頭に等しい鬼頭蒼絃《あおい》には、抜き身の刃のような恐さを感じた。

けれど斑鳩獅音《れおん》には、恐さらしい恐さを感じなかった。

斑鳩のケンカを目《ま》の当《あ》たりにした際、史季は確かに戦慄を覚えたが、それは彼の戦《ケン》いぶ《カ》りが恐いと思って覚えたものではなく、凄《すご》いと思って覚えたものだった。

同じように恐さを感じないアリスや服部といった不良が慕うのも頷《うなず》けるような、つい頼りにしたくなるような、まさしく良い先輩だと思えるような魅力が斑鳩にはあった。

だけど、

「正直、相手にしてるとほんっと疲れるからな。だから良いセンパイは良いセンパイでも、ギリ良いセンパイだ」

夏凛の言うとおり、本当にギリギリ良い先輩だと思った史季は、同意を込めて何度も頷き返した。

◇◇◇

『それじゃあ、また明日。夏凛』

『ああ、またな。史季』

最早《もはや》甘い雰囲気もへったくれもなくなった史季と夏凛が別れる中、千秋と冬華はカラオケルームのテーブルに突っ伏するようにして項垂《うなだ》れていた。

「なんで斑鳩パイセンが、あんなおいしいタイミングで出てくんだよ……！」

「ほんっとにね〜。あのまま、しーくんが悪い子たちを追い払ってたら、それこそもっと良い雰囲気になってたかもしれないのに〜」

「それってつまり夏凛先輩と史季先輩がラブホテルに行ったってことですか⁉」

という春乃《はるの》の頓珍漢《とんちんかん》な発言にツッコむ気力すら失《う》せていた千秋と冬華は、ただただ項垂れるばかりだった。

「……ウチらも帰るか」

「……そうね〜」

もう何もかもがどうでもよくなったような、投げやり気味な言葉を交わした直後、突然春乃が「あっ‼」と大声を上げたものだから、千秋のみならず、冬華までもがビクリと驚いてしまう。

「ん、んだよデケぇ声出して」

「な、なにか忘れ物でも思い出したの～？」

「いえ……わたしの忘れ物ではないんですけど……」

視線を向けられ、千秋は片眉を上げる。

「ウチ、別に忘れ物《もん》なんてしてねぇぞ」

「忘れ物というよりは、千秋先輩がわざと忘れてきた物になるんですけど……」

春乃の言葉を聞いて、今度は冬華が「あ……」と声を漏らす。

「そういえばちーちゃん、しーくんの紙袋に仕掛けた予備のスマホ、どうやって回収するつもりなの？」

回収について全く何も考えてなかった千秋の口からも、「あ……」と声が漏れる。

「いや、まぁ、芋ジャージ見せてもらった時に、うっかり交じっちまったわテヘペロってやったら、まぁ……なんとかなるだろ」

とは言っているものの、目を泳がせてダラダラと冷汗を垂らす千秋の有り様は、この場にいる誰よりもなんとかならないと思っていることを、言葉以上に雄弁に語っていた。

そして翌日。なんとかならないと思っていた言い訳を、史季が素直に信じた上でスマホを返してくれたことに、千秋のみならず共犯の冬華までもが心を痛めたのであった。

◇◇◇

そこは町外れからもさらに外れた、かつては不法滞在外国人が金属スクラップ施設として運営していた違法作業場《ヤード》だった。工事現場の仮囲いなどに使われる鋼板の壁によって囲われた敷地《しきち》の面積は、聖ルキマンツ学園の二倍以上。その広大な敷地内のそこかしこに積み上がった金属スクラップの山は、まるで世間から何かを隠しているかのよう。

事実、ヤードの最深部には、およそ世間とは相容《あいい》れない類の輩《やから》どもが隠れ潜んでいた。

敷地を囲う壁よりも頑丈な、建材用の鋼板外壁に覆われた長方形の二階建ての建物。

上階の角にある事務所めいた部屋で、ビジネスホテルの地下格闘技場の運営を任されていた、とある半グレ組織の幹部――松尾が床に正座させられていた。

その松尾を、応接用ソファの肘掛け《アームレスト》に腰掛けている一人の男が見下ろしていた。

歳《とし》の頃は二〇代半ばほど。刈り上げオールバックに仕上げた金髪といい、日焼けサロンで焼いた肌といい、顎髭《あごひげ》を蓄えた厳《いか》つい面持ちといい、およそ堅気《かたぎ》には見えない風貌をしていた。身につけている服《もの》は、松尾が着ている服とは質からして違う、特注品《オーダーメイド》のテーラードジャケットとスラックス。インナーとして着ているTシャツさえも、五万は優に超えるハイブランド品だった。

羽振りの良《い》い身なりが、かえって反社会的な匂いを色濃くさせるその男は、入山敦《いりやまあつし》。

この一帯においては最大と目されている半グレ組織《アウルム》の創設者にして、リーダーを務めている、警察からもマークされている危険極まりない男だった。

入山は懐《ふところ》から取り出した長方形のシガーケースを開き、中に入っていた葉巻を一本抜き取ってからジッポーライターで火を点《つ》ける。やはりというべきか、シガーケースにしろ、葉巻にしろ、ジッポーライターにしろ、安物は一点たりとも交じっていなかった。

しばし葉巻を味わい、紫煙を吐き出したところで、入山はようやく松尾に話しかける。

「松尾よぉ……お前の言い訳を要約すると、お前が折節ってガキの強さを見誤ったせいで、その日の賭けの儲《もう》けがなくなっちまったってことになるよなぁ？」

青い顔のまま、目を合わせることもできずに「はい……」と返事を絞り出す松尾に、入山は微笑を浮かべる。

「そうビビんなよぉ。確かに、折節とかいうガキの強さを見誤ったのはお前のミスだ。だが、試合にエントリーした奴《やつ》らの中に、折節に勝てそうな奴がいなかった以上、打てる手が限られていたのも事実だ」

下《した》っ端《ぱ》の構成員ならば、理解を示す入山の言葉に食いついていたところだろう。

しかし幹部である松尾は、そこに食いつくことが不正解であることを知っていたので、あくまでも神妙に入山の言葉を受け止めた。

「しかし、入山さんの言うとおり、その日の賭けの儲けをナシにしてしまったことも事実です」

「そりゃぁ、そのとおりだ。だからこそ、何の制裁もナシってわけにはいかねぇことも、お前ならわかってるよなぁ？」

再び絞り出すような声で「はい……」と返事をする松尾に、入山は笑みを深める。

「だからそんなビビんなって。地下格闘技の儲けはあくまでもオンラインサロンの興行がメインで、賭けの方はオマケだ。その上で、赤字を出さねぇようにしたお前の判断は評価に値する。だから……」

ソファ前のローテーブルに置かれた灰皿に葉巻の灰を落とすと、アームレストから腰を上げて、松尾と目線が合う高さにしゃがみ込む。

「制裁は、古風《クラシカル》なやつで勘弁してやるよぉ」

そう言って、その手に持った葉巻の着火面《フット》を、正座して膝の上に置いてある松尾の右手の甲に容赦なく押しつけた。

所謂《いわゆる》根性焼きと呼ばれているこの行為こそが、入山が松尾に科した制裁だった。

「…………ッッ」

葉巻の火を直接押しつけられた痛みに顔を歪《ゆが》めながら、松尾は悲鳴を噛《か》み殺《ころ》す。それこそ、自身の我慢強さを誇示するために根性焼きを行い、その名称どおりに根性を示したかっての不良たちと同じように。松尾の体感時間にして永遠に等しく、実時間にしてわずか五秒の時が過ぎたところで、入山は彼の手の甲から葉巻を離す。

「ありがとう……ございます……ッ」

間髪入れずに礼を言う。

幹部ゆえに〝わかっている〟松尾に、入山は満足げな笑みを浮かべた。

「松尾ぉ。お前はもう下がっていいぞぉ」

その言葉に対し、松尾は土下座するようにして頭を下げ、もう一度「ありがとうございます……ッ」と礼を言ってから、立ち上がって部屋を後にした。

逃げるようにではなく、目にしたくない物から目を背けるように。

「……さぁて」

入山も立ち上がり、葉巻を一吸いしてから部屋の隅へ移動する。

「少しは反省したかぁ？　マヌケぇ」

そう言って紫煙を吹きかけた相手は、壁を背にする形で床に正座をさせられている、二〇歳前後の男だった。

然う。この部屋には、入山と松尾以外にもう一人、人がいた。服を着ることすら許されず、正座した体勢のまま両手足を縛られ、殴られ蹴られた顔面を血の赤で染めた、松尾とは比較にならないほど重い制裁を科されている男が。松尾の顔が終始青かったのも、まさしく現在進行形で入山の制裁を受けている男の存在によるところが大きかった。

「反省じまじた……だがらもう許《ゆる》じでぐだざい……」

大の男が、涙と鼻水を垂らしながら懇願する。

事ここに至ってなお〝わかっていない〟男に、入山は苛立《いらだ》った声を上げた。

「許してほしいだぁ？　んなこと言ってる時点で、反省なんざ少しもしてねぇってことだろうがぁッ！」

微塵《みじん》の容赦もなく、入山は男の顔面を蹴りつける。

その反動で盛大に仰《の》け反《ぞ》った男の後頭部が、壁に激突する。

口《くち》の端《は》から溢《あふ》れた血が涙と鼻水と混ざり、正座させられている太股《ふともも》に垂れ落ちていった。

「受け子に持ち逃げされやがってよぉ……そうならねぇよう、ちゃんと身元は押さえとけって俺ぁいつも口酸《す》っぱく言ってたよなぁッ⁉」

「なぁッ⁉」に合わせて再び顔面を蹴られた男が、「へぶッ⁉」と珍妙な悲鳴を上げ、入山に向かって頭《こうべ》を垂れるようにして蹲《うずくま》る。

「だがまぁ、俺も鬼じゃねぇ。俺の靴の汚れを綺麗《きれい》に舐《な》め取るってんなら、許してやってもいい」

そう言って、蹲る男の目の前に、血塗《ちまみ》れになった革靴を近づける。

「は、はいぃ……舐めまず……舐めざせでいだだぎます……」

藁《わら》にも縋《すが》るとはまさしくこのことで、男は文字どおり必死に、革靴に付いた自分の血を舐め取っていく。そして、あともう少しで、全ての血を舐め取れるというところで、

「てめぇの唾で余計に汚くなっちまったじゃねぇかクソがぁッ！」

理不尽極まりない怒号を上げながら、男の口の中に革靴を突っ込み、そのまま容赦なく顔面を蹴り上げた。男の顔面が天を仰ぐようにして跳ね上がり、折れた前歯が四散する。この時点でもう男に意識はなく、再び入山に頭を垂れるようにして床に倒れ伏した。

「これだから嫌いなんだよぉ。〝わかってねぇ〟マヌケはよぉ」

スラックスのポケットからハンカチを取り出し、革靴に付いた男の血と唾液を綺麗に拭き取ってから、ハンカチをゴミ箱に捨てる。

部屋の前に待機させていた下っ端の構成員を呼んで、気絶させた男を外に放り出すよう命じた後、窓際《まどぎわ》にある机へ向かい、その上に置かれているタブレットを操作する。そうして画面に映し出されるは、斑鳩《いかるが》獅音《れおん》、五所川原アリス、折節史季の会員証の情報と顔写真。

「聖ルキマンツ学園ねぇ。やべぇやべぇとは言われてても、所詮はガキどもだから相手にするまでもねぇと思ってたが……」

葉巻を一吸いし、紫煙を吐き出してから、淡々と決断する。

「さすがに目障《めざわ》りになってきたなぁ。潰すかぁ」

第二章　アウルム

今週は、週の半ばに学園の創立記念日という名の休日があったので、史季たちは今度こその日に集団戦《ゴチャマン》のレッスンをやることに決定した。

そして当日。ケンカをやる時は、必ずしも動きやすい格好をしているとは限らない。だから、こないだのようなジャージではなく普段どおりの格好で来るようにと夏凛《かりん》に言われたので、史季はパーカーにジーンズという、無難かつ着慣れた服装で集合場所となっている公園へ向かった。

その公園は町の中心部からはやや外れた場所にあり、そうした立地ゆえか、敷地の広大さは周辺市区を含めても随一を誇っている。

おまけに敷地の大部分が芝生の広場になっているため、「ゴチャマンのレッスンができるくらいの広さがある」という意味では打ってつけの場所だった。

「す、すみません！　遅くなっちゃいました！」

最後に集合場所にやってきた春乃《はるの》が、史季たちに向かって頭を下げる。

夏凛は薄手のデニムジャケットにミニスカート、千秋はパーカーとロングスカート、冬華はオフショルダーのブラウスにスキニーデニムと、先の日曜日と似たり寄ったりな服装をしているのに対し、春乃だけはランニングウェアに身を包んでいた。

おそらくは春乃もゴチャマンのレッスンの手伝いをしてくれるのだろうと、ドジな彼女が普段の服装でそんなことをしたら服が汚れてしまうので、あらかじめ夏凜が彼女にだけは動きやすい格好で来るように言い含めたのだろうと思いながらも、史季は頭を下げる後輩に向かって優しい言葉をかける。

「謝らなくても大丈夫だよ、春乃ちゃん。僕たちもちょっと前に来たところだから」

「そういうこった。あたしも来たのは、ほんとについさっきだしな」

「てか、折節の『春乃ちゃん』呼びも、この数日でだいぶ慣れてきた感じになったよな」

「『夏凜』呼びは、どういうわけかす～ぐに慣れちゃってたけどね～」

冬華の指摘に、史季と夏凜は揃《そろ》ってギクリとする。

地下格闘技場のイザコザの後、二人だけでショッピングに行くことになり、本当に〝色々〟あったからこそ、ついわかりやすい反応をしてしまう史季と夏凜だった
もっともその〝色々〟を、ジャージを入れた紙袋にいつの間にやら混入し、後日千秋が取りに来たスマホを通じて、全て盗聴されていたとは史季は夢にも思っていないが。

夏凜に至ってはその話自体を知らない――夏凜に気づかれないよう彼女がいないタイミングで千秋が回収に向かった――ため、夢にすら思っていないが。

そうした経緯もあって、なんだかんだで微妙に罪悪感を引きずっている千秋が微妙に史

季たちから視線を逸《そ》らすのをよそに、冬華は楽しげに笑みを浮かべ、〝ちゃん〟付けで下の名前を呼ばれた春乃が嬉《うれ》しそうに笑っていた。いっそふてぶてしいくらいの冬華はともかく。春乃は身近に史季《オス》が現れるまでは、頭の中がモザイクがかかる感じのピンクな有様になっていることを隠し通していたこともあって、〝本心を隠して普段どおりに行動する〟という点に関しては、下手をすると冬華よりも上手なくらいだった。

そんな二人に対して、千秋が「なんか釈然としねぇ」と言いたげな視線を送っていることはさておき。二人だけだったはずのショッピングを盗聴されていたことなど露ほども知らない史季と夏凜は、『夏凜』呼びにはすぐに慣れたという冬華の指摘を誤魔化すように、ゴチャマンのレッスンを進めた。

「と、ところで史季。ゴチャマンで一番気をつけなきゃならねーことは何だと思う？」

「そ、そうだな～……」と、わざとらしく悩んでいる声を上げながらも、問いに対しては真面目に考え、真面目に答える。

「できるだけ後ろをとられないよう気をつける……とか？」

「正解」

いつの間にやら取り出していた鉄扇でズビシとこちらを指してから、夏凜は話を続ける。

「人間、目は前しか見れねーからな。ぶっちゃけ、後ろから来られたらあたしでも堪《たま》ったもんじゃねー」

「なんて言ってっけどコイツ、後ろに目があるんじゃねぇかってくらい、死角からの攻撃かわしやがるけどな」

「前と後ろから挟まれても、その場でクルッて回転しながらバシバシって悪い人倒しちゃいますしね！」

しれっと会話に交ざってきた千秋と春乃の指摘——春乃の話は、要約すると旋転しながら鉄扇で前と後ろにいた敵を打ち据えたといったところだろう——に、夏凛は「うぐっ」と言葉を詰まらせた。

「と、とにかく、ゴチャマンで一番気をつけなきゃいけねーのは後ろをとられないようにすることだ。でもって、そうならねーようにするための一番手っ取り早い方法が友達《ダチ》に背中を預けること。背中を守ってくれるダチがいれば、後ろの心配をしなくて済むからな」

そのダチの一人にして、ゴチャマンに限れば夏凛よりも得意な千秋が、話を補足する。

「言《つ》っても、状況次第じゃバラけた方がやりやすい場合もあるけどな。それにウチや夏凛のように、背中合わせでドッシリやるよりも、好き勝手暴れながらお互いにフォローし合った方がやりやすいってタイプもいる」

「あと相手の数があんまり多すぎる場合も、背中合わせでドッシリってわけにはいかないものね～。数で押し込まれてジリ貧になっちゃうから」

もう一人のダチにして、寝技が得意ゆえにゴチャマンよりもタイマンの方が得意な冬華が、さらに話を補足する。

彼女たちの話に史季が得心していると、夏凛がここぞとばかりに問いを投げかけてくる。

「で、だ。背中を預けるダチがいなくて、一人で大勢を相手にする場合は、どう立ち回るのが正解だと思う？」

「これまでの話を聞いた限りだと壁を背にして戦うというのは正解じゃない……よね？」

「まー、間違いってわけでもねーけどな。確かに相手の数が多い場合は余計に追い詰められるなんてことにもなりかねねーけど、数がそんなに多くない場合は全然アリだし」

そう言って「他には？」と言わんばかりの視線を投げかけてくる。

史季は引き続き顎に手を当てて考え込んでから、疑問符交じりに答えた。

「路地のような、狭いところに誘い込む……とか？」

「知ってる町でやる分にはアリだけど、知らねー町じゃそれ、あんまやらねー方がいいぞ。路地の奥が行き止まりになんてなってたら、どっちが誘い込んだのかわからねー状況になっちまうからな」

「なるほど……」と、得心するも、だからこそこれ以上、別の答えを思いつくことができなかった。そんな史季を見て、夏凛はドヤ顔気味に言う。

「正解は〝動き回る〟だ」

あまりにも単純《シンプル》な答えに、史季は思わず「動き回る？」と問い返し、夏凛はドヤ顔を浮かべたまま首肯を返す。

「警察《ポリ》さんとかならともかく、不良《バカ》どもが完璧に統率のとれた動きなんてできるわけがねーからな。四大派閥の中じゃダントツで統率とれてる鬼頭派でも、けっこう好き勝手動き回れる程度には隙間があんだよ」

「もしかして……その隙間を利用して動き回ることで、後ろをとられることを防ぐ……ってこと？」

「そういうこった。言《つ》っても、止まることなくずっと動き回っていたら、あっという間にガス欠になっちまうからな。だから史季には、これからやるレッスンでサボりどころを覚えつつも、複数人を相手取る感覚を体で覚えてもらうってわけ」

そう言って、夏凜は史季の肩に手を置き、満面の笑みで告げた。

「つーわけだから史季、鬼ごっこすんぞ。鬼はあたしら全員で、史季一人だけが逃げ回るってルールでな」

そうして、小日向《こひなた》派全員でケンカレッスンという名の鬼ごっこをすることとなった。

鬼ごっこにおける子役の史季を遠巻きにする形で、鬼役の夏凜、千秋、冬華、春乃が配置につく。位置関係は史季を中心に、夏凜たち四人が一辺一〇メートルくらいの四角形の角に立つような形になっていた。

「あんまり範囲を広くしすぎると、マジでただの鬼ごっこになっちまうからな。今あたしらが立っているところより外側には出ないようにしてくれ」

　離れているからか、普段よりも大きめの声で忠告する夏凛に、史季も普段よりも大きめの声で「わかった」と返す。

「そんじゃ、おまえらそろそろ始めるぞー」

「こっちはいつでもいいぜ」

「右《ちーちゃん》に同じ～」

「わたしもいつでもいけます！」

　全員の返事がかえってきたところで、夏凛はニヤリと笑う。

「つうわけだから、死ぬ気で逃げろよ！　史季！」

　その言葉を合図に、夏凛と千秋と冬華がこちらに向かって一斉に走り出し、春乃一人だけが「え？　もう始まった？」と、きょとんとしてから慌てて走り出した。

　始まる前からすでに逃げ道を考えていた史季は、冬華と春乃の間の空白スペース目がけて走り出す。夏凛はもとより、千秋も大概に素早いことは史季も知っている。二人に比べたら俊敏さに劣る冬華と、俊敏さもへったくれもない春乃との間のスペースに逃げ込むことで、当面を凌《しの》ぐことにしたのだ。

　当然の流れというべきか、いの一番に冬華が肉薄してくる。

「さ～て、どこをタッチしてあげようかしら～」

喜々としていやらしく両手をワキワキさせる彼女に別の意味で脅威を覚えた史季は、実戦以上に気を引き締めながら、明らかに股間を狙った魔手を飛び下がってかわす。

「やぁ――――――――――っ‼」

その攻防の最中に、背後から気の抜けた雄叫《おたけ》びが聞こえてくる。

わざわざ接近を報《しら》せてくれる春乃に苦笑しながらも、史季はすぐさま反転し、冬華から逃げるようにして春乃の脇を走り抜けていった。

「え？　え⁉」

「あ、ちょっと、はるの～ん」

わかりやすく翻弄されてくれた春乃が、狙いどおりに冬華の障害となっている隙に、一気にこの場から離れようとするも、

「逃がさねーぞ、史季」

予想を超える速さで肉薄してきた夏凛に、史季は思わず瞠目《どうもく》する。

手の速さにしろ足の速さにしろ、自分では逆立ちしても夏凛には敵《かな》わない。

（だったら、いっそのこと氷山さんと春乃ちゃんの方へ戻って乱戦に持ち込――）

不意に背中をペシッと叩《たた》かれ、史季の思考が途切れる。まさかと思って後ろを振り返ると、そこには、掌《てのひら》をこちらに向けて勝ち誇った笑みを浮かべる千秋の姿があった。

「後ろをとられねぇよう気をつけてたつもりでも、それどこじゃなくなるのがゴチャマン

全くもってその通りだった史季がぐうの音も出ない中、夏凛《かりん》と冬華が茶々を入れる。

「まー、千秋が相手だと、後ろを振り返っても見えてねーなんてこともありえるけどな」

「ちーちゃんよりもちっちゃな子が交じったゴチャマンなんて、ワタシとりんりんでも経験したことないものね～」

「よぉしテメェら今すぐそこに並べ。電圧マックスでくらわしてやっから」

ロングスカートの下からスタンバトンを取り出す千秋に、夏凛がケラケラ笑いながら、冬華がニマニマ笑いながら逃げ出していく。そんな調子で休憩（？）を挟みながら、史季たちは何度も何度もゴチャマンのレッスンという名の鬼ごっこを繰り返した。

内容的に遊びの延長線上という側面があったことは否定できず、学校の外という環境も手伝って思いがけず楽しんでしまい、気がつけば三時間という時が溶け消えていた。

五人の中ではダントツで体力が劣る春乃《はるの》が限界を迎えたところでレッスンは終了となり、ここまで付き合ってくれた彼女たちに感謝を込めて、史季は飲み物を奢《おご》ることにする。

公園が広大であるがゆえに、そこそこ以上に離れたところにある自販機を目指して歩きながら、史季は思う。

（ほんと、今回はレッスンでも遊んでるって感覚の方が強かったけど……）

それでも、ちゃんとゴチャマンのレッスンになっていることを、史季は頭でも体でも理解していた。

一対四の鬼ごっこだから、そんなに長い時間は逃げられないし、早い時は十数秒で終わることもザラにあった。だからこそ、一回一回集中してレッスンに臨むことができた。

複数人を相手にしなければならないからこそ、ゴチャマンはタイマン以上に一瞬の気の緩みが命取りになる。

説明こそしていなかったが、夏凛はそのことを肌で感じさせるために、一対四という一瞬たりとも気の抜けない鬼ごっこを僕にやらせたのかもしれないと、史季は思う。

そして、説明こそしていないものの、夏凛が肌で感じさせようとしていたことがもう一つ。タイマンは目の前の相手にのみ意識を集中すればいいが、ゴチャマンはそうはいかない。それくらいのことは史季も頭ではわかっていたが、複数人を相手に満遍なく意識を集中させる難しさは、想像をはるかに超えていた。

他にも、複数人を相手にした際の位置取りや、視線の巡らせ方など、〝楽しかった〟という感情以上に〝ためになった〟という確かな成果が、しっかりと史季の血肉になっていた……などと、色々思索を巡らせている内に自販機に辿《たど》り着《つ》く。

「夏凛と月池さんは、エナジードリンクがあるならそれでって言ってたけど……」

自販機のラインナップを物色しながら、ふと思い出す。

ほんの一、二ヶ月前まで、自分がこんな感じでパシリをやらされていたことを。

あれからすっかり登校しなくなった川藤《かわとう》について、やはり、思うところがないと言えば嘘《うそ》になる。だけど、今まで散々嫌々パシらされていた自分が、こうして自ら好きこのんでパシリじみたことをやっていることに、感慨にも似た感情を抱いてしまう。上手《うま》く言葉にできない。けれど悪い気はしない。むしろ良《い》い気がするくらい。そんな感情だった。

（みんなには、いくら感謝してもし足りない。けど、やっぱり、僕が一番感謝してるのは……うぅん、したいのは……）

心の中といえども、気恥ずかしさのあまり続く言葉を紡《つむ》ぐことができなかった。

「あ、エナジードリンク売ってる」

心中を誤魔化すように声を上げ、無理矢理頭を切り替えたところで、夏凛と千秋、ついでに自分用のエナジードリンクを、冬華用のアイスコーヒーを、春乃用のレモンティーを購入する。パーカーの裾を前に伸ばしてトレー代わりにして、五つの缶飲料をまとめて抱えると、早足で彼女たちのもとへ戻り……ギョッとする。

「氷山さんなんて格好してるの⁉」

素っ頓狂な史季の言葉どおり、冬華は〝なんて格好〟をしていた。

彼女は、上着を脱いでいたのだ。オフショルダーの上着《ブラウス》を脱いで、黒色のチューブトップブラに覆われた箇所以外の肌色を、惜しげもなく披露していたのだ。

「なんて格好なんて失礼しちゃうわね～」

プンスカと抗議する冬華に、史季は、さすがに言葉が悪かったと反省しかけるも、

「なんて格好ってゆ〜のはね〜、こ〜ゆ〜のを言うのよ〜」

その行動に、いったい何の意味があるのか。まさしく「こ〜ゆ〜の」を見せつけるように、冬華はチューブトップブラの上の布地をずり下げ、下の布地をずり上げることで、何がとは言わないが二つの北半球と南半球を露《あら》わにさせる。

最早《もはや》彼女の格好は草食動物な史季が直視できるものではなく、代わりに、冬華がやらかした際に真っ先に動いてくれる千秋に助けを求める視線を送る。視線に気づいた千秋は、おそらくはスカートの中から取り出したであろう団扇《うちわ》で自身を扇《あお》ぎながら気怠《けだる》げに言った。

「まぁ、平日なおかげで周りには人いねぇし、ちょっとくらいの間なら別にいいんじゃね」

「さすがに良くはないと思うんだけど!?」

という史季の抗議を無視して、千秋は空いた手で飲み物をさっさと渡すよう催促してくる。どうやら千秋は、鬼ごっこをしたことによる疲れと暑さのせいで、冬華の相手をする気力が残っていないようだ。そのことを悟った史季は、大人しくエナジードリンクを千秋に渡し、「ありがとな」というお礼の言葉を聞き届けてから、今度は夏凜に助けを求める視線を送り……ギョッとする。

夏凜も、上着を脱いでいたのだ。つい先程までは、上に羽織っていたデニムジャケットを脱いでいただけだったはずなのに、いつの間にかTシャツまで脱いで、素肌と一緒に真

っ白なブラジャーを露わにしていたのだ。

「い、いやー、あっついなー。暑くて服なんて着てらんねーわー」

目をグルグルさせながら、鉄扇で真っ赤になった顔を扇《あお》ぎながら、棒読み全開でそんなことを宣《のたま》う。いったい何が彼女をそうさせたのかはともかく、あられもない夏凛の格好に吃驚《びっくり》した史季は、抱えていた缶飲料をその場に置いて、すぐさま駆け寄った。

「だだだだ駄目だよッ！　夏凛まで氷山さんみたいなことしちゃッ！」

大慌てで地面に脱ぎ捨ててあったデニムジャケットを手に取り、夏凛の肩にかける。

なんだかんだ言って彼女自身も恥ずかしかったのか、肩にかけられたデニムジャケットの襟を手で引き寄せると、すぐさま胸元を隠した。

「な、なんでこんなことしたの⁉」

訊《たず》ねながら、夏凛に背を向ける。

「だ、だって……暑かったから……」

そんな言い訳をしている夏凛自身、なんであんな行動に出たのかわかっていないらしく、依然として顔を真っ赤にしたまま目をグルグルと回していた。

夏凛本人以上に夏凛の心中を察した冬華は、芝生の上で横になり、耳まで赤くなった顔を両手で覆い隠しながら、うわごとのように呟《つぶや》く。

「かわいい……っ。りんりん超かわいい……っ」

一人勝手に悶《もだ》える冬華を見て連鎖的に察した千秋が、クピッとエナジードリンクを一口飲んでから呆《あき》れたように独りごちる。

「折節の気ぃ引くために冬華に対抗したってか？　ウソだろ？」

そんな中、体力が限界すぎてすっかり眠りについてしまった春乃が、芝生の上で「すぴー……すぴー……」と気持ちよさげな寝息を立てていた。

◇　◇　◇

聖ルキマンツ学園では月に一度、土曜日授業が行われている。創立記念日がある週に土曜日授業を行うことには、生徒からしたらどこか釈然としないものを覚えることはさておき。この出来事は、あるいは月に一度の土曜日授業が引き起こしたとも言える珍事だった。

「うっわ……」

「ふん……」

「こりゃまた……」

「よお。奇遇だなオマエら」

偶然、下足場で出会った夏凛と荒井が露骨に不快な顔をし、たまたまその場に居合わせた朱久里《あぐり》が面倒くさそうな顔をし、そんな三人を見つけた斑鳩《いかるが》が楽しげな顔をしながら声突発的に四大派閥の頭《トップ》が揃《そろ》い踏《ぶ》みになったことで、下足場にいた何人かの不良が逃げるように校舎の外に、あるいは中に引き返していく。

「よー、荒井。史季にやられた首の調子はどうよ？」

先の抗争で色々と汚い真似《まね》をされたせいもあって、敵意を隠そうともしない夏凛に対し、荒井もまた敵意剝《む》き出《だ》しで応じる。

「そんなもの、とっくの昔に治っているに決まっているだろうが」

言いながら、頸椎《けいつい》固定用シーネがとれた首をペチンと叩く。バチバチに睨《にら》み合《あ》う二人に、朱久里が面倒くさそうにため息をつく中、空気を無視した斑鳩が、敵意がないどころか一〇年来の親友に接するような馴《な》れ馴れしさで剣呑《けんのん》な会話に交じってくる。

「なん言《つ》ってるけどオマエ、首に巻いてたヤツがとれたってだけで、まだ本調子じゃねえだろ？」

図星だったのか、荒井は眉根を寄せながらも口ごもる。

「てか、小日向《こひなた》ちゃん。今日は折節の奴《やつ》どこ行ったか知らね？」

あまりにもマイペースすぎる斑鳩にすっかり毒気を抜かれた夏凛は一つ息をつき、何かに気づいたように片眉を上げてから質問に答えた。

「シャーペンの芯が切れたから文房具屋寄るとかなんとか言ってたけど、どこに行ったかまでは知らねー」

「文房具屋だと⁉　真面目か⁉」

ツッコみどころ満載なツッコみを入れる斑鳩に、朱久里が呆れ交じりに口を挟む。

「そんなことすら真面目に思えるアンタは、もう少し真面目に学校に来た方がいいと思うけどねぇ」

「女の尻ばかり追いかけてるせいで、毎年出席日数がギリギリだからな。次こそは留年もあり得るかもしれん」

「いやいや、学校《ガッコ》をよくサボってんのは認めっけど、さすがにオレも四年もガッコ通う気はねえぞ？」

「留年《ダブ》った斑鳩センパイと同《おな》クラになるとか、想像したくもねーしな」

「お？　小日向ちゃんや折節と同クラになるってのは、ちょっと面白そうだな」

「……アンタ、マジでダブる気じゃないだろうね？」

朱久里と同じことを思ったのか、荒井は「やれやれ」と言わんばかりに首を左右に振る。

斑鳩の〝おかげ〟と言うべきか〝せい〟と言うべきか。一触即発だった空気がもう見事なまでに霧散していた。

「ま、斑鳩がダブるダブらないはどうでもいいとして」

「どうでもいいはひどくね？」という斑鳩の抗議を無視して、朱久里は言葉をつぐ。

「こうして、四人揃って顔を突き合わせたついでだ。アンタたちにちょっと聞きたいことがある」

「聞きたいことだと？」

興味半分めんどくささ半分といった声音で訊ねてくる荒井に、朱久里は首肯を返す。

「最近どうにもこの学園について嗅ぎ回っている連中がいるっていう情報《はなし》を、ちょいちょい耳にするようになってねぇ。よその学校《ガッコ》からケンカを売られるくらいなら珍しくもなんともないけど、この件に関しちゃ何かもっときな臭いものを感じる。アンタたち、何か心当たりはないかい？」

「ふん。まるで俺たちが、何かやらかしたような言い草だな」

不快げに吐き捨てていた荒井だったが、夏凜《かりん》がなぜか斑鳩をガン見し、斑鳩が露骨に夏凜から顔を逸《そ》らしているのを見て、眉根を寄せる。

「……貴様ら、説明しろ」

そうして、夏凜と斑鳩は説明した。斑鳩の妹分であるアリスに連れられて、かつて斑鳩が出禁になった地下格闘技場の試合で史季が大暴れしたことを。その結果、運営が暴動を起こしてまで賭けをなかったことにしたことを。

話を聞き終えた後、朱久里は二度目のため息をついてから所感を述べる。

「つまりは、地下格闘技場の運営に目をつけられたかもしれないってわけかい。となると、学園を嗅ぎ回っている連中は、暴力団か半グレって可能性も出てくるけど……やり口が妙に回りくどいのが気になるところだね」

「どうせ、この斑鳩と折節を捜しているだけだろう」

「誰がバカ《バカ》だ誰が」と、荒井に文句を言う斑鳩を無視して、夏凛は朱久里に訊ねる。

「一般生徒《パンピー》狙いって線は？」

「ないとは言い切れないけど、しっくりこないっていうのが正直なところだねぇ」

「まあ、一般生徒《パンピー》に関しちゃ斑鳩派《オレら》の方でも気ぃ配っとくわ。荒井《コイツ》みてえな不良《アホ》はともかく、オレのやらかしで一般生徒《パンピー》を巻き込むってのはよろしくねえからな」

「貴様にだけはアホ扱いされたくはないな……！」

などと斑鳩と荒井が火花を散らすのをよそに、朱久里は話を締めくくる。

「とにかく、アンタたちはアンタたちで気をつけといておくれよ。暴力団だろうが半グレだろうが、この学園に上等くれてるやつを見過ごすわけにはいかないからねぇ」

最後の言葉は、一般生徒《パンピー》がどうなろうが知ったことではないと顔に書いてあった、荒井に向かって言った言葉だった。矜持《プライド》を突《つつ》かれ、知ったことではないでは済まされなくなった荒井の口から舌打ちが漏れる。

「相変わらず、食えん女だな」

「それがアタシのチャームポイントだからねぇ」

「いや、小日向ちゃんならともかく、オマエがチャームポイントとか言うのはちょっと痛くねえか？」

「はっ倒すよ、斑鳩」

相手が女性だからか、斑鳩は慌てて手を上げて降参の意を示す。

そんな斑鳩を相手に本気《マジ》になる気など最初からなかったのか、朱久里は三度目のため息をついてから引き下がった。

「やはりアホだな」

荒井は呆れたように独りごちると、これ以上貴様らと馴れ合う気はないと言わんばかりに下足場から立ち去っていった。

「最初《はな》からそのつもりだろうけど、小日向の嬢ちゃんも気をつけといておくれよ」

「ああ。史季にも関わることだしな」

という夏凛の言葉の何が引っかかったのか、朱久里は少しだけ片眉を上げてから下足場から立ち去っていき、

「んじゃ、オレも折節捜さなきゃいけねえからもう行くわ」

最後に、斑鳩がヒラヒラと手を振りながら立ち去っていった。

そんな斑鳩に二重の意味で苦笑しながら、夏凛は玄関側に背を向け、校舎側——下足場と繋《つな》がっている廊下に向かって話しかける。

「史季。もう出てきていいぞ」

言われて廊下の陰から、弱ったような笑みを浮かべる史季が姿を現した。

「やっぱり気づいてたんだ」

「まーな。ちょうど斑鳩センパイに、史季がどこ行ったか知らねえかって聞かれたタイミングで史季が下足場《ここ》に来て、慌てて隠れたのが見えてたからな」

然う。夏凛が斑鳩に史季の動向を訊ねられた際、「文房具屋寄るとかなんとか言ってた」とは答えたが、いつ、どのタイミングで文房具屋に向かったかは一言も言っていなかった。だからここに史季がいるのも、彼がまだ文房具屋に向かう前だったからであり、まさしく今から向かおうとして下足場を訪れたら四大派閥の頭が揃い踏んでいたものだから、慌てて廊下の陰に身を隠した次第だった。

斑鳩や荒井に狙われた時は、いつでも逃げられるように。

夏凛に何かあった時は、いつでも助けに入れるように。

「それにしても、鬼頭先輩はともかく、荒井先輩があああも普通に誰かと話しているのがちょっと意外というか……」

「斑鳩センパイがいたからな。荒井の野郎、どういうわけか斑鳩センパイに対しては、首を狙ってるっつーよりもケンカ友達ってノリみてーだし」

「そうなんだ……」

「あとは、まー、鬼頭センパイも含めて同じ三年だからってのもあるんじゃねーの？　実際あたしも、あの三人の会話には妙に交ざりづらいとこあるし」

と、話していた最中《さなか》に、夏凛は気づく。

(つーか史季の奴、こないだの地下格闘技場の一件以降、斑鳩センパイのことをちょっとずつ気になり始めてるような……？)

まさか、斑鳩センパイのケンカを買う気でいるんじゃ？——そんな考えが、鎌首をもたげる。でも、もし、万が一、史季が自らの意思で斑鳩のケンカを買うと言った場合、夏凛はそれを止める気はサラサラなかった。

嫌々ならばともかく、男が自分で決めてケンカを買ったというのに、そのことにとやかく言うのは野暮の極みというもの。それくらいは女である自分でも理解できる。

（だけど……いやいや、さすがにねーよ。だって史季だぞ？　買わずに済むケンカなんて買うわけねーよ)

そう自分に言い聞かせるも、一抹の不安を拭い去ることができない。

そのせいか、気がつけばこんな言葉を史季に投げかけていた。

「何度も言ってっけど、斑鳩センパイは断りさえすれば、ぜってーケンカなんてしねーからな。間違っても、ケンカ買ったりなんかすんじゃねーぞ」

「いやいやいや！　買わないよ絶対に！　そ、それより、さっき鬼頭先輩が言ってたことなんだけど……」

口に出すのも憚《はばか》られるくらいに、暴力団、半グレの二語にビビっているのか、史季が言外に「この学園が暴力団と半グレに狙われているって話は本当なの？」と訊《たず》ねてくる。

頭の良《い》い史季なら、地下格闘技場の運営がそういった団体である可能性には気づいていただろうが、どうやら狙われる可能性については極力考えないようにしていたらしく、彼の顔は少しだけ青ざめていた。

（……やっぱ、史季が買わずに済むケンカなんて買うわけねーよな）

強くなってもそういうところは相変わらずな史季に苦笑しながら、夏凜は言外の問いには答えず、彼に提案する。

「文房具屋、あたしもついて行こっか？」

こちらもまた、言外に「あたしが守ってやろうか？」と言ってみる。

その内容を余すことなく理解してくれた史季は、またしても「いやいやいや！」と言ってから頼もしい言葉を返した。

「だ、大丈夫！　自分の身くらいは自分で守れるから！」

そんな史季の成長に嬉《うれ》しさと、何とも言えない寂しさを覚えながら、夏凜は短く「そっか」と答えた。それから文房具屋へ向かう史季と別れた後、校舎を出た夏凜は、繁華街を目指して一人町を歩いて行く。

（にしても……あーもう、何なんだよこれ……）

史季と二人でショッピングに行って以降、以前にも増して史季のことが気になるようになった。そのせいで、こないだのゴチャマンのレッスンの後は、史季の前で服を脱ぐなんてわけのわからない行動に走ってしまった。……なんてことを思い出して赤面してしまい、頬の熱を振り払うように何度もかぶりを振る。

大丈夫だ。あたしがおかしくなったのは、少なくとも今のところあの時だけだ。現にさっきは普通に史季と接することができた。ただちょ〜っとだけ心配しすぎたり、寂しさみたいなものを感じただけで、それ以外は普段どおりのいつもどおりの通常運行だ。

(だから、うん大丈夫)

と、自分に言い聞かせてはいるけれど。その時点でもう、大丈夫でもなければ普段どおりでもいつもどおりでも通常運行でもないことに気づいていない夏凛だった。

◇◇◇

夏凛と別れた後、文房具屋でシャープペンシルの芯を購入した史季は、繁華街に向かおうか、それともこのまま家に帰ろうか迷いながら町を歩いていた。

土曜日授業がある日は、教職員が備品の整理を行うため予備品室が使えない上に、明日はまた公園でゴチャマンのレッスンをやるということで、今日のケンカレッスンはお休みという形になっている。なので、春乃《はるの》は友達の三浦美久《みうらみく》と遊ぶ約束をし、夏凛もディスカウントストアでパインシガレットを買った後、繁華街で千秋と冬華と合流してから昼食がてら遊ぶつもりでいると言っていた。後者に関しては、暇なら途中参戦してもいいぞと言われており、史季が繁華街に向かうか家に帰るか迷っているのも、それゆえだった。

正直、夏凛たちと一緒に遊ぶことには心惹《ひ》かれるものがある。というか、心惹かれまくっている。けれど、何かとエネルギッシュな彼女たちと今日遊んでしまったら、楽しさと引き替えに疲労が溜《た》まる可能性が極めて高く、最悪、明日のゴチャマンのレッスンに影響が出る恐れがある。

自分のために集まってくれているというのに、前日に遊んだことが原因で疲れを引きずってしまい、レッスンそのものを台無しにするような真似《まね》はできればしたくない。

その思いが、史季を迷わせ続——

「なんやと田中《たなか》ぁッ！　入会《はい》ったばっかの一年坊主《ぼうず》が生意気《ナマ》言ってんじゃねぇぞッ！」

道行く先でリーゼントの不良が、舎弟と思《おぼ》しき不良の胸ぐらを摑《つか》みながら激昂《げきこう》しているのを見て、史季は思わずビクリと震えながら思考と足を止める。

（……え？　あの人って……）

田中と呼ばれた不良の胸ぐらを摑んでいるリーゼントが、史季にとっては良くも悪くも忘れられない人物であったことに気づいた瞬間、これは絶対に関わらない方がいいやつだ

と確信して回れ右をしようとするも、

「あぁッ⁉　そこにおるのは折節史季やないか！」

時すでに遅し。田中から手を離して凄《すさ》まじい勢いで詰め寄ってきたリーゼントに、史季は口から漏れかけた悲鳴をかろうじて呑《の》み込んだ。

「ここで会ったが一〇〇年目や、折節ぃ。もうぼちぼち執行猶予も切れる頃やし、オマエの覚悟も固まった頃やろ。ちゅうわけやから死刑執行といこか」

物騒極まりないことを口走る、小日向夏凛《こひなたかりん》ファンクラブ（非公式）会長——白石《しらいし》を前に、史季は覚悟なんて固まってないとばかりにブンブンとかぶりを振る。

矛先が史季に向いてる隙に、田中はそろりそろりと逃げ出そうとするも、

「といきたいところやけど……田中ぁッ！　なに逃げようとしとんねんッ！」

「すんませんすんませんッ！　でも、俺もう決めたんすッ！　小日向夏凛ファンクラブから足抜けして、桃園春乃ちゃんを推すってッ！」

田中の発言に、史季の口から「……はい？」と間の抜けた声が漏れる。

「一年の小娘に現《うつつ》を抜かしおってッ！　そんなんでよう小日向夏凛ファンクラブに入ったもんやなァッ！　……まあ、春乃ちゃんは春乃ちゃんで可愛《かわい》いのは認めるけど」

史季の間の抜けた声以上に間の抜けたことを宣《のたま》う白石に、思わず（なにこれ？）と思ってしまう。

兎《と》にも角《かく》にも、白石の目は今、田中に向いている。彼には少々気の毒だが、今の内にこの場から逃げ出そうと思った、というかこれ以上このやり取りに巻き込まれたくないと思った史季が、先程の田中と同じようにそろりそろりと逃げ出そうとした、その時だった。

「お？　やっと見つけたぞ折節！」

それは天の助けか、さらなる混沌《こんとん》の前触れか。背後から斑鳩《いかるが》の声が聞こえてきて、史季は再びビクリとしてしまう。もっともビクリとしたのは史季だけではなく、突然四大派閥の頭《トップ》が姿を現したことに白石と田中も揃《そろ》ってビクリとしていた。

していたから、二人の決断は迅速の一語に尽きるものだった。

「そ、そうや！　ワイちょっと用事があったんやった！」

「そ、そういえば俺も、用事があったの忘れてたっす！」

そんなことを棒読みで宣いながら、白石と田中は逃げるようにして史季の前から走り去っていった。去り行く二人の背中を見つめながら、斑鳩が何の気なしに言う。

「てかアイツ、白石じゃねえか」

「知ってるんですか？」

「そりゃ同じ三年だし、おまけに小日向ちゃんのファンクラブ会長なんて面白《おもしれ》えことやってる奴《やつ》だからな」

そう答えてから、斑鳩は得心したように「ああ、そうか」と声を上げる。

「女の子だらけの小日向派の中で唯一の野郎だもんな、折節は。白石からしたら極刑ものの罪人だから、そりゃ絡《から》まれるわ」

まさしくその通りだったので、史季は「笑い事じゃないですよ」と返しながらガックリと肩を落とす。そんな史季の反応に、斑鳩は笑い事だと言わんばかりにカラカラと笑った。

「まあとにかく、シャー芯はもう買ったんだよな？　だったら、これからオレとちょっとケンカと洒落込《しゃれこ》まねえか？」

結果的には白石たちを追い払ってくれたので、応えてあげたいという気持ちはほんのちょっとくらいはあるけれど。やっぱり避けられるケンカは避けるに越したことはないので、申し訳ないとは思いながらも「けっこうです」ときっぱりと断る史季だった。

◇　◇　◇

そんな史季たちのやり取りを、路地の陰から監視する男たちがいた。

数は四人。年齢の幅は、上は二〇代前半から、下は一〇代半ばまで。

服装に統一感はないものの、誰も彼もが年相応の格好をしており、四人揃って町を歩いていても特段怪しいところは見当たらない。そんな集団だった。

「なんか標的が二人とも揃っちゃってるけど、いっそのこと今ここで仕掛けるっていうのはどうっすか？」

史季と斑鳩の監視を続けながら、この場においては最年少の少年が提案するも、リーダー格の男が首を横に振って却下する。

「やめておけ。あいつらは二人とも、松尾さんところの地下格闘技場で無敗だったという話だからな。この人数では、挑んだところで返り討ちに遭うのが関の山だ」

「ならやっぱ、どっかに行きやがったリーゼントどもを追った方がいいってわけか」

「感じからして標的の知り合いっぽいしな。適当に捕まえた奴よりかは使えるだろ」

他二人の意見に男は首肯を返すと、懐《ふところ》からスマホを取り出し、別の仲間に電話する。

「見失っていないだろうな？」

『もちろん。リーゼントなんてわかりやすい目印、見失う方が難しいっしょ』

「だな。俺たちもすぐにそちらに向かう。それまでに済ませておいても構わんが、メッセンジャーはちゃんと逃がしておけよ」

言うだけ言って通話を切ると、男は仲間を引き連れて路地の奥へと消えていった。

◇◇◇

美久と一緒に学校を出た春乃が、繁華街のファミレスで一緒に昼食をとり、店の外に出た直後のことだった。突然現れたアリスの叫び声が繁華街のド真ん中でこだましたのは。

「や～っと見つけたっすよ！　桃園春乃！」

土曜日の昼時という人通りの多いタイミングでやらかしたものだから、集めた注目は相当なもので、美久は一人頭を抱えるばかりだった。一方、単純に注目を集めている状況を気にしていなかった——というか理解していなかった春乃は、小首を傾《かし》げてアリスの言葉の意味を考えてから、美久もアリスもずっこけそうになる返答を笑顔で返す。

「うん！　わかった！　一緒に遊ぼうアリスちゃん！」

「って、なんでそうなるんすかっ⁉」

思わずツッコみを入れる、アリス。

これには、ちょっと蚊帳《かや》の外に押しやられている美久も苦笑するばかりだった。

「桃園春乃！　ぼくが一年最強決定戦に負けたのは、あんたがいきなり出てきてぶつかったせいなんすからね！　忘れたとは言わせないっすよ！」

その言葉に対し、春乃は顎に手を当てて「むむむ……」と考え込み……考え込んだ。

「って、マジで忘れてんじゃないっすよっ⁉」

またしてもツッコみを入れる、アリス。

これには美久も、ちょっとだけアリスに同情してしまう。

「と！　に！　か！　く！　あんたのせいでぼくが一年最強決定戦を失格になってしまったのは事実！　だからこの落とし前をつけるためにも、ぼくと勝負しろ！　桃園春乃！」

落とし前と聞いてさすがに看過できないと思った美久は、アリスにズビシと指を突きつけられてなおいまいち状況を理解していない春乃を庇《かば》うように、二人の間に割って入る。

「待てよ。まさかとは思うけど、春乃にタイマン張れとか言う気じゃねえだろな？」

「落とし前をつけさせるための勝負っすからね。タイマン以外に何があるんすか」

「タイマンじゃ、そもそも勝負が成立しねえって言ってんだよ。言っとくけどこいつ、一年最弱かってくらいケンカ弱《よえ》えぞ？」

「それほどでも～」

「いや褒めてるわけじゃねえからな⁉」

今度は美久がツッコみを入れる状況に、さしものアリスも毒気を抜かれてしまったのか、深々とため息をつく。

「あ～もう、わかったっすよ。ぼくだって弱い者イジメは趣味じゃないっすからね。特別に、桃園春乃が得意なやつで勝負してやるっすよ」

その方が敗北感を与えてやれそうだし――と、不穏な付け加えをするアリスに対し、春乃は「得意なやつ？」と再び小首を傾げた。

「春乃が得意なやつっ言ったら……応急処置以外なら、やっぱ歌じゃねえか？」

美久の言葉に反応したアリスが、片眉を上げる。

「歌？　ってことは、桃園春乃はカラオケが得意なんすか？」

「頑《かたく》なにフルネームで呼ぶのな、おまえ」

苦笑する美久を尻目に、春乃は照れ照れしながら答える。

「先輩たちや美久ちゃんは、すっごく上手だって褒めてくれるから、たぶん……」

「そうすかそうすか、カラオケが得意なんすか～。そいつはご愁傷様っすね～」

その言葉どおり、やる前から勝利を確信したアリスは、これ以上ないほどのドヤ顔で言葉をついだ。

「ぼくもカラオケは得意なんすよね～。知らないっすよ～？　得意なやつで負けて泣いちゃっても～？」

三〇分後――

「えぐ……えぐ……」

以前、史季の快復祝いに利用した、いまだ聖ルキマンツ学園生が出禁になっていないカラオケ店の一室で、アリスの咽《むせ》び泣《な》く声が響き渡る。

カラオケ勝負は、アリスの完敗だった。カラオケの機種が点数が出るタイプではないので、明確に優劣をつけられるわけではないにもかかわらず、アリスは心が折れて泣いてしまうほどに完敗してしまったのだ。春乃《はるの》の圧倒的なまでの歌唱力を前にして。

「えと……アリスちゃん、泣かないで……ね？」

テーブルに突っ伏して咽び泣くアリスのことを、心底心配して慰める春乃の隣で、美久は今日何度目になるかもわからない苦笑を漏らす。

ジャンケンで歌う順番を決めて、先に歌うことになったアリスは、予想どおりというべきかキャピキャピなアイドルソングを歌った。言うだけあってアリスの歌唱力はかなりのもので、少なくとも美久では太刀打ちできるレベルではなかった。

だが、如何《いかん》せん相手が悪すぎた。歌い終わってドヤ顔を浮かべるアリスからマイクを受け取った春乃は、彼女が得意としている某シンガーソングライターのヒット曲を歌った。

そして、プロでも充分通用すると確信させられる圧巻の歌唱力を前に、アリスの心はポッキリと折れてしまい、

「えぐ……えぐ……」

このザマである。

「ずびばぜんでしだぁ……でがい口《ぐち》だたいで、ずみばせんでじたぁ……」

テーブルに突っ伏したまま嗚咽《おえつ》を漏らし続けるアリスに、春乃と美久は顔を見合わせ、

揃って困った顔をする。

「わ、わたしは好きだよ？　アリスちゃんの歌。かわいいし、楽しそうだし」

必死に慰める春乃の「かわいい」という言葉に反応したのか、嗚咽で震えていたアリスの肩が一瞬だけピクリと止まる。

「お、おれよりもよっぽど上手《うま》かったし、自信なくすことはないと思うぜ」

春乃に続いて慰める美久の「よっぽど上手かったし」という言葉に反応したのか、嗚咽で震えていた肩が完全に止まる。

「ね、美久ちゃん。アリスちゃんの歌、もう一回聞きたいよね？」

「あ？　ああ、聞きたい聞きたい」

そして、アンコールを求めた途端、

「そこまで言われちゃしょうがないっすね～」

アリスは勢いよく体を起こし、目元を真っ赤にしたままドヤ顔で調子に乗った。

「ぼくの歌声、あんたらにた～っぷりと聞かせてあげちゃうっすよ」

春乃が笑顔でパチパチと拍手を送る。美久も同じようにアリスに拍手を送っていると、

「といっても、ぼくと桃園春乃はすでに歌ってるっすからね。次は……え～っと……美久だったっけ？　とにかく、あんたの番っす」

マイクを渡してくるアリスに、美久は四白眼の目をパチクリさせる。

五所川原アリスという少女は、勝手に突っ走りがちだし、調子に乗りすぎるところもあるけれど。存外、根は良い奴《い》かもしれないと思った美久は、頭に〝苦〟がつかない笑みを浮かべてマイクを受け取った。

そして二時間後——

「あ〜、歌った歌った〜……って、なんでぼく普通に桃園春乃と遊んでんすかっ‼」

時間いっぱいまで歌い倒し、カラオケ店を後にしたアリスが、ノリツッコみを入れる。

「うん！　楽しかったね、アリスちゃん！」

相も変わらずな春乃の発言に、アリスは何か言い返そうとするも、どうやら楽しかったことは否定できなかったらしく「ぐぬぬ……」と口ごもる。そんな二人のやり取りに、美久は、おそらくは本日二桁目に突入したであろう苦笑を浮かべた。

このままカラオケ店の前にいても仕方がない上に、純粋に人通りが多くて落ち着かないので、三人はひとまずその場から離れ、人気《ひとけ》の少ない路地に移動する。

少し進むと、休憩スペースとして設けられたと思われる自販機とベンチを発見したので、三人はこれ幸いとばかりにベンチに腰を落ち着かせた。

「アリスちゃんアリスちゃん！　ずっと気になってたんだけど、なんでアリスちゃんは、同い年のわたしたちにも『っす』って話すの？」

「あ、それ、おれも気になってたわ」

最早《もはや》完全に友達のノリで話してくる春乃と美久に、アリスは深々とため息をつく。

「なんかもう、ぼくだけムキになってるみたいで、アホらしくなってきたっすね……」

そう呟《つぶや》いてから、観念したように二人に話した。

「癖になってるだけっすよ。子供の頃からずっとれおん兄やしょー兄とツルんでるんですけど、二人ともぼくより二コ上だから自然とこの喋《しゃべ》り方が当たり前になったってゆうか」

その話を聞いて、春乃は突然「あっ」と小さく声を上げてから、アリスに訊《たず》ねる。

「しょー兄さんって、服部《はっとり》先輩のことだよね？」

「そうっすけど、それがどうかしたんすか？」

訊ね返された春乃は、頬を赤らめてモジモジしながらとんでもない質問をぶっ込む。

「冬華先輩から聞いたことなんだけど……服部先輩のあそこが、小さくて皮をかぶってるって話は本当なの？」

春乃の言葉の意味を十全に理解したアリスの頬がこれでもかと引きつり、七全くらいは理解できた美久が顔を真っ赤にしながら素っ頓狂な声を上げる。

「春乃おまえ何言ってんだよっ⁉」

「ダ、ダメだよ美久ちゃん！　こんなところでナニ、イ、って、る、なんて言っちゃ！」

「ほんとマジで何言ってんだよっっ⁉⁉」

一方アリスはというと、先日冬華に「思ったとおり、アリスちゃんは良い声で鳴くわね

～」と言われたことを思い出してしまったのか、

「え？　なに？　小日向《こひなた》派ってこんなのばっかなんすか？」

ちょっと顔を青くしながら、怯《おび》えた声音でブツブツと独りごちていた。が、突然立ち上がり、先程までよりも気持ち真剣な声音で二人に言う。

「二人とも、一応いつでも逃げられる準備しといてもらっていいっすか」

「え？　アリスちゃん、それってどういう――……」

訊ね返そうとした春乃の声が、中途半端《ちゅうとはんぱ》に途切れる。

アリスの言葉の意味を理解した美久が「んだよ、こいつら……」と怯えた声を漏らす。

いつの間にか、路地に人が集まっていたのだ。春乃たちを挟み撃ちにするような形で。

数は右に二人、左に三人の、計五人。いずれも年若い男だった。

突然の危機に春乃と美久が狼狽《ろうばい》する中、アリスはバッグから取り出したフーセンガムを咥《くわ》えると、如何《いか》にも一度言ってみたかったという顔をしながら男たちに言う。

「な～んすか、お兄さんたち。言っとくけど、ナンパならノーサンキューっすよ」

◇　◇　◇

それは、史季が斑鳩《いかるが》からのケンカの誘いを断った後のことだった。

「そりゃ残念。けどまあそれとは別に、レナちゃんのことで折節には報告しておきたいことがあんだよ。ジュース奢《おご》るから、ちょっと付き合え」

斑鳩の彼女――レナちゃんが、悪い野郎に騙《だま》されて借金をしているという話を聞いた際、そのレナちゃんに斑鳩が騙されていると考えた史季は、借金を返す場に斑鳩も同行するよう提案した。おそらくはそれが功を奏したのだろうと思った史季は、二度も誘いを断るのは気が咎《とが》めるという理由もあって、斑鳩の誘いに乗ることにした。

そして、道端の自販機で缶のグレープジュースを奢ってもらい、話を聞いたわけだが、

「レナちゃんが借金返しに行くのについてったら、レナちゃんが金借りた野郎に利子分が足りねえって言われてよ。レナちゃんにあげた分とは別に、念のため三万ほど持っていったらそれが大正解。きっちり耳揃《そろ》えて返すことができたってわけよ」

どうやら相手の方が一枚上手だったらしく、まんまと毟《むし》れるだけ毟り取られた斑鳩に、史季は頬をひくつかせることしかできなかった。

「ち、ちなみに、借金を返した後、彼女さんとは？」

「勿論《もちろん》、引き続きやり取りしてるぜ」

という言葉に、レナちゃんが斑鳩を騙しているという見立ては、こちらの考えすぎだったのではないかと思いかけるも、

「ただ、オレに借りができたとか思ってんのか知らねえけど、ＬＩＮＥは既読スルーされ

っし、電話にも出てくれねえんだよなぁ」

ほんと奥ゆかしい子だよ——と、しみじみ言う斑鳩に、史季は閉口するばかりだった。

ここまでくると、奢ってもらったのがたかが缶ジュース一本でも心苦しさを覚えずにはいられない。

「ほんとありがとな、折節。レナちゃんが無事に借金を返すことができたのも、オマエのアドバイスのおかげだよ」

夏凛《かりん》たちから話を聞いた限りだと、今このタイミングで、彼女さんに騙されていると斑鳩に言ったところでブチギレられるのがオチだ。

だから史季は、ぎこちなく「ど、どういたしまして……」と返すことしかできなかった。

これ以上はもう色々な意味で聞くに堪《た》えなかったので、どうにかして話題を変えなければと思っていたところで、斑鳩の方からこれはこれで勘弁してほしい話題を振ってくる。

「そういや折節、小日向ちゃんとはどこまでいってんの？」

飲んでいたジュースを危うく噴き出しそうになりながら、泡を食ったように否定する。

「ぼ、僕と夏凛はそういう関係じゃありませんから！」

「だから照れんなって。小日向ちゃんのこと下の名前で呼ぶの、そんだけ当たり前な感じになってて『そういう関係じゃない』は無理があんだろ」

確かに無理があると思った史季は、思わず口ごもってしまう。

しかし、本当に『そういう関係じゃない』こともまた事実で。

「でも、本当に僕と夏凛は、斑鳩先輩が思っているような関係じゃないんですよ……」

二度目の否定は、ひどく弱々しいものになってしまった。

そんな史季を見て、斑鳩は「はは～ん？」と目を光らせる。

「要するに、まだ告られてもいなければ告ってもいないってわけか」

「……はい」と答えてすぐに、自分の失言に気づく。今の返答は、自分が夏凛に対してそういう想いを抱いていることを認めたも同然のものだったから。

「あっ！　いや、今のはそういうのじゃなくて！」

「いやいや、今のはもう完全にそういうのだろ。それとも何か？　オマエ、小日向ちゃんのこと好きじゃねえのか？」

さすがにその問いは、否定することはできなかった……いや、否定したくなかった。

だからか。あるいはこれまでの人生において、初めて同性と色恋の話をしたせいか。

その相手が曲がりなりにも自分よりも経験豊富で、自分よりも年上だったせいか。

史季は、夏凛に対して抱いていた、素直な自分の気持ちを吐露する。

「……恐れ多いですよ。僕なんかが、夏凛のことを好きになるなんて……」

口に出して、なおさら思う。

自分と夏凛とでは、本当に、何から何まで不釣り合いだということを。

確かに僕は、自分でも信じられないくらいにケンカが強くなった。

けれど心の方は、あまり強くなった気がしない。依然として弱者のままだ。

そんな弱い僕が、小日向さんを好きになるなんて、烏滸《おこ》がましいにもほどが——

「おりゃ」

突然斑鳩に頭を手刀《チョップ》され、史季は目を白黒させる。

「な、何するんですかッ⁉」

「なんか面倒くせえこと考えてるツラしてたから、ついな」

「つ、ついってッ！　ぼ、僕はただ真剣に——」

「真剣だってんなら、それで充分じゃねえか」

斑鳩の言わんとしていることがわからず、口ごもってしまう。例によってそれが顔に出てしまったのか、斑鳩は「しょうがねえなぁ」と呟いてから、史季に言った。

「散々使い古されて、もう手垢《てあか》でベッタベタな言葉をオマエに贈ってやる。恋は理屈じゃねえぞ、折節。そもそもオマエ、小日向ちゃんのこと頭で考えて好きになったのかよ？」

斑鳩の問いに、史季は三度《みたび》口ごもってしまう。

そしてその反応は、斑鳩にとっては何よりの答えだった。

「ほらな、違うだろ。人を好きになるなんざ、もっと単純でいいんだよ。キュンときたかどうか……それだけで充分なんだよ」

確かに、その通りだと思う。何だったら、今の斑鳩の言葉に、少しばかり感動している自分がいるくらいだった。だったから、本当に不覚としか言いようがなかった。何せ目の前にいる先輩がキュンときた異性は、一人の例外もなく地雷女だったから。

そのせいで史季が、今どういう顔をすればいいのか本気でわからなくなっていると、

「おい、折節。アイツ、白石と一緒にいた奴《やつ》じゃねえか？」

斑鳩の声から先程までの緩さがなくなっていることに気づいた史季は、色恋の話を頭の隅に追いやってから、彼が指差した方角に視線を向ける。

そして、瞠目《どうもく》する。確かに斑鳩の言うとおり、彼が指差した先には白石の舎弟――田中がいたから。彼の顔が血と痣《あざ》に塗《まみ》れ、着ている制服がボロボロになっていたから。そのふらついた足取りが、歩くだけで精一杯な有り様になっていたから。

史季はすぐさま田中のもとに駆け寄り、直球に訊ねる。

「た、田中くん！　いったい何があったの⁉」

「焦《あせ》んな、折節。まずはコイツ、どっか休めるとこに連れてくぞ」

歩いてこちらにやってきた斑鳩の冷静な提案に、史季が首肯を返していると、

「いや……先に俺の話を聞いてくれ」

見た目ほど傷は重くないのか、田中は意識も声音もはっきりとしていた。けれど、体力の方は限界だったらしく、もう歩けないとばかりにその場に座り込む。史季は斑鳩を見や

り、首肯が返ってくるのを確認してから、何があったのかを話すよう田中を促した。

「あんたらと別れた後、知らねえ野郎どもにいきなり襲われたんだよ。相手の数は五人程度だったけど、なんだかんだ言ってこっちの倍以上だからな。俺も白石先輩もボコボコにされて、先輩だけが奴らに連れ攫《さら》われて……」

「田中くんは、どうにか逃げることができた――ということ？」

史季の問いに、田中はゆっくりとかぶりを振る。

「俺は見逃されただけだ。折節先輩と斑鳩先輩に伝言を送り届ける役としてな」

田中は自分たちを襲った連中の言うとおりにしなければならないことに悔しさを滲《にじ》ませながら、懐《ふところ》からスマホを取り出し、そこに残された伝言《メモ》を史季たちに見せる。

『リーゼント野郎も含めてお前らの学校の連中を我々《アウルム》のパーティに招待させてもらった。別に無視しても構わないがその場合は招待客がさらに増えることになる。知り合いの一人や二人いればお前らも進んでパーティに行きたいと思うだろうからな』

言ってしまえば、《アウルム》なる存在が史季と斑鳩を呼びつけるために、聖ルキマンツ学園の生徒を拉致しているという伝言だった。

内容的には、荒井派が春乃《はるの》を拉致った際、史季たちに送ったＬＩＮＥメッセージと似たり寄ったりだが、脅し方に関してはひどく迂遠《うえん》だった。だからこそ、荒井派よりも手慣れているという印象を受けた史季は、その相手のことについて田中に訊ねた。

「田中くん、《アウルム》って？」

「半グレのチームだよ。この辺りじゃ一番の有名どこで、警察《サツ》にもマークされてる」

田中に代わって答えた斑鳩が、小さくため息をつく。

「田中っ言《つ》ったな？　オマエ、とりあえずオレのこと殴っとくか？」

唐突すぎる提案に、まるで理解が及ばなかった史季は「はい？」と、田中は「は？」と声を漏らす。

「オレと折節が狙いっつうことは、間違いなく地下格闘技場絡《がら》みの揉事《コタ》だ。まさかバックについてたのが《アウルム》だったとは思わなかったが……まあ、それも言い訳だな。とにかく、オレのやらかしに巻き込んじまった以上はケジメってもんが必要だろ」

「だから殴れと？」

全く話についていけずに呆《ほう》けた顔をしている田中に代わって、史季が訊《たず》ねる。

「おうよ。田中はオレのせいでボコボコにされたんだからな。オレのこと好きなだけ殴らせてやるのが筋ってもんだろ」

「い、言いたいことはわかりますけど無茶ですよ！　学校の連中をパーティに招待したという伝言が本当なら、田中くんと同じような目に遭っている人が、他にもいるかもしれないんですよ!?　その人たち全員の気が済むまで殴られるつもりですか!?」

「そのつもりに決まってんだろ」

事もなげに言う斑鳩に、史季は言葉を失う。同時に、こうも思う。斑鳩獅音《いかるがれおん》という先輩は確かに不良だけれど、今まで史季が恐れていた不良とも、ましてや夏凛たちとも違う、初めて見るタイプの不良――いや、人間かもしれないと。

「……斑鳩先輩」

不意に田中が口を挟み、史季は我に返る。

「確かに俺は小日向《こひなた》夏凛ファンクラブを抜けようとしたけど、白石先輩のことが嫌いってわけじゃねえんだ。他に拉致られた連中のついででもいい。白石先輩のこと助けてやってくれ。それで、ケジメってやつはチャラにしてやるから……」

そんな田中の申し出に対し、斑鳩は彼の頭をワシワシと撫《な》でてから答える。

「心配すんな。最初《はな》からそのつもりだ。それこそ、いの一番につけなきゃならねえケジメだからな。それから、巻き込んじまってマジで悪かった」

「べ、別に謝罪《ワビ》なんていらねえよ。こんくらい、巻き込まれた内にも入らねえっつうの」

「そうか」

ニッカリと、斑鳩は笑う。それに釣られて、田中だけでなく史季も頬を緩ませてしまう。

そして、思う。このトラブルが地下格闘技場のゴタゴタから起因しているのであれば、自分も斑鳩とともに白石たちを助けにいくのがケジメだろうと。

「田中くん。《アウルム》の言う、パーティの会場については何か聞いてない？」

「聞いてるぜ。こっちは口で直接伝えろって、脅さ――……言われたからな」

そう前置きしてから、田中は答えた。

「『ヤードで待っている』。連中は俺に、そう伝えろって言いやがった」

「ヤードっていうと……自動車の解体所のこと？」

「いや、俺に聞かれても……」

ならばと、史季は斑鳩に視線を向ける。

「《アウルム》ときてヤードときたら、連中がアジトにしてるって噂《うわさ》の、金属スクラップの違法ヤードだろうな。方角は全然違《ちげ》えけど、一年最強決定戦に使われた廃病院よりもさらに町から外れたとこにある」

そう言って、斑鳩は懐からスマホを取り出した。

「ちょっと翔《しょう》に、パーティ会場がマジでそのヤードかどうか確かめさせてみるわ。アイツ今日は暇してるはずだし、原付《あし》もあるしな」

「翔って、服部《はっとり》先輩を？　その……大丈夫なんですか？　一人で偵察なんて」

「無茶さえさせなきゃ問題ねえよ。ああ見えて翔の野郎は、オレがケンカした奴の中でも五本の指に入るか入らねえくらいには強《つえ》えからな。まあ、弱さに関しちゃ余裕で五本の指に入るけど」

「いやどっちですかそれ⁉」と、ツッコみを入れたところで、史季はふとと、ある可能性に気づき、慌てて懐からスマホを取り出す。

「どうした？　オマエまでスマホ出して」

「その……《アウルム》の狙いが、地下格闘技に出場した僕と斑鳩先輩だけなら、まだいいんですけど……もし、こないだのホテルの地下の騒動が原因で、《アウルム》が僕たちを狙ったのだとしたら、夏凛《かりん》たちも標的にされてるかもしれないと思って……」

「なぁる。それで小日向ちゃんのことが心配になったってわけか」

「不調な時ならともかく、僕が夏凛の心配なんて烏滸《おこ》がましい話かもしれませんけど」

「言《い》っても、そういうのは理屈じゃねえからな。気になるなら電話かけてみてもいいんじゃや——いや、待てよ……」

斑鳩はスマホの角を額に当て、神妙な顔つきで考え込んでから史季に言う。

「折節。小日向ちゃんの前に、桃園ちゃんに電話かけてみろ。小日向ちゃんたちなら滅多なことはねえけど、桃園ちゃんは滅多なことだらけだからな」

まさしくその通りだと思った史季は勿論《もちろん》のこと、春乃を推すために小日向夏凛ファンクラブを足抜けしようとしていた田中も、揃《そろ》って慌て出す。

「お、折節先輩！　早く春乃ちゃんに電話を！　あと、こっそり春乃ちゃんの番号、後で俺に教えてくださいお願いします！」

「土下座してもそれはさすがに駄目だからね!?　というか、斑鳩先輩も先にアリスちゃんに電話をかけた方がいいんじゃ！」

「だな」と、斑鳩が答えた矢先に、彼のスマホが震え出す。

画面を覗《のぞ》き込んでみると、アリスからのビデオ通話の着信が入っているのが見て取れた。

「……アリスちゃんからビデオ通話って、よくあることなんですか？」

「……滅多にねえな」

だからこそ嫌な予感がするとでも言わんばかりに斑鳩は舌打ちすると、一つ息をついてからビデオ通話に応じる。

そして次の瞬間——春乃の顔がスマホの画面いっぱいに映し出された。

『あ、わたしの顔が映っちゃってる⁉』

『春乃！　逆だ逆！』

『だーかーらー美久《みく》にやらせろって言ったんすよ！　桃園春乃！』

画面の向こうから聞こえてくる緊張感の欠片《かけら》もないやり取りに、史季と斑鳩は真顔で顔を見合わせる。

『つうかアリス、これ、マジでやるのか？』

『モチのロンに決まってるじゃないっすか！　あと桃園春乃はちょっと離れてるっす！』

『え～、そんな～』

心底残念そうな春乃の声が聞こえた後、スマホに映る映像が大きく動き、アリスを画面の端に捉える形で、それは映し出された。これってもしかして《アウルム》のメンバーなのでは？——と思われる、無様に地面に倒れている五人の男の姿が。

『こいつらは、ぼくの可愛《かわい》さに目が眩《くら》んでナンパしてきた人たちなんすけど——』

『アリスちゃんがわたしと美久ちゃんのことを守りながら、ビシバシってかっこよく倒してくれたんです！』

『って、桃園春乃！　いきなり割って入ってくるなっす！　あ、でも、ぼくの活躍をもっとれおん兄に聞いてほしいから、このまま言わせるのもアリかも……』

などとアホなやり取りをしている隙に、画面に映っている男たちがノロノロと起き上がり、逃げ出していく。

『あれあれ～？　逃げるんすか～？　みっともなく尻尾巻くんすか～？　あ～んなドヤ顔で、ぼくたちのこと囲んだのに～？』

露骨に煽《あお》り散らかす、アリス。自然、男たちのこめかみに青筋が浮かぶも、言い返すことすらできないほど一方的にアリスに返り討ちにされてしまったようで、ただ黙って恥辱に耐えながら、アリスたちの前から逃げ出していった。

『あれあれあれ～？　何も言い返さないんすか～？　や～い、ザ～コザ～コ♥』

そんな、どこからツッコめばいいのかわからない状況に、史季はおろか、斑鳩さえも唖《あ》然《ぜん》としていたが、

「って待てよ……おい、折節！　今逃げていった奴をアリスに捕まえさせたら、翔に偵察させるまでもなく手がかり摑《つか》めんじゃねえか⁉」

「い、言われてみれば……あ、いや、やっぱり駄目です！　桃園さんたちも一緒だと、捕まえておくにしても危険《リスク》が！」

「ああそうか！　つうか、マジで何なんだよこの状況⁉」

ちょっとキレ気味な斑鳩のツッコみに、史季が心の中で同意する中、画面の向こうにいるアリスの『ザ～コザ～コ♥』という声が響き続けた。

◇◇◇

春乃とアリスと美久、三人の安全が確認できたことに史季も斑鳩も一応は安堵《あんど》した後。

史季は夏凛たちに連絡をして、彼女たちには《アウルム》のメンバーはおろか、メッセンジャーすら送られていないことを確認した。斑鳩は服部の無事の確認がてら、《アウルム》のアジトと噂されている違法ヤードの偵察をお願いした。

田中については、さすがにこのまま一人で帰らせるわけにもいかなかったので、土曜日でも開いている病院をスマホで調べ、そこに送り届けた。

そして――

「まさか斑鳩センパイと、ファミレスで茶ぁすることになるなんてな」

そう言って夏凛は、お茶ですらない飲み物《ジンジャエール》をストローで啜《すす》る。

今、ファミレスのテーブル席には、史季、夏凛、千秋、冬華、春乃《はるの》、美久、斑鳩、アリス──計八人の聖ルキマンツ学園生が集まっていた。今回は事が事なので一度集まってから、これからどう動くのかを話し合うことにしたのだ。不良校として有名な聖ルキマンツ学園においては比較的良識派が集まっている状況だが、ファミレス側からしたらそんなことは知る由《よし》もなく、店員たちが戦々恐々としている様子が見て取れた。

「店には、ちょっと悪いことしたかもな」

苦笑しながら、いちごパフェを食べる千秋に、

「だな。だからちょっとは売り上げに貢献しねえと。つうわけで、チョコパフェ追加で」

バナナパフェを平らげながら同意した斑鳩が、ちょっとビクついてる店員《ウェイター》に追加注文をお願いする。

「斑鳩先輩、甘いもの好きなの？」

そんな史季の疑問に、

「そりゃもうっすよ」

アリスは即答しながら、しれっと頼んでいたソフトクリームをペロペロと舐《な》める。

「春乃……なんか、おれらだけ場違いな気がすんだけど」

「そんなことないよ美久ちゃん！　ところで〝ばちがい〟って何？」

そんな漫才じみたやり取りをする美久と春乃を尻目に、一人せっせとスマホの画面に映るＬＩＮＥのメッセージを確認していた冬華が、話の口火を切った。

「ワタシの彼氏彼女《ツテ》を当たった限りの話になるけど、だいぶ状況が見えてきたわよ～」

好き勝手駄弁《だべ》っていた史季たちはすぐさま口を閉じ、冬華の話に耳を傾ける。

「しーくんと斑鳩先輩に届けられた伝言どおり、やっぱり学園《うち》の生徒の何人かが《アウルム》と思われる集団に拉致されてるみたい」

「つうか、そんなことになってるなら、さっさと通報《タレ》こんだ方がいいと思うんスけど」

自分のことを場違いだと言っておきながら緊張交じりに意見する美久に、冬華は柔和に微笑《ほほえ》みながら答える。

「ごもっともだけど、通報したところで警察がワタシたちのために動いてくれる可能性は低いわね～。把握できた限りの話になるけど、拉致されてる子、全員不良なのよ」

それを聞いて、夏凛が得心交じりに言う。

「そりゃ警察《ポリ》さんからしたら、学園《うち》の不良と《アウルム》が潰し合ってるところを、まとめてしょっ引くのが一番美味《おい》しいもんな」

「一般生徒《パンピー》が拉致られてたら、さすがにポリ公も真面目に動いてくれるだろうけど、ウチらからしたら一般生徒《パンピー》が巻き込まれてる方が最悪だしな」

千秋の言葉というより、警察のやり口に釈然としないものがあったのか、美久は「そういうことっスか……」と納得しながらも、どこか複雑な表情をしていた。

そんな中、史季は独りごちるように気になったことをそのまま口にする。

「もしかして……《アウルム》はあえて不良だけを拉致してる？」

だが、どうやら今の言葉は他の皆も気になったようで、史季は突然自分に視線が集中したことに、ちょっとだけ気後れしてしまう。

「い、いや……不良なら、週末に一日二日音信不通になっても、親にしても友達にしてもあまり心配しないだろうから、《アウルム》はそれを狙って不良ばかりを拉致してるんじゃないかなぁって思って……」

「ソイツは、まぁ……」

「一理あるわね～」

千秋と冬華が得心する中、斑鳩《いかるが》はアリスに訊《たず》ねる。

「そういや五所川原が返り討ちにした連中、桃園ちゃんと三浦ちゃんのことは狙ってたのか？」

「だからその名前で──って、あ～もう！　めんどくさい！　アリスがボコった連中は、桃園春乃のことはちょっと気にしてたけど、大体はぼく狙いって感じだったっす！」

キレながら答えるアリスの隣で、春乃が自分のことを指差しながら「わたし？」と小首を傾《かし》げる。

「春乃は一般生徒全開《パンピー》だけど、地下格闘技場のゴタゴタがあった時はその場にいたからな。連中にマークはされてても不思議はねーか」

そう言って、夏凛は舌打ちする。物言いは冷静だが、春乃の身が安全とは言えない状況を快く思っていないことがよくわかる。そんな舌打ちだった。

「っと、ちょっとオマエら静かにしてくれ」

言いながら、斑鳩は懐《ふところ》からスマホを取り出す。

どうやらヤードの偵察に向かった服部《はっとり》から電話がきたらしく、史季たちが言われたとおりに静かにするのを待ってから、斑鳩はスピーカーモードで電話に出た。

「どうだったよ？　翔《しょう》」

『ビンゴだな。ヤードの敷地《しきち》に、学園《うち》の制服着た金髪が連れ込まれるとこ目撃した。でもって、そのヤードの規模が思ってた以上にやべェ。ざっと見た感じでも学園の敷地の倍以上はありやがるぞ、これ』

「《アウルム》は、何百人ってレベルで構成員を抱えてるっつう話は小耳に挟んだことがあっけど、あながち嘘《フカシ》ってわけじゃなさそうだな」

どこか楽しげに言う斑鳩に、服部は呆《あき》れた声音で応じる。

『バカデカいケンカできると思って、ちょっとワクワクしてんじゃねェよ。いくら小日向《こひなた》派もいるっ言《つ》っても、戦力差がシャレになってねェぞ』

「だからって、学園《うち》の不良総出で殴《カチ》り込むってわけにもいかねえだろ。あんま《アウルム》を刺激しすぎると、拉致られた連中が何されるかわかったもんじゃねえからな」

そんな斑鳩と服部の会話を聞いて、史季はふと一つの策を思いつくも、

(……いや、駄目だ。さすがにこれは、策とは言えな——)

「なんか思いついたのか？　史季」

目聡《めざと》くこちらの様子に気づいた夏凜《かりん》が、声をかけてくる。再び自分に視線が集中した手前、史季は観念して、今思いついた策とは言えない策を皆に話すことにした。

「正直、策と呼ぶにはあまりにも無謀だし、話半分程度に聞いてほしいくらいなんだけど……少なくとも向こうは、僕と斑鳩先輩を標的にしているのは間違いない。だから、僕と斑鳩先輩で正面からヤードに乗り込んで、囮《おとり》になっている隙に、他の皆で拉致された人たちを解放できればって思ったんだけど……」

「さすがに却下だな、そりゃ」

「却下ね～」

「折節先輩って、もしかしてアホなんすか？」

「いくらなんでも、それは無茶なんてもんじゃないと思うんスけど……」

千秋と冬華、おまけにアリスと美久までもが即答で反対する中、斑鳩が何の迷いもなく

史季の策に乗っかる。

「いいじゃねえか！　それでいこうぜ、折節！」

「いやさすがにちょっとは迷ってくださいよ⁉　僕と先輩だけで、何百人もいるかもしれない半グレ相手に囮をやるって話なんですよ⁉」

「んな面白え話振られて迷うわけねえだろ。それにここに来る前にも言ったけど、今回の揉事《ゴタ》はオレのやらかしが原因だからな。だからオレが体を張るのは当然だし、史季が嫌だってんなら、囮に関しちゃオレ一人でやってもいいぜ」

『おいおいレオン。反対意見だらけなのに、何決定みたいなノリで話してんだよ』

「そういうオマエはどうなんだよ？　翔」

『おいらか？　おいらはアリだと思うぜ。少人数のカチ込みなんてネタ、オンラインサロンで地下格闘技を見世物にしてる《アウルム》からしたら、おいしいなんてもんじゃねェからな。極力長引かせようとするはずだから、囮って意味じゃマジで機能すると思う』

「え？　あの地下格闘技場ってオンラインサロンで見世物にされてたの？」

初耳すぎる情報に狼狽《うろた》える史季の声が聞こえていないのか、服部はその疑問に答えることなく話を続ける。

『拉致られてる連中に関しても、何人いるかはともかくマジで不良だけってんなら、よっぽど痛めつけられてない限りは、解放さえすればそれなりの戦力になる。退路さえ確保してやれば、逃がしてやるのはそう難しくないとおいらは思うぜ』

服部の意見が意外なほど理路整然としていたせいか、反対派の千秋たちは反論に困っている様子だった。それを見て斑鳩は、ここぞとばかりに、まだ賛成も反対も表明していない学園の頭《トップ》に問いかける。

「小日向ちゃん、アンタはどうよ？」

自然と、皆の視線が集中する中、夏凜は散々苦渋を滲《にじ》ませた末に答える。

「反対してーのは山々だけど、反対したところで、これよりマシな案が出てくるとも思えねー。だからあたしは、一応は賛成だ。だけど……」

夏凜はキッと史季を睨《にら》みつける。

そして、まさかの視線にたじろぐ史季に向かって、こう言った。

「史季も囮になるってんなら、あたしも一緒に行く。それが賛成の条件だ。学園《うち》に上等くれてる以上、〝女帝〟の名ぁくらいは向こうも知ってるだろうから、囮役としては充分使えるだろうしな」

そんなの駄目だ！　危険すぎる！――そんな言葉を、史季はギリギリのところで呑《の》み込んだ。何百人もいるかもしれない半グレ集団のヤードにカチ込むということは、集団戦《ゴチャマン》になるのは必至。たった一度ゴチャマンのレッスンを受けただけにすぎない自分の方が、他の皆からしたら余程心配の種というもの。〝女帝《かりん》〟の決断にとやかく言える立場ではない。

「つうことは、これで四対四になるわけか……」

そんな千秋の言葉に、（まあ、発案者の僕は賛成でないとおかしいよね）と諦め交じりに心の中で独りごちる史季も含め、全員の視線がいまだ賛成も反対もしていない最後の一人——春乃に集中する。

話を理解しているのかいないのか、春乃は顎に手を当てて「むむむ……」と考え込むと、

「そうだ！」

何か閃《ひらめ》いたのか、ポンと手を打ち鳴らしてから自身の鞄《かばん》をまさぐり始めた。ほどなくして出てきたのは、尻側を削って『1』から『6』の数字を書き込んだ鉛筆。誰も彼もがまさかと思う中、春乃はそれ以上にまさかすぎる宣言を史季たちに向かってぶちかました。

「この鉛筆を転がして、『1』が出たら史季先輩の案に賛成することにします！」

「ここで運任せなの⁉」

「ちょちょちょっと待て春乃⁉」

「マジでバカなんすか⁉」

「つうか、『1』以外全部反対とか賛成派《こっち》が不利すぎんだろ⁉」

「いや反対派《ウチら》もここまで有利すぎるのはさすがに⁉」

史季たちが店の迷惑も忘れて泡を食ったように叫び、斑鳩と冬華が腹を抱えて笑う中、春乃の鉛筆はテーブルの上をコロコロと転がっていった。

第三章　決戦

《アウルム》がアジトの一つとして使っている、金属スクラップの違法ヤード。

その最深部にある二階建ての建物の一室で、《アウルム》の頭《リーダー》――入山《いりやま》は、構成員に捕まえさせた五人の不良を見下ろしていた。

時代錯誤のリーゼントも含めて、いずれも聖ルキマンツ学園の制服に身を包んでおり、性別に関してもいずれも男。捕まえる際に構成員から暴行を受けたことで、顔が痣《あざ》と血で塗れていることもいずれもだった。しかし、だからこそというべきか。猿ぐつわで口を塞がれ、結束バンドで両手両脚を縛られて床に転がされている五人は、どいつもこいつも敵意剝《む》き出《だ》しの目でこちらを見上げていた。

「入山さん。ご覧のとおり、多少痛い目に遭った程度では立場も理解できないようなバカばかりですが、どうします？　もう少し痛めつけますか？」

入山の後ろに控えていた幹部の男が、あえて不良たちに聞こえる声量で提案してくる。

それを聞いて「上等だ、こら」と言わんばかりに眼《ガン》くれてくる不良どもに、入山は呆れたため息をついてから答えた。

「いや、今はまだいい。こういう痛めつけても心が痛まねぇ連中を私刑《リンチ》にかける画《え》は、オンラインサロンでもけっこう受けがいいからなぁ。やるなら客が最も集まる時間帯でだ」

「了解しました。しかし、それならやはり、女も拉致ってきた方が良かったのでは？」

「アホが」と言いながら、幹部の腹に蹴りを入れる。突然の凶行に不良どもたちが驚き、幹部が腹を押さえて膝を突く中、入山は教え諭すように言った。

「不良だろうが女を拉致った場合、男に比べて格段に通報《タレ》こまれる危険《リスク》が高くなる。拉致っても問題なさそうなのは、元々の標的だった五所川原アリスのように《アウルム《うち》》の地下格闘技場に出入りしてたようなイカれた奴《やつ》か、その地下格闘技場で起きた折節絡《がら》みの騒動に、しれっと首を突っ込んでいやがった〝ルキマンツの女帝〟くらいのもんだ」

入山は懐からシガーケースを取り出し、葉巻を一本抜き取りながら言葉をつぐ。

「お前の不勉強さはともかく、五所川原の拉致をしくじった件は許しておいてやる。あの斑鳩のツレで、ああも堂々と地下格闘技場に出入りしてる時点で、見た目に反して腕が立つだろうと想定していたからな。俺の寛大さに感謝しろよぉ？」

「は、はい……ありがとうございます」

幹部が謝りながらも立ち上がったところで、入山のテーラードジャケットの内ポケットに入れていたスマホが振動する。スマホの画面に、ヤードの見張りにつかせている構成員の名前が表示されているのを確認すると、ケースに葉巻を戻してから踵《きびす》を返し、部屋の外に出る。そのまま廊下を歩き、部屋から充分に距離を離したところで電話に出た。

「俺だ」

『い、入山さん！　ルキマンツの連中が殴り込んできました！』

その報告は入山にとっては予想どおりのものであり、だからこそ捕まえた不良どもの前での通話を避けたことはさておき。

「そうか。なら、予定どおり中央広場に誘導しろ。何十人で来たかは知らねぇが、ガキどもに大人の世界の厳しさってやつを教えてやれ」

わかりました！――と、聞くまでもない返事がかえってくると思い込んでいた入山だったが、電話口の構成員がいつまでも返事をよこさないことを不審に思い、片眉を上げる。

「どうしたぁ？　ガキどもの数が予想より多かったかぁ？」

『い、いえ……ぎゃ、逆です。カチ込んできたのは……たったの三人です』

「…………は？」

思わず、間の抜けた声を漏らしてしまう。

(三人？　それも真っ正面から堂々と？　《アウルム》が何百人もの構成員を抱えてることと、まさか知らねぇのか？　それとも知った上でか？　いずれにせよ……)

「イカれてやがるな」

率直な感想が口を衝《つ》いて出る。同時に、つい笑みを漏らしてしまう。

現在ヤードにいる構成員の数は四〇〇人弱。彼我の戦力差は一〇〇倍以上になっている。

こんな自殺行為に等しいカチ込み、刺激に飢えているオンラインサロンの客が食いつかないわけがない。

とはいえ、生配信はNGだ。入山自身も言ったとおり、今はオンラインサロンに客が集まる時間帯ではないという理由もあるが、曲がりなりにも相手が本気である以上、刺激に飢えた客すらドン引きさせるような映像が流れてしまう可能性がないとは言い切れない。編集という名の規制が必要だ。しかし、一から十まで録画だと、やらせを疑う客が出てくるかもしれない。その対策として、カチ込んできた三人を返り討ちにした後、捕まえた五人の不良ともども痛めつける様子を生配信すれば納得してもらえるだろう。

金儲《かねもう》けの算段が整ったところで、入山は笑みを深めながら再び命令する。

「おい。ヤード内にいる歓迎要員全員に、中央広場に集まるよう伝えろぉ」

『ぜ、全員ですか？』

「そうだぁ。俺も撮影班を連れて中央広場《そっち》に行くと言やぁ、皆まで言わなくてもわかるよなぁ？」

『も、勿論《もちろん》です！』

「それから、大体想像ついてるが、一応カチ込んできやがった三人のツラを確認しておきたい。今すぐ用意しろ」

『わかりました！』

という返事を聞き届けたところで入山は通話を切り、ほどなくして送られてきた画像を確認する。入山の予想どおり、カチ込んできたのは折節史季と斑鳩獅音《いかるがれおん》、そして最後の標的にしていた五所川原アリス――ではなく、〝ルキマンツの女帝〟こと小日向夏凛《こひなたかりん》だった。

入山自身、アリスのケンカの腕が立つことは想定していたが、地下格闘技場でついぞ負けなしだった史季と斑鳩に比べたら一段も二段も劣ることも想定していた。

その上で、たった三人でカチ込むならば、史季と斑鳩以外に誰になるか？

戦力的にも、今回の件に一枚噛《か》んでいたという意味でも、〝ルキマンツの女帝〟がカチ込みに同行していたことは、入山にとっては自明の理だった。

情報を共有させるため、史季たち三人の画像をヤード内にいる全ての構成員のスマホに送信した後、当然のように入山とともに部屋を出て、傍《そば》に控えていた幹部に命令する。

「聞いてのとおり、俺は撮影のため中央広場に向かう。三人でカチ込んでくるようなイカれた奴らが陽動なんて高尚な真似《まね》をしてくるとは思えねぇが、だからこそという可能性もある。建物《ここ》に五〇人ほど残していってやるから、しっかり守りくれてろよぉ？」

それだけ言い残すと、入山は幹部に一瞥《いちべつ》もくれることなくその場から立ち去っていった。

◇　◇　◇

同刻。入山が受けた報告どおり、たった三人で違法ヤードにカチ込んだ、史季、夏凛、斑鳩の三人は、金属スクラップの山に挟まれた広い道を闊歩《かっぽ》していた。

金属製のテーブルにパイプ椅子、電線、ドラム缶、機械、工具などなど、多種多様の金属スクラップによって形成された山は異様に背が高い上に、道がいやに曲がりくねっている。そのせいで視程が悪く、ほとんど一本道になっているにもかかわらず迷路に迷い込んだような錯覚に陥りそうになる。そんな状況に気後れしたせいか、夏凛と斑鳩に比べたら闊歩とは言い難《がた》い足取りで歩いていた史季は、興味半分怯《おび》え半分に呟《つぶや》いた。

「この町に、こんな場所があったなんて……」

「ま、この町っ言《つ》っても、マジで端っこだけどな」

暢気《のんき》に頭の後ろで手を組む斑鳩が応じる中、史季の隣を歩いていた夏凛が、金属スクラップの山の上に視線を巡らせる。山上では、まるでこちらを誘導するようにコソコソと移動している《アウルム》構成員たちの姿が見て取れた。

「あいつら、露骨に誘ってやがるな」

「ああ。こりゃマジでパーティ会場を用意してるパターンかもな」

「それってつまり……大人数で僕たちのことを待ち構えてるってこと？」

「「正解」」

夏凛と斑鳩の返答に、史季は顔色を青くする。

「おいおい折節。けっこうガチめにビビってんじゃねえか。帰りたいっていうんなら、今からでも帰っていいんだぜ？」

それこそガチめに心配してくる斑鳩に、史季はかぶりを振った。

「ここまで来て、《アウルム》が僕のことを素直に帰してくれるとは思えませんから。それに……」

答えながら、思い出す。今より一時間ほど前、ファミレスのテーブルの上で春乃《はるの》が転がした鉛筆の数字が、ピタリと『1』で止まった時のことを。他に案がないという理由もあるが、あの流れで『1』を出されては、反対していた千秋たちも文句をつけることができなかった。というよりも文句をつけること自体が無粋だと思ったらしく、反対派の皆――アリス一人だけは不服そうにしていたが――も史季の案に従うことを了承してくれた。

自分から提案した手前反対できなかったというだけで、史季自身はどちらかと言えば自分の策に否定的だったけど、そのことを結局口には出せなかったことはさておき。

その後話し合った結果、史季、夏凜、斑鳩の三人が囮《おとり》として真っ正面からヤードにカチ込み、千秋、冬華、アリスの三人が別方面から、拉致られた白石たちの救出に向かうことで決定した。春乃と美久《みく》に関しては、二人だけ残していくのは不安があったので、後ほど合流した服部《はっとり》に任せることにした。その上で服部には、斑鳩曰《いわ》く「コイツ以上の適任はいない」という、とある仕事もやってもらうことにした。

「……それに、皆が自分にできることを頑張ってるのに、僕だけ尻尾を巻くなんて真似はできませんから」

その覚悟が顔に出ていたのか、斑鳩は楽しげに嬉《うれ》しげに笑みを漏らす。

「やっぱ面白《おもしれ》えわ、オマエ。つうわけだから、このケンカが終わったら、オレとケ――」

「い、嫌ですよ！　というか、五体満足で済むかどうかもわからないのに、斑鳩先輩とケンカする余力なんて残ってるわけないじゃないですか！」

「いやいや、意外とイケるかもしれねえぞ～？」

「イケたとしても嫌ですよ！」

キッパリと断る史季に、斑鳩が「やっぱ駄目か」と肩を落とす中、夏凜は苦笑交じりに言う。

「余力はともかく、あたしが五体満足で済むようにしてやるから、そこは安心しろ。千秋たちが不良《バカ》どもを助けるまで持《も》ち堪《こた》えればいいだけの話だからな」

「おっ、さっすが小日向ちゃん。頼もしいね～」

「つっても、こっちはこっちでマジで当てにしてるからな、斑鳩センパイ」

「おぉう……こりゃ〝女帝〟様のご期待に添えるよう頑張らねえとな」

「って、ドサクサに紛れてその渾名《あだな》で呼ぶなっつーの！」

こんな状況にあってなお緊張感のないやり取りを交わす学園最強の二人に、史季は頼もしさを覚える。が、一方でこうも思う。それじゃ駄目だと。

（今の僕じゃ、万全の夏凛を守るなんて偉そうなこと、口が裂けても言えない。けど、そのくらいのつもりで戦わないと……！）

決意と覚悟を新たにしながら、蛇行した道を歩いていく。やがて、一際《ひときわ》大きなカーブを描いた道に差し掛かったところで、夏凛は目を据わらせながら史季と斑鳩に忠告した。

「二人とも気ぃ引き締めろ。この先にいるぞ」

その言葉どおり、カーブを曲がりきった先にある、広場と呼んでも差し支えのないほどに開《ひら》けた場所で彼らは待ち構えていた。

「これは……っ⁉」

史季は思わず絶句してしまう。

ざっと見ただけでも三〇〇人は軽く超えているであろう男どもが、史季たちがやってきた道を除き、円形の広場の内周を埋め尽くすようにして〝陣〟を形成していたのだ。

圧倒的なまでの数の力。それだけならば、史季も絶句したりはしなかっただろう。

事前に斑鳩の口から、《アウルム》が何百人という構成員を抱えているという話を聞いていた手前、絶望的なまでの戦力差は覚悟の上だったからだ。

それでもなお史季が絶句するほどの衝撃を受けたのは、荒くれ者やならず者といった類の男どもがこれだけ大勢集まっているにもかかわらず、無駄口一つどころか、咳《しわぶ》き一つ漏らしていない点にあった。一つ所に何百人もの人間が集まっているとは思えないほどに、広場全体がしんと静まり返っているのだ。異様を通り越して不気味ですらある光景に、さしもの夏凛と斑鳩も、多かれ少なかれ衝撃を受けている様子だった。

「……さっき気ぃ引き締めろっ言《つ》ったけど、訂正するわ。二人とも、マジのガチで気ぃ引き締めろ。でねーとやべーぞ」

「みてえだな」

とはいえ斑鳩の方は、受けた衝撃以上にどこか楽しげな表情を浮かべているが。

「よく来たなぁ！　ルキマンツのガキどもぉ！」

男の大音声《だいおんじょう》が、三人の耳朶《じだ》を打つ。それに合わせて、三人の前方に見える〝陣〟の一部が左右に割れ、一人の男が姿を現す。他の連中とは着ている物からして違う、如何《いか》にも高そうなテーラードジャケットとスラックスに身を包んだ、色黒の金髪の男だった。

「俺は《アウルム》を仕切ってる入山って者《もん》だ！　ああ、お前らは自己紹介なんてしなくていいぞ！　大体わかってるし、どうせやらせるならお客様の前の方がいいからなぁ！」

いやに仰々しい入山の物言いを隠《かく》れ蓑《みの》にするように、背後から足音が聞こえてくる。

まさかと思って史季たちが横目で背後を確認すると、どこかに潜んでいたものと思われる構成員と、金属スクラップの山の上でこちらを誘導していた構成員を合わせた数十人が、退路を塞いでいた。

予想どおりと言えば予想どおりの展開だが、それでも少しだけ史季の顔色が青くなる。

そんな史季をよそに、入山は続ける。

「おっ始める前に、お前たちに一つ良《い》いことを教えてやる！ これから行われるのはお前らによる幼稚な不良ごっこでもなければ、俺らによる一方的な処刑でもない！ お客様を楽しませるための、ただの見世物《ショー》だ！」

入山の言葉に呼応するように、広場を囲う金属スクラップの山の上に、カメラを構えた構成員が複数人、姿を現す。あらゆる角度から広場を見下ろす配置からして、カメラの群れがこれから始まる見世物《ショー》を撮るために用意されたものであることは言《げん》に及ばない。

（鬼頭くんとタイマンを張った時も、カメラで撮影はされたけど……）

あの時と違って、今こちらに向けられているカメラからは悪意しか感じられないものだから、さしもの史季も不快感を覚えずにはいられなかった。

「つうわけだからお前ら、せめて一〇分くらいは持たせてくれよ？ あんまり早く終わっちまうと娯楽にならねぇからなぁッ‼」

入山は一際大きな声を上げ、見世物《ショー》の始まりだと言わんばかりに両手を横に広げる。

それに呼応するように、退路を塞いでいる背後を除いた八方から、《アウルム》の構成員たちの一部がニヤニヤと笑いながらこちらににじり寄ってくる。

おそらくは、これが敵の第一陣。数は目算で七〇人超。

凶器を持っている者は一人もおらず、先の言葉どおり、入山が見世物《ショー》を少しでも長引かせるために手心を加えているのは明白だった。

(けど、この数は……!)

ゴチャマン自体が初めてという理由もあるが、手心を加えられてなお二〇倍を超える戦力差に、史季は気後れしてしまう。

そんな史季とは対照的に、斑鳩はどこか暢気《のんき》な物言いで言った。

「ナメられてるのは気に入らねえが、人質とられてるも同然のこっちとしちゃ都合がいいからな。今回は大目に見てやるか」

「いや、なんで上から目線なんだよ」

呆《あき》れ交じりに言う夏凛に、斑鳩はなおも暢気に訊《たず》ねる。

「で、どう立ち回るよ?」

「こっちで適当に合わせるから、とりあえずは斑鳩センパイの好きにやってくれ。後は、まー、向こうの出方次第だな」

「オーケーオーケー」

返事をかえすや否《いな》や、斑鳩は〝陣〟の奥に引っ込んでいく入山目がけて、真《ま》っ直《す》ぐに突貫していく。

「史季はセンパイについて行って、ゴチャマンの空気に慣れてこい！　後ろはあたしがフォローしてやっから！」

「う、うん！」

言われて慌てて、斑鳩《いかるが》の後を追って走り出す。その間にも、リーダーが狙われていると勘違いをした構成員たちが、入山を守るようにして人壁を形成していく。

八方から史季たちを取り囲もうとしていた敵の第一陣が、徐々に前方に集まり出し、前方《そこ》以外の箇所が手薄になっていく。

結果、敵の戦力が前方に集中したことで、左右後方の脅威が低減。斑鳩がそれを狙ってやったかどうかは定《さだ》かではないが、史季は素直に「上手《うま》い」と感心した。そうこうしている内に斑鳩が人壁の先頭にいる構成員に向かって跳躍し、「おおらよッ‼」と、強烈な飛び蹴りを顔面にお見舞いする。蹴り飛ばされた構成員の後頭部が、後ろにいた構成員の鼻っ柱に直撃し、結果的に一蹴りで二人を撃退した。

「って、さすがに飛び蹴り《それ》は大味じゃない⁉」

史季のツッコみどおり、敵陣の真《ま》っ只中《ただなか》に着地した斑鳩目がけて、構成員たちが前左右の三方から一斉に殴りかかる。が、斑鳩は着地と同時に身を沈めることで、三方からのパンチを回避する。当然構成員たちが同士討ちの可能性など考慮しているわけもなく、三人中二人が味方のパンチを顔面にくらってよろめく。

転瞬、斑鳩は立ち上がりざまに、唯一同士討ちに巻き込まれなかった構成員の顎を蹴り上げた。と思った時にはもう蹴り足を地面に戻しており、よろめいた二人の構成員の顔面に追加のパンチをお見舞いして、瞬《また》く間《ま》に昏倒《こんとう》させる。

（すごい……！）

そう思ったのは史季だけではないらしく、ただの不良とは一線を画す強さを見せつけた斑鳩に、構成員たちの多くが注意を引きつけられた形になる。

そのタイミングで敵陣に辿《たど》り着《つ》いた史季は、今この時だけは良心の呵責《かしゃく》を心の隅に追いやり、斑鳩に注意がいっている構成員の顎を横合いからのパンチで打ち抜いた。

虚を衝《つ》かれた挙句に盛大に脳を揺らされた構成員が倒れ伏す中、ようやく別の脅威に気づいた者たちが史季に襲いかかってくる。

（集団戦《ゴチャマン》の立ち回りは――）

史季は、左から殴りかかろうとしていた構成員をハイキック一発で仕留めると、すぐさま地を蹴って、比較的敵の数が少ない方角に離脱する。

（――とにかく〝動き回る〟こと！）

キックを繰り出した直後とは思えない瞬発力に驚いているのか、向かう先にいた構成員がたじろいでいる隙に、鼻っ柱目がけてパンチを叩《たた》き込む。

だが、キック力に比べたら平凡もいいところのパンチ力では、先程のようなクリーンヒットでもない限りは一撃で倒しきるのは難しく、やむなくハイキックに連携させて今度こそ相手の意識を断ちきった。

直後、左右から構成員が殴りかかってくる。一人の敵を倒すのに、パンチとキック——二行動《ツーアクション》を要した隙を突かれた格好だった。ハイキックを放った史季の右足はいまだ中空にあるため、回避も防御もままならない。やられる——と、思った刹那、

「!?」

史季の顔面に二つの拳が届く寸前、凄《すさ》まじい速度で飛来してきた鉄扇が二人のこめかみを強打する。ほぼ同時に、一陣の風となって史季の傍《そば》に駆け寄ってきた夏凜《かりん》が、地面に落ちようとしていた二本の鉄扇をキャッチする。瞬間、夏凜と目が合い、それだけで意思の疎通を完了させた史季は、迷うことなくその場に伏せる。

史季が伏せてくれると信じていた夏凜は、舞うようにしてその場で旋転しながら鉄扇を振るい、襲いかかろうとしていた四人の構成員の顎を横打することで、まとめて撃退した。

斑鳩以上に一線を画す夏凜の〝舞〟に怯《ひる》んだのか、周囲にいた構成員たちが二の足を踏み始める。束《つか》の間の安息を得た史季は、今の内にと夏凜に礼を言った。

「ありがとう、夏凜」

「礼なんていらねーよ。ゴチャマン中は、仲間同士でフォローし合うのは当然だからな」

と返す夏凛に「だったら僕も夏凛をフォローするよ」と言いたいところだけれど。まずはゴチャマンに慣れないことには、自分の身すら満足に守れるかも怪しいので、その言葉はぐっと呑《の》み込む。

「史季。お喋《しゃべ》りの時間はもうお終《しま》いみてーだぞ」

言われて周囲に視線を巡らせると、二の足を踏んでいた構成員たちがジリジリと間合いを詰めてくる様子が見て取れた。

(とにかく僕は、夏凛と斑鳩先輩の足を引っ張らないよう頑張らないと。月池さんたちも、今頃は拉致された人たちを救出するために頑張ってるはずだから！)

そう自分を奮起させながら、いよいよ襲いかかってきた構成員たちを夏凛と一緒に迎え撃った。

◇◇◇

史季たちがヤードの中央広場で大立ち回りを繰り広げていた頃。

千秋、冬華、アリスの三人は、史季たちがカチ込んだヤードの入口とは反対側から、侵入に適した地点《ポイント》を探っていた。

町の端という立地ゆえか、入口前には人通りが皆無に等しい道路があるだけで、ヤードの外周の半分以上が雑木林に囲われている。悪事を隠すには持ってこいの環境だが、コソコソとヤードの様子を窺《うかが》うにも持ってこいの環境になっているため、千秋たちからしたらやりやすいことこの上なかった。小声とはいえ、無駄口を叩く余裕があるほどに。

「おい、チビっ子」

ここぞとばかりにチビっ子扱いする千秋に対し、アリスは不機嫌全開で応じる。

「だ～れがチビっ子っすか。ぼくよりもちっちゃいくせに」

「ウチよりはでかくても、世間一般的にはテメェも間違いなくチビっ子なんだからチビっ子でいいだろ」

「ぼくよりもちっちゃい人間が、ぼくのことをチビっ子扱いすんなって言ってるんすよ。チビっ子先輩」

「んだとぉ⁉」

「な～んすか⁉」

というチビっ子二人のやり取りを、冬華はそれはもうニッコニコで眺めていた。

「二人ともかわいいわね～。食べちゃいたいくらいに♥」

そんな冬華の発言に、アリスはビクリと震え上がる。

「冬華。そういうのは後にしとけ」

「後でも嫌なんすけど⁉」

悲鳴じみた声を上げるアリスを千秋は鼻で笑うも、すぐに声音を真剣なものに変えて、依然として不機嫌全開な顔をしている後輩に忠告する。

「ファミレスでの決定に納得できねぇって気持ちはわかるが、いい加減腹ぁくくりやがれ。向こうよりはよっぽどマシってだけで、危ねぇ橋って意味じゃこっちも変わらねぇからな。自分《テメエ》のやるべきことに集中しねぇと、怪我《けが》だけじゃ済まねぇかもしれねぇぞ」

「それくらいは、ぼくだってわかってるっすけど……」

「わかってても、斑鳩パイセンのことが心配ってか？」

アリスはムスっとした顔をするだけで、千秋の問いには答えなかった。が、この場合、答えなかったことが何よりもわかりやすい答えだった。

「ていうか、あんたらだってぼくと同じ反対派だったのに、なんでそんなあっさり割り切れてるんすか？」

アリスの問いに、千秋と冬華は顔を見合わせる。

「そりゃ、ウチらだって夏凛と折節のこた心配だけど、あの流れで鉛筆転がして六分の一引き当てられちゃぁ、反対するだけ野暮ってもんだろ」

「つまりは桃園春乃《はるの》が悪いってことじゃないっすか……！」

忌々《いまいま》しげに吐き捨てるアリスに、千秋は苦笑する。アリスが不機嫌全開だった理由は、何も斑鳩のことが心配だからという理由だけではないようだ。

「はるのんの珍事《ミラクル》は脇に置いとくとして～。しーくんの案は確かに無茶苦茶だけど、りんりんが言ってたとおり、他に何か良《い》い案が出てくる感じでもなかったしね。無策でカチ込むよりはってところはあるわね～」

他に案がないという言葉には反論できなかったのか、アリスは口ごもる。

「まぁ、あっちのことが心配だってんなら、拉致られた連中をさっさと助けるこったな。そうすりゃ向こうも好きに動けるようになるし、ウチらも加勢にいける」

「……わかったっすよ」

不承不承ながらも、アリス。いまだ納得はできていないが、結局のところは千秋と冬華の言うとおり、さっさと拉致られた連中を助けることが、今この時における最善であることはわかっている。そんな風情《ふぜい》だった。

そうして三人はヤードに侵入するのに適した地点《ポイント》探しを再開し……ほどなくして見つける。ヤードを囲う鋼板の壁に隣接する形で金属スクラップの山が聳《そび》え立《た》っている地点《ポイント》を。

「ここなら、少なくとも壁をよじ登ってるとこを見られる心配はなさそうだな」

「音の方はどうしようもなさそうだけどね～」

そう言って冬華は、鋼板の壁を無駄にいやらしい手つきで撫《な》でる。

壁は工事現場の仮囲いにも使われているタイプなので、よじ登ろうものならどうしたって音が出るのは避けられない。こればかりは、囮《おとり》になった史季たちの働きっぷりに加えて、音が聞こえる範囲に見張りがいないという運否天賦《うんぷてんぷ》に賭けるしかなかった。

「それ以前に、壁《これ》をどうやって登るかって話だと思うんすけど」

アリスの言うとおり、壁の高さは四メートル近くある上に、手がかりや足がかりになるようなものがないため、道具《ドーグ》もなしに登り切るのは困難を極める。と言いたいところだが、

「いや、そこは別に何の問題もねぇよ」

そう言って千秋がスカートの中から取り出したのは、登山などで急斜面や高所を登る際に用いられる、三本のかぎ爪がついたグラップリングフックだった。当然のように尻側にロープが取りつけられているフックを見て、アリスは思わずツッコみを入れる。

「なんで当たり前のようにそんな物《もん》持ってんすか⁉」

「オマエ遅れてんなぁ。ファッション雑誌に、グラップリングフックとロープが今年のマストアイテムだって書いてたの知らねぇのか？」

「知らねえっすよそんなファッションもへったくれもないファッション雑誌！」

かろうじて声を押し殺したツッコみに千秋はドヤ顔で応じると、グラップリングフックを放り投げて、かぎ爪を壁上に引っかける。しっかりとフックが固定されていることを確認すると、ロープを伝ってするすると壁上まで登り切った。

「さすが、ちーちゃん。隙がないわね」

どこか口惜《くちお》しげな冬華の言葉の意味がわからず、アリスが小首を傾《かし》げる中、壁上の千秋

が周囲に敵がいないことを確認してから二人に告げる。

「とりあえず、今んところはこの辺に敵はいねぇ。つうわけだから冬華、オマエ先に登ってこい」

「な〜んで氷山先輩が先なんすか？」

「別にオマエが良いってんなら先に登りゃいい。ただ一つだけ忠告してやるけど、冬華は、スパッツもいける口だぞ」

それを聞いて、先の「隙がないわね」の意味を理解したアリスは、恐る恐る冬華に視線を向ける。切れ長の双眸《そうぼう》を少しだけ見開き、ちゅるりと舌舐《したな》めずりする冬華と目が合った瞬間、アリスの口から「ひっ」と引きつった悲鳴が漏れた。

「つうわけだからアリス、冬華を先に登らせることに文句はねぇな？」

アリスがコクコクと全力で首を縦に振るのを見届けると、千秋はさっさと壁の向こう側に飛び降りていった。冬華はロープを軽く引っ張り、強度に問題がないことを確かめた後、アリスを横目でチラリと見やる。

「アリスちゃんの方は、お姉さんのスカートの中、いくらでも覗《のぞ》いていいからね〜」

「だ、誰が覗くかっす！」

そんな抗議を右から左に流した冬華は、音を立てないようにするためか、それとも本気でアリスにスカートの中を覗かせるためか、いやにゆっくりとロープを伝って壁を登っていく。その様子を見上げていたアリスは、短すぎる冬華のスカートに思わず渋面をつくってしまう。

「覗く覗かない以前に、あんなの穿《は》いてたら嫌でも見え——……」

不意に、アリスの言葉が途切れる。見えてしまったのだ。冬華のスカートの中が。

それ自体は案の定としか言いようがないが、彼女が穿いていた下着《もの》は、まかり間違っても案の定とは言えない代物だった。

冬華が穿いていた下着は、Gストリングショーツ。前は大事なところだけを隠している程度の、後ろは見ようによってはお尻が丸出しになっているように見える程度の布面積しかない、頭に「ド」が付くレベルのセクシーランジェリーだった。下からの視線に気づいた冬華は、壁を登り切って壁上に跨《また》がり「あぁん♥」と無駄に喘《あえ》いでからアリスに言う。

「売ってるお店、教えてあげてもいいわよ～？」

「い、いらないっすよそんな下着！」

「あら、いらないの？　これを穿いて斑鳩《いかるが》先輩に迫れば、もしかしたらもしかするかもしれないわよ～？」

そんな冬華の提案を聞いて、本当にもしかしたらもしかするかもと思ったのか、アリスは口ごもる。だが、

「やめとけやめとけ。オマエが冬華と同じ下着穿いたところで、斑鳩パイセンに爆笑され

るのがオチだろ」

微塵《みじん》の容赦もない千秋の指摘の方が正しいと思ったのか、アリスは「んぐ……っ」と再び口ごもった。

「つうかオマエら、さっさとしやがれ。チンタラしすぎて見張りに見つかったりなんかしたら、マジでシャレにならねぇぞ」

ごもっともすぎる千秋の言葉に、冬華は素直に「は〜い」と答えてさっさと壁上から下り、アリスもさっさと壁を登ってグラップリングフックとロープを回収してから、ヤードの敷地《しきち》内に飛び降りる。アリスが千秋にフックとロープを返した後、三人はひとまず、金属スクラップの山の裏手を壁沿いに進んでいくことにする。

ほどなくして山間と呼べる程度の隙間を見つけたので、三人は姿勢を低くしながらそちらに移動し……小さな広場が見えてきたところで立ち止まった。

「先輩たち。アレ、どう思うっす？」

山間から小広場に出る手前にある、積み上げられたドラム缶の陰から顔を覗かせながら、アリスは訊《たず》ねる。

「まぁ、ほぼほぼビンゴだろな」

いったい何を張り合っているのか、千秋はその辺に落ちていた工具箱と思《おぼ》しき物体を足場に、アリスの上から顔を覗かせながら、小広場の隅に佇《たたず》んでいる、建材用の鋼板外壁で

覆われた建物を睨《にら》みつける。見たところ建物の形は長方形。高さと窓の配置からして、階数は二。周囲には、如何《いか》にもガラの悪そうな男どもが二〇人ほど見張りについていた。

「てゆうか月池先輩、なんで上から覗いてんすか」

「オマエがちっちゃくて下からじゃ覗きにくいからに決まってんだろが」

「だからなんで、ぼくよりもちっちゃいくせにそんな台詞《せりふ》吐けんすか⁉」

という ちっちゃい者同士の諍《いさか》いにホッコリしながら、冬華は二人のはるか上から顔を覗かせ、建物を注視する。

「……これ、どうにかして建物の裏手に回れないかしら？」

建物が立っている場所は、小広場の隅。つまりは、建物の裏手は金属スクラップの山になっている。当然裏手《そこ》にも見張りはついているだろうが、表に比べたら格段に数が少ないのは想像に難《かた》くない。

「まあ、日頃の行い次第じゃ、見つからずにいけるかもしれないっすね」

言いながら、アリスは金属スクラップの山麓に視線を巡らせる。この辺りの金属スクラップは主にドラム缶で構成されており、現在地から山麓伝いに建物の裏手に向かうまでの道中に、いくつもドラム缶が転がっていたり積み上げられていたりしていた。

それらを利用すれば、身を隠しながら進むことも不可能ではないが、本当に〝不可能ではない〟という程度の話であって、正直な話、ドラム缶の陰からドラム缶の陰に移動している間に見張りに見つかる可能性の方が余程高い。

アリスが「日頃の行い次第」と言ったのも、それゆえだった。

「日頃の行いに関しちゃ、冬華がいる時点で諦めるしかねぇが」

「あら、ちーちゃん。失礼しちゃうわね～」

という冬華の抗議を無視して、千秋は言葉をつぐ。

「やるだけやってみるってのはアリだろ。他にできることなんざ、馬鹿正直にカチ込むくらいしかなさそうだしな」

◇　◇　◇

史季、夏凜《かりん》、斑鳩の三人が七〇人超の第一陣を蹴散らし、続けてけしかけられた先と同数の第二陣を相手にする中、入山は感心交じりに言う。

「なるほど、こいつは予想以上だ。お前が見誤るのも無理もねえなぁ、松尾」

傍《そば》に控えていた、地下格闘技場の運営を任される程度には入山の信任を得ている幹部――松尾は、恐縮交じりに応じる。

「それでも、見誤ったという事実に変わりはありませんから。それより入山さん……差し出口を承知で言わせてもらいますが、このままだと最悪、こちらが喰われる可能性もありますよ」

「かもな」

余裕たっぷりに返しながら、入山は大立ち回りを繰り広げる史季たちを注視する。

〝ルキマンツの女帝〟は、あらゆる意味で噂《うわさ》以上だった。単純な強さは言わずもがな、鉄扇を使った戦法《スタイル》は、不良のケンカとは明らかに一線を画すものがあった。

こちらが本気で潰しにかかったとしても、この女ならば一人で一〇〇人以上は平気で道連れにするだろう――そんな確信を抱かされるほどに。

斑鳩獅音《れおん》に関しては、地下格闘技場での戦いぶりを録画で見ていたため、強さ自体は知っていた……つもりだった。どうやら地下格闘技場で斑鳩に敗れた連中は、奴《やつ》の強さをろくに引き出せていなかったらしい。今、入山の視界内で、次々と構成員を蹴り倒していく斑鳩は、録画で見た時よりも明らかに強かった。

最後に折節史季については、先の言葉どおり、松尾が見誤るのも無理もないと入山は思う。不良に見えないどころか、その不良にいじめられている方がしっくりくるような外見《なり》をしているくせに、攻撃力という一点においては〝女帝〟と斑鳩をも凌駕《りょうが》している。

さすがにこの二人ほどケンカ慣れはしておらず、事実、集団戦《ゴチャマン》には慣れていない様子だったが、時間が経《た》てば経つほどに、傍目《はため》から見てもわかるほど明確にゴチャマンに適応し始めている。潜在能力《ポテンシャル》次第では、〝女帝〟と斑鳩に引けを取らない脅威に育つ恐れもあり得る――そう思えるほどの成長速度だった。

（こりゃ確かに松尾の言うとおり、オンラインサロン用の撮れ高気にして舐《な》めプかましてたら、こっちが喰われるかもしれねえなぁ）

幸い〝女帝〟が上玉であることに加えて、ケンカと呼ぶにはあまりにも見栄《みば》えの良《い》い戦いぶりを披露してくれたおかげで、撮れ高は充分に確保できている。

開戦からすでに一〇分が過ぎているため、動画としての尺も充分に確保できている。

潰すにはいい頃合いかもしれない――そう思った入山は、松尾に訊ねた。

「松尾ぉ。お前なら、どういうやり口で連中を潰す？」

「そうですね……オンラインサロンに配信することを考慮すると、全戦力を投入したり、凶器《ドーグ》持ちを投入したりするのはＮＧですね。我々が必死になって連中を潰す様を映すのは最早見世物《もはやショー》とは言えませんし、そんなものを見せられても客が白けるだけです」

大凡《おおよそ》同意見だった入山は、満足げな笑みを浮かべながら、結論を言うよう松尾を促す。

「今、《アウルム》の間《うち》で流行《はや》ってるクスリがありますよね？　そいつを常習してる奴らを集めて、ドーピングになりそうなクスリとブレンドさせた上でキメさせて、第三陣として投入するのはどうでしょう？」

松尾の提案に、入山は満足げな笑みを深めた。

「悪くねぇなぁ。そいつでいこう」

松尾は首肯を返すと、入山に言われるまでもなくすぐさま手配にかかるために、その場を後にする。その背中を見送った後、入山は思い出したように独りごちた。

「待てよ……松尾の案、あっちの切札《きりふだ》としても使えるなぁ」

今は目の前の見世物《ショー》に集中したいという思いもあってか、入山はその言葉どおりにあっちに連絡するために、懐《ふところ》からスマホを取り出した。

◇◇◇

「ぐぁぁあぁ……ッ」

史季のローキックをまともにくらった《アウルム》の構成員が、苦悶《くもん》を吐き出しながら膝を突く。動けなくなった構成員にわざわざとどめを刺すような真似《まね》はせず、横合いから襲いかかってきた構成員のパンチをかわすと、先と同じようにローキックを叩《たた》き込んで一撃で無力化した。

戦況が進むにつれて、史季はハイキックを繰り出す回数は減っていき、それに反比例するようにローキックを繰り出す回数が激増していた。異常なまでに蹴り足が速い斑鳩という例外を除き、ゴチャマン中、大味なハイキックはそうそう打てるものではない。

そのことを身をもって実感したという理由もあるが、それとは別に、史季は一つの気づきを得ていた。ゴチャマン中は必ずしも敵を倒す必要がないという気づきを。ローキックで相手の足を潰して立てなくすれば、ハイキックで相手を倒すのと同じように敵の戦力を減らすことができる。

幸いなことに、自分にはローキック一発で相手の足を潰せるキック力があるおかげで、わざわざ隙の大きいハイキックに頼らなくても、敵を無力化することができる。

その気づきを契機に、史季は加速度的にゴチャマンに適応し始めていた。

「ほんと面白《おもしれ》えな、折節《アイツ》！　ゴチャマンは初めてだってのに、もうだいぶ板についてきてんぞ！」

楽しげな声を上げながら、斑鳩は目の前の構成員の顎を蹴り上げる。

「面白ーかどうかはともかく、一〇分やそこらでもうあんまフォローする必要がなくなったのは、実際たいしたもんだけどな！」

応じながら、夏凜は構成員たちの間を縫うようにして駆け、すれ違い様に、顎を、側頭部を、延髄を鉄扇で殴打《おうだ》して次々と昏倒《こんとう》させていく。依然として数では圧倒的劣勢だが、戦況自体はこちらが優勢と言っても差し支えないほどに押していた。

（でも、いつまでもこの調子でいけるなんてことはあり得ない）

ゴチャマンに適応するにつれて、練度が上がってきたパンチで構成員の顎を打ち抜きながら、史季は思案する。

目算で第一陣と同数――七〇人を超えた第二陣も、もうだいぶ数を減らすことができた。倒したはずの敵が起き上がって再び襲いかかってくることもあって、正確な数はわからないが、それでも一〇〇人以上の構成員を撃退しているはず。その数字は、敵《アウルム》にとっても決して軽いものではない。だからこそ仕掛けてくるならそろそろかもしれないと、確信にも似た予感を抱いたその時だった。敵の〝仕掛け〟が、史季を襲ったのは。

「どけどけぇッ！　そいつは俺がやるぅぅぅぅぅッ‼」

不自然なまでにテンションの高い構成員が、味方を押しのけながら史季に突っ込んでくる。その様があまりにも隙だらけだったので、殴りかかられる前に構成員の太股《ふともも》に容赦なくローキックを叩き込むも、

「⁉」

微塵も怯《ひる》むことなく殴り返され、史季は目を白黒させてしまう。

ローキックによって構成員の足は踏ん張りが利《き》かないため、左頬を襲った痛みはそれほどでもなかったが、その事実がかえって史季を混乱させた。荒井のように耐久力《タフネス》に物を言わせてローキックに耐えたのならともかく、足の踏ん張りが利かなくなるくらいのダメージを受けていながら、構成員が平然と殴り返してきたことが史季には理解できなかった。

できなかったから、ほんの数瞬、思考に空白が生じてしまった。

そしてその数瞬は、少数対多数の状況においては度《ど》し難《がた》いほどに大きな隙だった。

ここぞとばかりに、横合いから攻めてきた構成員に左太股を蹴られ、その反対側から別の構成員に右頬を殴られ、史季の体がよろめく。

「史季っ！」

悲鳴じみた夏凛の声が耳朶《じだ》を打ったのも束の間《つかのま》、正気というものを感じさせない目をした構成員が、真っ正面からこちらに向かって飛び蹴りを放ってくる。ギリギリのところで反応した史季は両腕を交差させて防御するも、飛び蹴りの圧力が尋常ではなかったことに加えて、よろめいたところを狙われたせいで足の踏ん張りが利かず、尻餅をついてしまう。

そうして生じるは、先とは比べものにならないほどに致命的な隙。当然のようにその隙を見逃さなかった構成員たちが、史季を踏みつけようと揃《そろ》いも揃って足を上げた瞬間、

どこからともなく突っ込んできた斑鳩《いかるが》が、史季を押し倒す形で覆《おお》い被《かぶ》さった。

「斑鳩先輩ッ⁉」

先とは別の意味で目を白黒させる史季の代わりに、構成員たちの踏みつけを背中で受け止めながら斑鳩が叫ぶ。

「小日向《こひなた》ちゃんッ！」

「わーってるっ‼」

叫び返しながら、夏凛は目の前にいた構成員の鼻っ柱に右の飛び膝蹴りを叩き込むと同時に、跳躍の勢いをそのままに倒れゆく構成員の肩に左足を乗せ、それを足場にさらに跳躍。アクション映画じみた身のこなしに、ゴチャマン中であることも忘れて構成員たちが目を奪われる中、夏凛は前宙した勢いを利用して、史季を蹴り倒した構成員の脳天目がけて踵《かかと》を叩き込んだ。正気というものが感じられなかった目を白くさせた構成員が大の字になって仰臥《ぎょうが》する中、夏凛は史季と斑鳩の傍に着地する。

転瞬、閃《ひらめ》いた鉄扇が、周囲にいた構成員たちの急所を次々と打ち据え、瞬《また》く間に昏倒させた。現実味すら欠ける〝女帝〟の強さを前に、構成員たちがたじろぐ。その隙に、斑鳩は史季の手を引きながら揃って立ち上がった。

「す、すみません斑鳩先輩」

「謝る必要はねえし、礼を言う必要もねえぞ。小日向ちゃんが言ってたとおり、ゴチャマン中は仲間同士でフォローし合うのが当然だからな」

そうは言っても親しいと呼べるほどの間柄ではない相手を身を挺《てい》して庇《かば》うのは、なかなかできることではない。にもかかわらず、斑鳩は微塵《みじん》の躊躇《ちゅうちょ》もなくそれをやってのけた。

不良とかそういうレッテルとは関係なしに凄《すご》い人だと、史季は素直に思う。

「借りができちまったな、斑鳩センパイ」

「いや小日向ちゃん、今オレが小日向ちゃんの言葉使ってカッコつけたばかりなのに、それはなくねえか？」

「しょうがねーだろ。史季の危ねーとこ助けてもらったんだから」

　こんな状況にあってなお、照れくささのあまりちょっとだけ頬を赤くする夏凛《かりん》に、斑鳩は苦笑を浮かべる。

「小日向ちゃんのそういうとこ嫌いじゃねえけど、貸し借りに関しちゃほんと気にしなくていいからな」

　そう言って斑鳩は、たじろいでいる構成員たちの後方――動き始めた敵の第三陣を睨《にら》みつける。揃いも揃って正気をどこかに忘れてきたような面構《つらがま》えをした、構成員たちを。

「ここから先は、マジで助け合わねえとやべえからな」

　イっている、としか形容しようがない構成員たちの表情を見て、史季は、ローキックが利いていたにもかかわらず殴り返してきたり、尋常ではない脚力で自分を蹴り倒したりしてきた相手のことを思い返しながら、脳裏に浮かんだ最悪の結論を疑問符付きで口にする。

「あそこにいる人たち……もしかして全員、何かのクスリを？」

　斑鳩は確信をもって首肯を返し、断定する。

「さすがに薬《ヤク》のことなんざ詳しくねえけど、先走って折節に絡《から》んできた奴らの様子を見た限りじゃ、気分がハイになる感じのやつと、痛みを感じなくなるやつ、ドーピング代わりに使えるやつ……三種類なのか、それとも一種類でそれだけの効果が出るのかはわからねえが、とにかくバカみてえにキメてやがるのだけは確かだな」

警察にマークされるような半グレ組織を相手取っている時点で、クスリ——所謂《いわゆる》危険ドラッグを扱っている可能性があることくらいは史季も想定していた。

けれど、実際に取り扱っている様を見せつけられ、あまつさえその危険ドラッグをケンカに利用する様を見せつけられた衝撃は、史季が想定していたよりもずっと大きいものだった。知らず知らずの内に、身震いしてしまうほどに。

そんな反応を見たからか、夏凜は神妙な面持ちで史季に告げる。

「こんなレッスンはしたくなかったけど、状況が状況だから言っとく。史季……クスリで痛みを感じてなくても、ローキックを叩き込めば相手の脚はちゃんと潰せるし、ハイキックを叩き込めば、相手の意識はちゃんとぶっ飛ばすことができる」

ここから先の言葉は彼女にとっても言いにくいものだったのか、意を決するように一呼吸ついてから言葉をついだ。

「殺すつもりで——とまでは、さすがに言わねーけど、手心なんてものは絶対に加えようと思うなよ。最低限壊すつもりでやらねーと、あいつらを倒すことなんてできねーし、それができなかった場合、こっちは壊される程度じゃ済まねーかもしれねーからな」

第三陣の構成員たちは、クスリをキメたことで理性すらぶっ飛んでいる可能性がある。だからこそ夏凜が言外に、手心を加えたら最悪殺される可能性すらあると言っていることに気づいた史季は、息を呑《の》みながらも「わかった」と返した。

「どうやら連中、薬《ヤク》をキメた奴《やつ》らを軸に攻める気でいるみてえだな」

夏凛の強さにたじろいだ第二陣の構成員たちが後退し、クスリをキメた第三陣の構成員たちと入れ替わる様を見据えながら、斑鳩は言う。結果として束の間の休息を得た史季は、息を整えることに専念しながらも、斑鳩と同じように敵の第三陣を見据える。

ここから先の戦《ケンカ》いは、激化の一途を辿《たど》るかもしれない――そんな予感を抱きながら。

◇◇◇

正直な話、千秋たちにとって二〇人程度の見張りなど物の数ではない。

だが、いざ抗戦《ケンカ》となった場合、騒ぎになるのは避けられず、それを聞きつけた敵の増援がどれほどの数でやってくるのか見当もつかない。《アウルム》という組織が何百人もの構成員を抱えていることを鑑《かんが》みるに、最悪、敵の数が何倍にも膨れ上がる恐れがある。

そうした危険《リスク》を回避するために、裏手から建物に侵入することに決めた千秋たちだったが、金属スクラップの山の麓に点在するドラム缶に身を隠しながらとなると、三人同時にというわけにはいかない。

一人一人行くにしても、先遣《トップバッター》は建物の裏手にもいるであろう見張りに気づかれることなく移動した上で、その見張りを無力化するという大役を担《にな》わなければならない。

拉致られた白石たちを救出する上でその役回りは、極めて重要なものと言えるだろう。

だからこそ千秋の迷いのない決断に、冬華もアリスも目を丸くするばかりだった。

「アリス、オマエが行ってこい」

「別に構わないっすけど……いいんすか？　月池先輩も大概に適任だと思うんすけど」

「んだよ？　自信ねぇのか？　ウチはてっきり『ふっふ～ん、や～っとぼくの偉大さがわかったみたいっすね』とか、ほざくかと思ってたんだが」

似ているようで似ていない千秋の声真似《まね》がツボに嵌《は》まったのか、冬華が手で口元を押さえて笑うのを堪《こら》えていることはさておき。

「……月池先輩、ぼくのこと何だと思ってんすか？」

「クソ生意気なチビっ子」

「自分よりも背ぇ高い相手に、よくそこまでチビっ子チビっ子言えるっすね⁉」

押し殺した声音でツッコみを入れるアリスに、千秋はなおもツッコまずにはいられない言葉を吐く。

「後はストーカー予備軍ってところだな」

「それしょー兄《にい》のたわ言っすから真に受けるのほんとマジでやめてくんないっすか⁉」

ひとしきりツッコんで疲れたため息を吐いた後、アリスは不機嫌な調子で訊《たず》ねる。

「まさかとは思うっすけど、ストーカー予備軍《それ》が理由でぼくに行ってこいって言ってるんじゃないっすよね？」

「当たらずとも遠からずだな。小日向派《ウチら》の中じゃぶっちぎりで慎重な折節相手に尾行を成功させたっつうことは、それだけ周りの目を盗むのが上手《うま》いんじゃねぇかと思ってな」

そんな千秋の思惑を聞いて、今の今まで二人のやり取りを楽しんでいた冬華が会話に交ざってくる。

「なるほどね～。人目を盗むのがお上手なアリスちゃんが先行して、安全を確保した上で、ワタシたちが移動する際に、ドラム缶の陰から飛び出すタイミングをアリスちゃんに見計らってもらえば、多少日頃の行いが悪くても、見張りに見つからずに建物の裏手まで移動できるかもしれないわね～」

「何しれっと〝多少〟で済ませようとしてやがる」

「氷山先輩のことあんまよく知らないっすけど、絶対〝多少〟じゃないくらい日頃の行い悪いっすよね？」

「や～ん、二人のイジワル～」

こういう時だけは息を合わせる二人に、冬華は無駄に艶《なま》めかしい悲鳴を上げる。

もっともこの場合、「そういうところだぞ」としか言いようがないが。

「冬華の日頃の行いが終わってるのはともかく」

『終わってる』は、さすがにひどくないかしら～？」

という冬華の抗議を無視して、千秋はアリスに言う。

「オマエがこの役目に適任だと思った理由はそんなとこだ。オマエがマジで自信がねぇってんならウチが代わりに行くけど……どうするよ？」

試すような物言いと視線。そんなものを向けられてアリスがムキにならないわけもなく、

「もっちろん、ぼくが行くっすよ」

そうしてアリスが先遣を務めることとなり、早速近くにあったドラム缶の陰に素早く移動する様子を見届けながら、冬華は千秋に訊ねる。

「でも、本当にアリスちゃんに任せてよかったの？　ヤればデキる子っぽいとはいっても、上手くいくかどうかは五分五分だと思うんだけど」

「オマエ、今別の意味で『ヤればデキる子』って言っただろ？」

ジト目で訊ね返す千秋から、冬華は盛大に顔を逸《そ》らす。こんな状況でもなおいつもどおりすぎる友人にため息をついてから、千秋は少し真面目な調子で答えた。

「もともと上手くいったらラッキーってくらいの話だからな。五分五分まで確率上げれるなら上等だろ。それにウチが後ろに控えてりゃ、たとえアリスがミスったとしてもフォローができる。まぁ、〝てきざいてきしょ〟ってやつだな」

言い回しが微妙に棒読みな〝適材適所〟はともかくとして。

冬華は、ちょっと失礼だとは思いながらも、思いのほか色々と考えている友達に感心しながら、コソコソと移動するアリスに視線を戻した。

ストーカー云々《うんぬん》はともかく、アリスの身のこなしと人目を盗む勘の鋭さは実際たいしたものだった。金属スクラップの山の麓にあるドラム缶の陰から、同じく麓にあるドラム缶の陰に、ほとんど足音を立てることなく滑り込んでいく。

半グレになるような輩《やから》ゆえか、それとも下っ端《したっぱ》ゆえに意識が低いだけなのか。見張りについている構成員の多くは、来るかどうかもわからない敵をただ待つだけの仕事が退屈で退屈で仕方がないらしく、やる気というものがあまり感じられない。そのおかげもあって、アリスは順調に建物の裏手が見える位置まで移動することができた。が、

（うわ～……三人っすか～……）

建物の裏手で談笑している三人の見張りをドラム缶の陰から見つめながら、アリスは嫌そうに表情を歪《ゆが》める。二〇人近くいる表に比べたら少ないにも程があるくらいだが、その表の二〇人に気づかれることなく無力化しなければならないことを考えると、絶妙に面倒くさい数だと言わざるを得ない。無力化が難しい人数だった場合は引き返すようにと、事前に千秋と冬華から言い含められているが、アリスにとって三人という人数は〝できなくはない〟数であり、そういった意味でも面倒くさいことこの上なかった。

（先輩たちは、いけるかどうかはぼくの判断に任せるって言ってたっすけど……こんなこ

とになるなら、引き返す数をちゃんと決めといた方がよかったっすね）

とはいうものの、アリスの腹はすでに決まっている。今この時も、斑鳩《いかるが》が何百人もの構成員たちを相手にケンカをしている状況——当の斑鳩はなんだかんだで楽しんでいるかもしれないが——で、不必要に時間をかけるのはよろしくない。見張りの人数が絶対に無理というほどの数ならば、迷うことなく引き返していたところだが、その数が〝できなくはない〟程度である以上、「いく」以外の選択肢はアリスの中にはなかった。

一度だけ深呼吸をし、表の見張りの目と裏手の見張りの目が、完全にこちらから外れるのを見計らってから、アリスはドラム缶の陰から飛び出す。

地を這《は》うような低姿勢で駆け抜け、瞬《また》く間《ま》に建物の裏手に辿り着く。

その頃にはもう、裏手にいた三人の見張りの内の一人がこちらに気づくも、

（遅《ザコ》いっすよ！）

心の中でナメた口を利きながら、まだアリスの存在に気づいていない見張りの後頭部目がけて全力で飛び蹴りを叩《たた》き込んだ。蹴られた勢いをそのままに見張りの額が、唯一アリスの存在に気づいていた見張りの鼻っ柱に直撃。飛び蹴り一発で、二人同時に地面に沈めた。さながら、アリスの兄貴分である斑鳩と同じように。

残った一人が突然の敵襲に驚きながら、着地したばかりのアリス目がけて慌てて殴りかかる。正直このタイミングで助けを呼ばれたら〝詰み〟だったが、千秋ほどではないにし

ても大概に小柄な女子《アリス》を相手に、助けを呼ぶような情けない男などそうはいない。

その辺りについては全く計算してなかったアリスは、心の中でラッキーと思いながら、建物の壁に向かって飛ぶことでパンチを回避する。と同時に、壁を蹴ってさらに跳躍し、その身を縦方向に旋転させながら相手の顔面に踵《かかと》を叩き込む、所謂《いわゆる》胴回し回転蹴りで最後の一人も一撃で地面に沈めた。

三人の見張りが完全に気を失っていることを確認すると、すぐさま千秋たちに見える位置に移動し、二人に向かってドヤ顔で親指を立てることで先遣としての役割を果たしたことを伝える。そんなお調子者の後輩に、千秋は感心半分呆《あき》れ半分といった風情《ふぜい》でため息をついた。その後、アリスの誘導のもと、千秋と冬華も表の見張りに気づかれることなく、建物の裏手に回り込むことに成功する。

「こっから先はどうするんすか？」

敵の懐《ふところ》に飛び込んだも同然の状況だからか、囁《ささや》くような声で訊ねるアリスに、千秋は磨《す》りガラスになっている建物の窓を横目で見やりながら同じように囁くような声で答えた。

「まずは一階の窓を全部調べる。鍵が開いてりゃめっけ物《もん》だし、そこに拉致られた連中がいたらもっとめっけ物だからな」

「ま～、見張りの厳重っぷりを考えたら、拉致された子たちは二階《うえ》にいる可能性が高いと思うけどね～」

「それなら、月池先輩のひみつ道具で二階の窓から侵入するってのはどうっすか？」

「ひみつ道具言うなや。あとオマエの案は却下な」

「なんでっすか⁉」

「ヤード《ここ》の壁よじ登った時のことを思い出せ。音立てずにフックを引っかけるなんて芸当は無理だし、そもそもフックを引っかけられるような場所がねぇだろうが」

アリスは建物に視線を巡らせるも、千秋の言うとおり、グラップリングフックを引っかけられるような場所を見つけることができず口ごもる。

窓枠ならばフックを引っかけることも可能だが、その場合窓が開いているという条件付きである上に、その条件も一階二階とも全ての窓が閉め切られているためクリアできていない。結局のところ、一階の窓を全部調べる以外にとれる手はなかった。

建物の裏手に設置された窓の数は六つだったので、一人二つを受け持つ形で窓を調べることにする。そうして建物の中の様子を確認できた窓の数は二つ。一つは個室タイプのトイレの、もう一つは会議室と思《おぼ》しき部屋の窓だった。いずれも人っ子一人いなかった。

残り四つの窓の内の一つは、鍵がかけられていたため中の様子を確認することができなかったが、その窓は会議室と同じ部屋にあったものであり、別の窓から中の様子を確認することができたので、閉まっていようが特段問題はなかった。

建物の窓を全て磨りガラスにしていたり、きっちりとその全てを閉め切っている割りにはろくに鍵をかけていない中途半端《ちゅうとはんぱ》さがある意味半グレらしいと言えることはさておき。

先の三つと違って明確に問題がある窓は、残りの三つ。

構成員たちが駄弁《だべ》っている声が絶え間なく聞こえてくる、それゆえに鍵がかけられているのかどうかすら確認できなかった窓だった。

部屋なのかスペースなのかは定《さだ》かではないが、三つの窓は同じ空間に設置されているらしく、だからこそ空間《そこ》にいる構成員の数は多い。幸い窓の近くで駄弁っている構成員はいないものの、聞こえてくる声の数と、磨りガラス越しに見える人影の数からして、少なく見積もっても一〇人以上は屯《たむろ》している様子だった。

「どう見る？」

引き続き囁くような声音で訊ねる千秋に対し、冬華は顎に人差し指を当て、小首を傾《かし》げながら答える。

「さっきも言ったとおり、拉致られた子たちは二階《うえ》にいる可能性が高いと思うけど～、一カ所にこれだけの人間が集まってたら『もしかして』とも思っちゃうわよね～」

「どのみち外で見張ってる連中とは違って、中にいる連中は無視《スルー》ってわけにもいかないっすから、いっそのことこっちから奇襲をかけるってのはどうっすか？」

「アリだな。奇襲でパパっと倒した方が、外にいる連中に気づかれる危険《リスク》も減るしな」

「なら、サクっとヤっちゃいますか」

冬華の「ヤる」のニュアンスが、明らかにおかしいことはさておき。

窓の数がちょうど三つだったので、三手に分かれて奇襲することに決めた三人は、千秋、冬華、アリスの順に、身を屈《かが》めながら窓の下に移動する。続けて三人が、自分が突入する窓の鍵が開いているかどうかを確かめるために、窓に手を伸ばそうとしたその時だった。

「だぁー！　どいつもこいつも煙草《ヤニ》吸いやがるから空気がわりぃ！　窓開けんぞ！」

そんな声とともに、冬華の頭上の窓が勢いよく開いたのは。

偶然か、それとも冬華のフェロモンの為《な》せる業か。

窓を開けた構成員は、吸い込まれるようにして視線を下に落とす。

必然、窓の下に身を屈めていた冬華と目が合い――構成員が声を上げるよりも早くに、冬華は両手を交差させる形で相手の両襟を摑《つか》み、こちらに引き込んで首を絞め上げた。

所謂《いわゆる》逆十字絞めによって血の流れを堰《せ》き止《と》められたことで、脳に酸素がいかなくなった構成員の意識が、わずか一〇秒足らずで途絶する。しかしわずかとはいっても、一〇秒という時間は異変に気づくには充分すぎる時間であり、事実、その場にいた全ての構成員は窓の外に引きずり下ろされた構成員に視線を集中させていた。

そしてその事実が、千秋とアリスにとっては格好の追い風となる。

当然の如《ごと》く鍵がかかっていなかった窓から、千秋とアリスが建物内に突入する。

相手がチビっ子二人だったからか、構成員たちの多くが、千秋とアリスのことをすぐには敵だと認識することができなかった。

それによってさらなる追い風を得た二人は、片やスタンバトンの電撃で、片や跳躍の勢いや遠心力を利用した蹴り技で、次々と構成員を撃退していく。小さな体躯《たいく》からは想像もつかない二人の強さを前に、構成員の一人が慌てて応援を呼ぼうとするも、その時にはもう建物内に侵入していた冬華がきっちりと背後から絞め落として事なきを得ていた。

合計して一二人の構成員を三〇秒足らずで全滅させた千秋たちは、敵の増援に備えて油断なく周囲に視線を巡らせる。二階《うえ》までケンカの喧噪《けんそう》が聞こえなかったのか、それとも、二階にいるであろう構成員たちは持ち場を離れないよう命令されているだけなのかは定かではないが、増援がくる気配はなかった。

なお、千秋たちが突入した三つの窓がある場所は、廊下と直結した形の休憩スペースになっており、壁際《かべぎわ》にはソファとスタンドタイプの灰皿、自販機が備えつけられていた。

そしてその休憩スペースのすぐ傍《そば》に、二階に上がる階段が設置されていた。

「ちーちゃん、このまま二階にイっちゃう？」

例によって「イっちゃう」のニュアンスがおかしいことはさておき。

「いや、その前に入口と窓の鍵を全部閉め切んぞ」

「あらあら、外にいる子たちを締め出そうって魂胆ね」

「自分んとこのアジトのドアとか窓とか、そうそうぶち破ろうって気にはなれねぇだろうからな。外で見張ってる連中がウチらが建物《ここ》にカチ込んだことに気づいたとしても、それなりには時間が稼げるはずだ」

「でもそれ、建物《ここ》を出る時はかえってめんどくさいことにならないすか？」

「拉致られた連中さえ助けりゃ、こっちのもんだからな。強行突破でどうとでもなる」

事もなげに言う千秋にアリスは閉口するも、現状において最も恐《こわ》いのは、建物の二階にいるであろう構成員たちと、外の見張りについている構成員たちの挟み撃ちをくらうこと。なので、ちょっと無茶だとは思いながらも、アリスは千秋の案に同意した。

それから三人は、手分けして入口の扉と窓の鍵を閉めにかかる。ついでに白石たちが一階にいないか捜してみたものの、案の定影も形も見つけることはできなかった。

ちなみに建物の間取りは、裏手の反対側——正面側の右端に入口があり、そこから入ってすぐのところにある廊下が、左に向かって真《ま》っ直《す》ぐに延びる形になっている。

その廊下に面する形で、トイレ、会議室、壁もしきりもない休憩スペースの順に並んでおり、廊下の終点には、最早《もはや》言に及ばない話だが、二階へ続く階段が設置されていた。

建物の形が長方形であることを鑑《かんが》みるに、二階も似たような間取りになっているのは想像に難《かた》くない。

だからこそ、二階に構成員が待ち構えていたとしても、一階にいた数と同じか、少し多い程度だろうと判断した千秋は、冬華とアリスに向かって宣言するように告げた。

「ウチが先行する」

二人が首肯を返すのを確認してから、スタンバトンと入れ替える形でスカートの中から二挺《にちょう》の改造エアガンを取り出し、階段へ向かう。

階段は人二人がなんとか通れる程度の幅しかなく、学校のそれと同様、踊り場を経由して折り返す形になっていた。そして、折り返した先に敵が待ち構えていた場合、攻撃手段が豊富な千秋の方が何かにつけて対処がしやすい。冬華とアリスが迷うことなく首肯を返したのも、それゆえだった。

千秋は忍び足で階段を上っていき、踊り場の手前で一旦足を止める。

一階側の階段と二階側の階段の間は壁になっているので、踊り場の手前までならば、こちらが階段を上がっているところを二階から覗《のぞ》かれる心配はない。逆にこちらも、踊り場の向こうへ行かないことには、二階の様子を確かめることができない。

鬼が出るか蛇が出るか。

千秋が、慎重に、ゆっくりと、階段と階段の間にある壁から顔を覗かせた直後、

「!?」

二階の階段の下り口で待ち構えていた二人の構成員が、その手に持った棒――モップのヘッドを取り外した物のようだ――で、こちらの顔面目がけて打突を放ってくる。

すんでのところで反応した千秋は、即座に顔を引っ込めてそれをかわした。

（やっぱ二階《うえ》まで聞こえてやがったか！）

いくら三〇秒足らずで終わらせたといっても、階段の近くでやらかした、十数人規模のケンカの喧噪が階上まで聞こえないなんてことはあり得ない。ケンカの場となった休憩スペースが建物の裏手にあったおかげか、外の見張りがいまだ建物内の異変に気づいていないだけでも御の字というものだ。もっとも、二階にいる構成員がこちらの存在に気づいている以上、いつ外の見張りに異変を報されてもおかしくない状況になっているが。

（つうか、ここまでカッチリ守りくれてるとなると、〝ほぼほぼ〟じゃなくて〝間違いなく〟ビンゴだな、こりゃ）

いよいよ白石たちがこの建物に囚《とら》われていることを確信しながら、千秋は耳を澄ませる。

二階の構成員が階段を下りてくる様子も、外の見張りが動き出している様子も、音でわかる範囲では確認することができなかった。前者に関しては、地の利がある以上、無理に動く必要はないと判断してのことだろう。後者に関しては、手柄が欲しいのか、単純に千秋たちのことをナメてるだけなのか、どうやら二階にいる構成員たちは、建物内で起きている異変を外の見張りには伝えていない様子だった。

（となると、煙玉はナシだな）

煙玉で視界を塞ぐと、得てして騒ぎが大きくなる傾向にある。おまけに白煙を晴らすために窓を開けられてしまった場合、それがそのまま外の見張りに異変を報《しら》せることに繋《つな》がる。欲心にしろ慢心にしろ、白石たちを救出するまでは最大限に利用したいところだった。

短くない黙考を経て階段の守りを突破する算段をつけた千秋は、冬華とアリスが待機している階段の上がり口まで戻り、小声でお願いする。

「二階に、棒を持った野郎が二人待ち構えてやがる。隙をつくるから、ウチが仕掛けたらすぐに階段を上がって棒野郎を仕留めてくれ」

「あらあら、女の子を棒で突こうだなんて、いやらしいわね～」

「いやらしいのはテメェの頭だ。あとどっちが先に上がるかはそっちで決めといてくれ」

「それなら、ワタシがイってもいいかしら？　下から責めるのは得意だから」

「別に構わないっすけど、氷山先輩さっきから色々とニュアンスおかしくないすか⁉」

というアリスのツッコミを聞き届けてから、千秋は階段を駆け上がり、折り返しに辿《たど》り着《つ》いたところで、踊り場の壁に背中を預ける形で横に倒れながら、二階の下り口で棒を構えている二人の構成員の前にまろび出る。

直後、打突を繰り出そうとした二人の手が一瞬止まる。

届かないのだ。千秋が、倒れ込んだ挙句に背中を預けるほどにまで壁に身を寄せたことで、階段をもう二～三段下りないことには彼女に打突を届かせることができないのだ。

狙いどおりに相手の躊躇《ちゅうちょ》を引き出した千秋は、横に倒れた体勢のまま、両手に持った改造エアガンを乱射する。銃口から吐き出された鉄球弾《ベアリング》に脛《すね》を乱打された二人は、苦悶《くもん》を吐き出しながらも下り口付近の壁に手をつき、膝をつくことだけはかろうじて堪《こら》える。

しかし、この後に彼らが辿る末路を考えると、それは無駄な抵抗にすらなっていなかった。

千秋がエアガンを乱射した時にはもう駆け出していた冬華が、踊り場を経由して階段を駆け上がっていく。

勢いをそのままに二人の間に目がけて突撃すると、左手側にいる構成員の右アキレス腱《けん》を、右手側にいる構成員の左アキレス腱を掴むと同時に一気に持ち上げた。

鉄球弾で脛を乱打され、立っているのがやっとの二人が堪えきれるわけもなく、駄目押しとばかりに冬華は階段を駆け上がる勢いを利用して、二人の体を肩で押し込む。

それによって致命的にバランスが崩されてしまった二人は、仲良く揃《そろ》って背中から床に叩《たた》きつけられた。変形の踵返《きびすがえし》。それをくらってもなお意識を保っていた二人だったが、

「えい♥」

冬華に遅れて階段を駆け上がってきたアリスが、跳躍の勢いを利用して二人の顔面を踏みつけたことで、今度こそ完全に意識は奈落の底へと落ちていった。

階段を出ると、そこは一階の休憩スペースと同様開けた場所になっており、待ち構えていた、警棒やナイフで武装した一〇人程度の構成員たちが、仲間内で競い合うようにして余裕ぶった言葉を吐いていく。

「おいおい、二階《ここ》まで来やがったぞ」

「お？　よく見たら全員女じゃねえか」

「しかも、小《ち》っちぇのが二《ふた》──」

刹那、皆まで言わせないとばかりに、凄《すさ》まじい勢いで階段を上がりきった上で肉薄した千秋のスタンバトンが、しっかりと勢いをつけて跳躍したアリスの飛び蹴りが、「小っちぇ」とほざいた構成員に炸裂《さくれつ》する。瞬殺された構成員が、背中から床に倒れる中、

「だ～れが小っちゃいだっ‼」「だ～れが小っちゃいっすかっ‼」

千秋とアリスは、魂の怒声を重《ハ》ならせ《モ》た。

かわいらしい見た目と声音からして迫力は皆無だが、一瞬の内に男一人を昏倒《こんとう》させた手並みと二人の剣幕を前に、数では優勢なはずの構成員たちが揃いも揃ってたじろぐ。そんな中、冬華は頰を緩めながら、緊張感の欠片《かけら》も感じられない蕩《とろ》けた声音で独りごちた。

「なんだかんだ言って、アリスちゃんも小っちゃいこと気にしてたのね～」

そんな言葉とともに舌舐《したな》めずりしたせいか。

なぜか悪寒《おかん》を覚えたアリスは一瞬だけぶるりと震えた。

◇◇◇

拉致した不良どもの警護を入山から任された《アウルム》の幹部──上原《うえはら》は廊下の窓を

開き、外にいる見張りどもを怒鳴りつける。

「お前ら何してやがるッ‼　敵はもう建物二階《こっち》まで来てるんだぞッ‼」

怒声を聞いた見張りどもが慌てて建物に入ろうとするも、どうやら入口も窓も鍵をかけられているらしく、中に入れずに右往左往する様を見て舌打ちする。

「鍵かかってるなら、さっさとぶち破りやがれッ‼」

「つ、つっても、下手に備品を壊しちまったら、後で入山さんにどんな目に遭わされるか……」

見張りどもの言い分も理解できるため、上原は口ごもってしまう。

幹部、構成員問わず、《アウルム》に所属する輩《やから》どもにとって入山の存在は、力と金と快楽——三つの蜜を分け与えてくれる神のような存在であると同時に、過失如何《ミスいかん》によっては身の毛もよだつような制裁を科してくる死神でもあった。今ヤードにいるもう一人の幹部——松尾なら「俺が責任をとるから好きにぶち破れ」くらいのことは言っていたかもしれないが、彼に比べて知恵も度胸も劣っている上原にはそんな台詞《せりふ》を吐く勇気はなかった。

「と、とにかくッ！　なんとかして中に入ってきやがれッ‼」

丸投げに等しい言葉を見張りどもに投げかけると、ピシャリと廊下の窓を閉め、武装した構成員を相手に激闘を繰り広げている三人の女子高生《JK》を睨《にら》みつける。

最初JKどもが二階に現れた時は、三人中二人がロリっぽいことに目を瞑《つぶ》れば、揃いも

揃って上玉だし、捕まえることができればオンラインサロン用の見世物として使えると、入山にも喜んでもらえると思っていたが、

「ぐぁあぁあぁッ‼」「クソッ！　なんなんだよこいつらッ⁉」

信じられないことにＪＫどもは、武装した一〇人超の構成員を相手に戦い《ケンカ》を有利に進めていた。同士討ちの危険があるため、階段の下り口に配置した構成員以外には長物を使わせていないが、だからといって、警棒のみならず刃物《ナイフ》で武装した男たちすらねじ伏せるＪＫどもの強さは、控えめにいっても異常としか言いようがなかった。

このままでは全滅も時間の問題。しかし、たった三人を相手に増援の要請なんてしようものなら、最悪、入山の不興を買ってしまう恐れがある。

それだけは絶対に避けたかった上原は、慌てて二階の角部屋に逃げ込んだ。

この部屋は入山が事務所としても使っている部屋であり、奥にある、主に過失《ミス》をやらかした構成員を制裁するのに使っているスペースに、拉致して口と両手両脚を縛った五人の不良どもを床に転がしていた。その不良どもの見張りをやらせていた、比喩抜きに今の上原にとっての切札になってしまった四人の構成員に命じる。

「ここの守りはもういい。部屋の外で調子に乗っている女どもを黙らせてこい」

居丈高な命令に対し、四人は返事の一つもよこすことなくニタリと笑って返す。およそ正気というものが感じられない彼らの足元には、何本もの空の注射器が転がっていた。

◇◇◇

千秋は改造エアガンをケンカで使う際、極力相手の下半身を狙うようにしている。

失明の恐れがある目は言わずもがな、何かの間違いで口に入ったり、そもそも鉄球弾《ベアリング》で頭を撃つこと自体が危険だと考えたからだ。

だが、相手がナイフなどという物騒なものを持ち出してきた場合は、話は変わってくる。ケンカ相手といえども必要以上に相手を痛めつける趣味はないが、だからといって、自分の身を危険に晒《さら》してまで相手の身を案じるような趣味もない。そんなことをして自分が怪我《けが》をしてしまったら友達が哀《かな》しむし、今のようにその友達と一緒に戦《ケンカし》っている状況においては、自分の身だけでなく、友達の身まで危険に晒すことになるからだ。

「刃物《んなもん》持ち出した自分《テメェ》を恨むんだな」

千秋は両手に持った改造エアガンで、ナイフを持った構成員の、手を、頭を、容赦なく撃ち抜いていく。下手するとそれだけで決定打になりかねない鉄球弾の乱射に怯《ひる》んだ、ナイフ持ちの構成員たちを、

「これは楽でいいっすね！」

アリスが顔面に飛び蹴りを叩き込み、

「えい♥」

冬華が可愛《かわい》らしいかけ声とは裏腹に、背負い投げで相手を頭から投げ落とす。

アリスはともかくとして、冬華の方は、下手をすると千秋以上にナイフを持った相手に対して容赦がなかった。

(これでナイフを持った構成員《バカ》は粗方片づけたが……)

千秋は視線を巡らせ、残っている構成員が警棒を持った二人だけであることを確認する。

(得物が警棒なら、上半身《うえ》を狙うのは勘弁してやるか)

心の中で独りごちながら、最早《もはや》すっかり腰が引けているにもかかわらず、警棒を構えて抗戦の意思を示す二人の太股《ふともも》に銃口を向け——

バンッ‼

荒々しい音とともに、最奥《さいおう》にある部屋の扉が壊れんばかりの勢いで開く。部屋から出てきたのは、今まで相手していた構成員たちよりも明らかに体格《ガタイ》が良《い》い巨漢だった。他の構成員と違って武装していないのは、それこそ体格が良いからだろうと思っていたら——巨漢がグリンと首を曲げてこちらを見つめてくる様を見て、千秋はその認識が誤っていたことに気づく。巨漢の表情は一見してわかるほどに、正気というものが欠落していた。

誰が巨漢をそうさせたのかは知らないが、こんな状態の人間に武器を持たせるのは敵味方関係なく危険というもの。そんな相手だからこそ先に倒した方がいいと判断した千秋は、警棒持ちの二人に向けていた二つの銃口を巨漢の下半身に向け、引き金を絞る。

銃口から吐き出された十数の鉄球弾が、巨漢の太股と脛を乱打するも、痛がる素振りすら見せることなく突っ込んできたことに千秋は瞠目《どうもく》する。

それならばと、右手の改造エアガンをスカートの中に仕舞い、代わりにスタンバトンを取り出すと、間合いに入ると同時に放ってきた巨漢のパンチをかわしながら、ガラ空きになった脇腹に最大出力の電撃をお見舞いした。が、

「ヒヒャヒャヒャヒャッ‼」

電撃《それ》すらも相手の動きを一瞬止める程度の効果しかなく、巨漢は狂ったように笑いながら千秋の胸ぐらを摑《つか》み、膂力《りょりょく》に物を言わせて床にたたきつけた。

咄嗟《とっさ》に道具《ドーグ》を手放し、頭の後ろで両腕を組むことで後頭部を守ることはできたものの、守りようがなかった背中を痛打されたことで、肺腑《はいふ》の酸素が根こそぎ口から吐き出される。

（ク……ソが……！）

巨漢がまだこちらの胸ぐらを摑んだままでいるせいで、なおさら呼吸がままならない中、スカートの中から新たな道具《ドーグ》を取り出そうとしたその時、

「な～にやってんすかっ‼」

それは千秋に対して言ったのか、男に対して言ったのか。

冬華とともに、残っていた二人の警棒持ち構成員を倒したアリスが、巨漢の右頰目がけ

て横合いから飛び蹴りをお見舞いする。が、その一撃をくらわせてなお巨漢の体がわずかに傾《かし》いだだけで、倒すことはおろか千秋から引き剝がすこともできなかった。

巨漢の目が、アリスに向けられる。この時になって初めて巨漢の顔を直視したアリスは、正気というものを感じさせない表情に思わず後ずさってしまう。

そんなアリスの反応を見て、巨漢はニタリと狂気じみた笑みを浮かべる。

もっとも、正気の有無も、ましてや狂気の有無も、今の彼女にとっては何の関係もない話だが。

「いつまでも汚い手でちーちゃんに触れるの、やめてくれないかしら？」

いつの間にやら巨漢の傍《そば》にいた冬華が、切れ長の双眸《そうぼう》を見開きながら、千秋の胸ぐらを摑んで床に押しつけている巨漢の右手に片掌《かたて》を添える。

次の瞬間、冬華は巨漢の親指のみを力尽くで引き剝がし、力いっぱいに握り締めた。

いくら巨漢といえども、一指対五指では、非力な女性が相手でも力負けするのは道理。

その道理を利用して親指をとった冬華は、人の道理に対しては砂をかけんばかりの躊《ちゅう》躇《ちょ》のなさで、巨漢の親指を一八〇度捻った。

「……おう？」

そこまでされてなお痛みを感じないのか、巨漢は小首を傾《かし》げるだけで、苦悶《くもん》の一つも見せることはなかった。けれど、親指を壊されたことで握力は激減し、ひいては胸ぐらを摑む力も激減したため、千秋はすぐさま巨漢の右手を振《ふ》り解《ほど》き、手放したスタンバトンと改造エアガンを回収しながらその場を離脱した。

入れ替わるようにして、親指を壊した腕とは反対——巨漢の左腕をとり、流れるように腕ひしぎ十字固めに移行する冬華の邪魔にならないように。

冬華に左肘を伸ばす形で手首をとられ、その腕を両脚で挟みながら床に倒された巨漢は俄《にわか》にもがき始める。どうやら正気と痛みはなくても、両手を壊される事の重大さは理解しているようだ。しかし、腕ひしぎ十字固めが完全に極《き》まっているためまともに身動きがとれず、空いている右手の親指を壊されて握力が死んでいるため、左腕を挟んでいる冬華の脚を引き剝がすこともできなかった。

ほどなくしてゴリッという不快な音とともに、巨漢の肘関節が破壊される。

両の手を潰したところで、仕上げとばかりに巨漢を絞め落としにかかる冬華を見て、アリスは微妙に顔を引きつらせながら小声で千秋に訊《たず》ねた。

「月池先輩……氷山先輩ってなんか恐《こわ》くないすか？　なんてゆうか、色んな意味で」

「まぁ、そう思われてもしょうがねぇとこがあんのは否定しねぇよ」

応じながらも、先程巨漢が出てきた部屋の入口を見やる。

そこから出てきたのは、案の定と言うべきか、巨漢と同じく正気というものが感じられない表情をした男が三人。さすがに巨漢ほど体格《ガタイ》に優れてはいないが、

「見たとこ薬《ヤク》と一緒にドーピングか何かキメてる感じっすけど……これ、またぼくらの攻撃が効かないってパターンじゃないっすよね？」

「大丈夫だろ。さっきの奴《やつ》だって、ウチのスタンバトンにしろ、オマエの飛び蹴りにしろ、それなりには効いてたからな」

「いや、それなりしか効いてないってのも充分やばいと思うんすけど」

「そうかもな」

平然と肯定しながら、千秋は持っていたスタンバトンと改造エアガンをスカートの中に仕舞う。そのタイミングを見計らえるほど頭が回っているとは思えないが、三人の男は最高にハイな顔をしながら一斉にこちらに突っ込んでくる。

慌ててアリスが身構える中、千秋はむしろ悠然とスカートの中からそれを取り出した。

懐中電灯にも似た形状をした、ネットランチャーを。

それを見てアリスが目を丸くする中、千秋は、こちらに突っ込んでくる三人の男に向かってネットランチャーを構え、尻側に付いていた引き紐《ひも》を勢いよく引っ張る。

次の瞬間、発射口から射出された網《ネット》が、三人を余さず捉えて絡《から》みついた。

「んだこりぁあぁあぁッ⁉」

「絡まって取れねぇえぇぞぉッ⁉」

「アヒヤヒヤヒヤヒヤッ！　アヒヤヒヤヒヤヒヤッ‼」

異様にテンションが高いという一点以外は、三者三様の反応を示す男たち。

ネットから抜け出そうとして足掻《あが》くも余計に絡まってしまい、それによってバランスを崩してしまった一人が床に倒れてしまう。ネットが絡みついた状態でそんなことになれば、他の二人も床に向かって引っ張られるのは道理であり、三人は仲良く床に這《は》いつくばるハメになる。千秋は弾《ネット》がなくなったネットランチャーをその場に捨てると、新たに取り出したスタンバトンを逆手で握り締め、

「あんま効かねぇってんなら、がっつり効くまで浴びせてやんよ」

そう言って、床に這いつくばる男の一人に、最大出力の電撃を浴びせ続けた。

時間をかけてきっちりと意識を飛ばしたところで、ネットの内で足掻き続けている二人目に電撃をお見舞いする。その容赦のないやり口にアリスが微妙に引いていると、いつの間にやら巨漢を絞め落とし終えた冬華が傍にやってくる。

「あらあら、これはまたえげつないことしてるわね～」

先程までの、アリスに「恐くないすか？」と言わしめた雰囲気はどこへやら。

いつもどおりの柔和な笑みを浮かべながら、冬華は楽しげに言う。

そんな先輩たちにアリスはますます引きながらも、今日春乃《はるの》に対して抱いた感想《もの》と全く同じ言葉を、全く別の意味を込めて冬華に投げかけた。

「氷山先輩……小日向《こひなた》派って、こんなのばっかかなんすか？」

冬華はわざとらしくちょっとだけ考え込んでから、満面の笑みで答える。

「ま～、だいたいこんなのしかいないわね～」

その返答を聞いていよいよアリスがドン引きする中、三人ともきっちりと気絶させた千秋がスタンバトンを仕舞いながらこちらに戻ってくる。

「さすがにもう打ち止めっぽいな」

打ち止めとは勿論《もちろん》、この建物にいる《アウルム》の構成員を指した言葉だった。

「あそこには、さっき外に向かって叫んでた人くらいは残ってるんじゃないかしら？」

そう言って冬華は、クスリをキメた男たちが出てきた、扉が開け放たれた部屋を視線で示す。

「捕まってる人たちもあの部屋にいそうだし、外の連中もいつ中に入ってくるかわかんないし、もうちゃっちゃと助けて、ちゃっちゃとトンズラしないっすか？」

千秋と冬華は揃《そろ》って首肯を返すと、アリスの提案どおりにちゃっちゃと件《くだん》の部屋に足を踏み入れる。そこで三人を出迎えたのは、

「そ、それ以上近づくな！　ち、近づくと、こいつの命はないぞ！」

床に転がされている、拉致られた五人の不良の一人——白石の首筋にナイフを押し当てる、《アウルム》の幹部と思《おぼ》しき男だった。声音はおろか、ナイフを持つ手すら震えているところを見るに、男に白石をどうこうする度胸がないのは明白だが、

「だいぶ自棄《やけ》になってるくせぇから、〝絶対に〟とは言い切れねぇ感じだな」

男に視線を固定したまま小声で話しかける千秋に、冬華とアリスも同じように視線を固定したまま小声で応じる。

「そうかしら？　怖《お》じ気《け》づいちゃってるだけで、外の子たちがこっちに来るまでの時間を稼ぐことを計算に入れる程度の冷静さは、あるようにも見えるけど」

「どっちにしたって、めんどくさいっすね〜」

「な、何をコソコソ話している！　こいつがどうなってもいいのか⁉」

定型文じみた脅し文句に、三人がため息を漏らしそうになった、その時。

突然白石が自らナイフの切っ先に顔を近づけ、頬が切り裂かれるのも構わずに自身の口を縛る猿ぐつわをナイフで切り落とした。

「なッ⁉　お前何してやがる⁉　マジで殺されてえのか⁉」

泡を食ったように凄《すご》む男に対し、白石は頬から血を滴《したた》らせ、勝ち誇った笑みを浮かべながら勝ち気な言葉を返す。

「殺されてえだぁ？　やれるもんならやってみぃ。そのプルップルに震えたお手々でやれるんやったらなぁ」

露骨な挑発に、男のこめかみに青筋が浮かぶ。

しかし、白石の言うとおり人一人を殺す度胸はなかったのか、それとも怒りよりも理性が勝《まさ》っていたのか、ナイフを持つ手は堪《こら》えるようにして一瞬震えただけに留まる。

そのわずか数瞬の感情の揺らぎは、彼らにとっては待ちに待った格好の隙だった。

床に転がされていた四人の不良たちが、両手両脚を縛られた状態から無理矢理上体を振り上げ、男に向かって一斉に頭突きをお見舞いする。計四発の内の、後頭部を捉えた一発が決定打となり、男はその手に持ったナイフを取り落としながら力なく床に突っ伏した。

「んぅんんん、んん！」

「んんぅんんんん！」

猿ぐつわをかまされているせいで何を言っているのかはわからないが、おそらくは不良たちが「ナメんなよ、コラ！」とか「ざまぁみやがれ！」といった感じの言葉を吐いていることは、なんとなく察することができた。

「今のは一応、さすがって言うべきか？」

「良くも悪くもだけどね～」

「いや、『悪く』しかないと思うっすけど」

一方白石は、憧れの夏凛《かりん》と同じ小日向派《エデン》の天使たち――しれっとピンク髪の子もかわえなぁと思いながら――に向かって「さっきのワイ、格好よくなかった⁉」と言わんばかりのドヤ顔を浮かべていたが、三人の視界から外れていたため、憐《あわ》れなほど盛大に無視《スルー》されていた。

「冬華、服部《はっとり》パイセンに野郎どもの救出に成功したこと伝えといてくれ」

「別に構わないけど、さすがに敷地《しきち》の外に出てからの方がいいんじゃないかしら？」

「いんだよ。その方が《アウルム》の連中も、こっちに応援を寄越す余裕がなくなるかもしれねぇからな」

まぁ、仮に余裕があったとしても、応援なんて寄越される前に脱出するけどな——と付け加えている間に、階下が俄《にわか》に騒がしくなる。どうやら外の見張りが、ようやく決心をつけて入口の扉をぶち破り、建物の中に入ってきたようだ。

「で、ここから強行突破するんすか？」

そんなアリスの問いに対し、千秋は「いや」とかぶりを振る。

「不良《アイツ》らがあのザマだからな。〝強行〟ってわけにはいかねぇだろ」

そう言って、男が取り落としたナイフと、結束バンドで両手両脚を縛られている不良たちに視線を向ける。

「アリスはそのナイフで、不良《アイツ》らを縛ってるもん全部切ってやってくれ。冬華はその間、ここの守りを頼むわ」

千秋は二人が返事するよりも早くにスカートの中から改造エアガンを取り出すと、獰猛《どうもう》な笑みを浮かべながら言葉をついだ。

「ウチはちょっと、〝楽々〟突破できるよう道を空けてくる」

◇◇◇

夏凛は額から垂れ落ちる汗を袖で拭いながら、鯨波《げいは》の如《ごと》く迫る《アウルム》の構成員たちを迎え撃つ。クスリをキメていない、言ってしまえば雑兵に対しては急所に鉄扇の一撃を叩《たた》き込むことで手早く撃退し、クスリをキメている構成員に対しては、後で意識を取り戻しても戦線に復帰できないよう、前蹴りで相手の軸足を潰した上で手加減抜きの一撃でこめかみを殴打《おうだ》し、撃退する。

いつもの夏凛ならば、そのまま敵の群れに突っ込んでいくところだが、体感にして一時間近くずっと戦《ケンカし》いっぱなしのため相応に消耗しており、最早《もはや》大立ち回りを繰り広げるほどの余力は残っていなかった。余力が少ないのは史季と斑鳩《いかるが》も同じで、今は三人で背中合わせになって互いにフォローし合うことで、なんとか数の暴力に抗していた。それこそ、ゴチャマンのレッスンで「友達《ダチ》に背中を預ける」と史季に教えたとおりに。

無勢に多勢ゆえに、《アウルム》側は倒された味方がどうしても邪魔になり、それを除去する間《あいだ》は束《つか》の間《ま》、敵の攻勢が緩くなる。その間に少しでも体を休める——などとは微塵《みじん》も考えず、史季に仕掛けようとしていた構成員をハイキックで沈めた。

史季は眼前の相手を前蹴りで蹴り飛ばし、荒くなった呼吸を整えながら夏凛に言う。

「はぁ……はぁ……夏凛……僕は大丈夫だから……無理は……しないで……！」

「無理なんてしてねーよ……余裕ができたから、ちょっと脚の体操しただけだっつーの」

余裕のある言葉とは裏腹に、夏凛は夏凛で大概に息が弾んでいた。

一方斑鳩は、

「おらどうしたッ！　もっとかかってこいよッ！」

大声を上げて敵を挑発し、まんまとそれに乗った輩《やから》を喜々として殴り倒していた。

とはいえ、キックを繰り出す頻度が露骨に少なくなっている上に、肩で息をしているところを見るに、口ほど余力が残っていないのは明白だった。

（けど、余裕がなくなってきてんのは向こうも同じだ）

夏凛は、襲い来る構成員たちを返り討ちにしながら周囲に視線を巡らせる。

広場の内周を埋め尽くすようにして〝陣〟を形成し、さらにはこちらの退路をも断《た》つほどに潤沢だった敵の数も、今や半分以下にまで減っている。

それに伴って、夏凛たちを包囲していた〝陣〟は、退路に配置した構成員を組み込んでなお狭《せば》まっており、厚みも疎《まば》らになっている。余力を振り絞り、〝陣〟の薄いところを狙って強行突破すれば、ヤードから撤退することも不可能ではない。

（けどそいつは余力が残ってたらの話だ。クソっ、千秋からの合図はまだかよ……！）

まさしくのタイミングだった。制服のポケットに入れていたスマホが五回、振動したのは。五回のコール——それは事前に取り決めていた、拉致られた不良たちの救出に成功したことを報《しら》せる合図。待ちに待った瞬間が訪れるや否《いな》や、夏凛は一も二もなく背中を預けている二人に向かって叫ぶ。

「史季！　センパイ！　仕掛けるからついて来てくれ！」

◇◇◇

思った以上に粘りやがる——そのことに感心と苛立《いらだ》ちを覚えながらも、入山は奮戦する〝女帝〟たちを遠目から睨《にら》みつける。

大多数をクスリをキメさせた者たちで構成した第三陣でも、奴《やつ》らを仕留めきることはできず、とうとう第四陣まで投入するハメになってしまった。さすがにもう奴らも限界が近いようだが、七〇人超の陣を四つも投入してなお一人の脱落者も出していないのは、最早異常どころの騒ぎではない。それをたったの三人で為《な》しているものだから、なおさらに。

（しかし、一〇分は持たせてくれとは言ったが、まさか一時間も粘りやがるとはなぁ。オンラインサロンで流す際は、当初の予定どおり編集が必要——ん？）

〝女帝〟が何事か叫んでから駆け出し、その動きに呼応する形で史季と斑鳩も彼女の後を追って駆け出すのを見て、入山は眉をひそめる。三人が向かっている方角は、微妙にズレてはいるものの、ヤードの入口側。奴らにとっては退路と呼べる方角だ。

（今さら逃げる？　このタイミングで？）

まさかと思った入山は、拉致した不良どもの警護を任せている幹部——上原のスマホに電話をかける。が、いつまで経《た》っても繫《つな》がらず、それだけで事態を察して忌々《いまいま》しげに舌打ちした。

（これが終わったら、上原の奴ぁ降格だな）

勿論、制裁付きでなぁ——と、心の中で付け加えてからスマホを懐《ふところ》に仕舞おうとするも、

「あぁ？」

スマホが突然振動し始め、上原からの電話だと思った入山は不機嫌な声を上げながら画面を確認し……眉をひそめる。画面に映っていたのは上原の名前ではなく、〝女帝〟たちがヤードにやってきた際に連絡してきた見張りの名前だった。

ひどく嫌な予感を覚えながらも電話に出る。そして、見張りからの報告を受けた入山の口から「……は？」と、間の抜けた吐息が漏れた。

◇　◇　◇

前を行く夏凛の背中を追いながら、史季は表情を悲痛に歪《ゆが》める。

今の夏凛は、史季の目から見ても明らかに無理をしすぎている。

この戦い《ケンカ》が始まる前に言っていた「あたしが五体満足で済むようにしてやるから」という言葉を遵守するように、夏凛は誰よりも多くの敵を倒し、自分に注意を引きつけるためか、誰よりも派手に大立ち回りを繰り広げていた。

そのことには斑鳩も気づいているようで、負けじと大勢の敵を倒したり、派手に立ち回ったり、挙句の果てには先程のように敵を挑発したりもしていたが、当の夏凛がそれ以上に無理している以上、減らせた負担は微々たるものだった。

(せめて僕も、斑鳩先輩くらいに動けたらよかったんだけど……！)

体力が限界に近いせいもあるが、最早自分の身を守るだけでいっぱいいっぱいになっていることに歯噛《はが》みする。……いや、先程夏凛が手助けしてきたことを考えると、今や自分の身すら満足に守れているかも怪しい。いずれにせよ、これ以上夏凛に無茶をさせないためにも、ちゃんと彼女について行かないと――そう思うも、いまだ体力は夏凛にも斑鳩にも及んでおらず、引き離されないようにするだけで精一杯だった。

ほどなくして夏凛が、敵の包囲網の中でも比較的薄い箇所に目がけて突っ込んでいく。

勢いをそのままに、立ちはだかろうとしていた構成員の鼻っ柱を鉄扇の先端で痛打。その一撃で意識を失った構成員を前蹴りで蹴り飛ばし、背後にいた者たちがそれを受け止めている隙に、次々と鉄扇で構成員たちの急所を突き、打ち据え、力尽くで道を空けていく。

「折節！　オマエはそのまま小日向《こひなた》ちゃんの後に続け！」

横合いから聞こえてきた斑鳩の声。

その言葉の意味を訊《き》こうとした史季だったが、彼が向かった先にクスリをキメた構成員が密集していることに気づき、開きかけた口を閉じて言われたとおりに夏凛の後を追う。

夏凛が次々と構成員を倒して道を空けてくれているといっても、その道が獣道よりも険しいのは言《げん》に及ばず、道を塞がんばかりに襲い来る構成員たちを、史季はローキックを主体にした立ち回りで返り討ちにしていく。その間にも、夏凛は構成員を蹴散らしながら突き進み――あともう少しで包囲網を脱出できるというところで〝それ〟は起きた。

「⁉」

史季の前方で快進撃を続けていた夏凛が突然転んだのだ。構成員の誰かに足を取られたわけでも、ましてや引っかけられたわけでもない。ただ足がもつれて転んでしまったのだ。

〝それ〟が意味するところはただ一つ。

誰よりも無理をして戦《ケンカし》っていた夏凛の余力が、いよいよ尽きようとしているのだ。

夏凛はすぐさま立ち上がろうとするも、その動きは今までよりも明らかに鈍《にぶ》く、

「つらぁッ！」

その隙を当然のように狙ってきた構成員のキックを、夏凛はなんとか両腕で防御する。

が、結果的に立ち上がることを妨害されてしまい、その間にも集まってきた構成員たちが一斉に夏凛《かりん》を踏みつけようとする。

「おおぉおぉおおぉおぉぉおおぉッ‼」

史季はなけなしの余力を振り絞って突撃し、構成員たちを押しのけ、自分が斑鳩にされたように夏凛の上に覆《おお》い被《かぶ》さる。押しのけたといっても、その数は一部でしかなく、残った構成員たちが容赦なく史季の背中を足蹴《あしげ》にする。

「史季っ‼　ばかっ‼　どけっ‼」

悲鳴じみた声で叫ぶ夏凛に構わず、彼女の盾となって構成員たちに足蹴にされる。

史季たちの窮地には斑鳩も気づいているが、

「ちぃ……！　邪魔だオマエラッ‼」

声の聞こえ方からして思った以上に距離が離れているらしく、すぐにはこちらに来られない様子だった。その間にも、構成員たちは史季の背中を容赦なく足蹴にしていく。

「ばかっ‼　やめろ……やめろぉっ‼」

夏凛の声に、涙が混じり始める。

大丈夫。僕が守るから——そう言って安心させてあげたいところだけど。

こんなザマでは、かえって夏凛を不安にさせるだけ。

そもそも、今の僕にはこの窮地を脱する力も算段もない。

確かに、僕は強くなった。

けれどそれは以前よりもというだけの話で、〝強い〟人間になったというわけではない。

だから、大切な女性《ひと》に無理をさせてしまって、窮地に追い込まれて……。

（せめて……せめて、夏凜の体力が回復する時間を稼ぐくらいは……！）

そんな悲壮じみた決意を胸に刻――


「クソが……！」


この場にいるはずのない、史季にとっては忘れようもない男の声が耳朶《じだ》に触れ、思わず目を見開く。

次の瞬間、絶え間なく背中を襲っていた足蹴の痛みが、忽然《こつぜん》と消え失《う》せる。

声の主が、そのプロレスラーじみた巨軀を活かしたラリアットで、史季を足蹴にしていた構成員たちをまとめて吹き飛ばしたのだ。

「まさかこの俺が、貴様らを助けることになるとはな……！」

こちらの方こそまさかと思いながら、恐る恐る顔を上げる。そうして視界に映ったのは、予想どおりであり、予想外でもある巨漢――荒井《あらい》亮吾《りょうご》だった。史季はおろか、夏凜ですらも目を見開いて驚きを露《あら》わにする中、荒井は心底不快げに言葉をつぐ。

「だが、こんな雑魚《ざこ》どもに貴様らをとられるよりはマシだ。精々、俺の寛大さに感謝することだな」

「これはまた、どこかで聞いたような台詞《せりふ》だね」

場違いなまでに穏やかな声音が聞こえたのも束《つか》の間《ま》、颯爽《さっそう》と現れたマッシュヘアの男子がその手に持った木刀を閃《ひらめ》かせ、史季たちに襲いかかろうとしていた構成員たちを瞬《また》く間に返り討ちにする。文字どおりの意味で身をもって味わった剣閃《けんせん》を目《ま》の当《あ》たりにした史季は、驚きと喜びが綯《な》い交《ま》ぜになった声音で男子の名前を呼んだ。

「鬼頭《きとう》くん！」

「やあ、折節クン。助けに来たよ」

声音に負けず劣らず穏やかな笑みを浮かべながら、鬼頭蒼絃《あおい》は言葉をつぐ。

「みんなと一緒にね」

そう言って、蒼絃が視線を向けた先にいたのは、

「やれやれ、二人して飛び出して……結局アタシが音頭《おんど》を取る流れになっちまったじゃないかい」

蒼絃の姉にして、四大派閥の一角——鬼頭派の頭を務める鬼頭朱久里《あぐり》。そして、荒井派、

鬼頭派、斑鳩《いかるが》派の不良のみならず、四大派閥以外の派閥の不良や、派閥に属していない不良を含めた、総勢一〇〇名を超える聖ルキマンツ学園の不良たちが勢揃《せいぞろ》いしていた。

「見てのとおり、あそこにいる連中が学園《うちら》に上等かました半グレどもだ！　今日ばかりは派閥も何も関係ない！　学園《うちら》にケンカ売ったらどうなるか、身をもって連中に教えてやりなっ‼」

朱久里が叫ぶと、不良たちはてんで揃《そろ》っていない地鳴りじみた応を返し、《アウルム》の構成員たちが形成する〝陣〟目がけて一斉に突撃する。

必然、先陣を切ることになったのは、先んじて飛び出し、史季と夏凜の窮地を救ったこの二人。

「ア～ヒャヒャヒャッ‼　来いよぉッ‼　俺が相手になっ――べぱぁッ⁉」

クスリをキメた構成員が荒井の体当たりをくらい、近くにいた構成員ともども盛大に吹っ飛んでいく。難を逃れた構成員たちが、体当たり直後の隙を狙って一斉に荒井にパンチやキックを叩《たた》き込むも、

「効かんなぁッ！」

物ともせずにキックを叩き込んできた構成員の脚を掴《つか》み、ジャイアントスイングさながらに振り回して、周囲にいた者たちをまとめて蹴散らす。

さすがにもうこれは見世物《ショー》でもなんでもないと自己で判断したのか、構成員の一人が懐

に忍ばせていたナイフを抜き、背後から荒井を刺しにかかるも、

「温《ぬる》い」

荒井はその巨体からは信じられないほど軽やかに身を翻《ひるがえ》し、凶刃《きょうじん》をかわす。と同時に、ナイフを持っていた相手の手首を摑み、万力の如《ごと》き握力で締め上げて、力尽くでナイフを取り落とさせた。

「刃物《そんなもの》を持ち出したくらいで、この俺に勝てると思ったか？」

手首を締め上げられた構成員が、その痛みも忘れて「ひぃッ」と引きつった悲鳴を漏らす。その悲鳴を当然のように聞き届けなかった荒井は、片腕一本で相手を持ち上げると、

「死ね」

鼻っ柱に拳を叩き込み、文字どおりの意味で殴り飛ばした。

その一方で、

「木刀っつっても、懐に飛び込みゃなんとでもなる！　一斉に仕掛けるぞ！」

構成員の一人が叫びながら蒼紘に突貫し、その叫びに呼応した他の構成員たちも四方から突貫する。

「甘いね」

蒼紘は短く呟《つぶや》くと同時に、前方から迫り来る、先程叫んでいた構成員の喉元に刺突をくらわせて一撃で仕留める。と同時に木刀を片手で真横に振り抜き、そこから流れるように

回し蹴りを放つことで、四方から襲いかかってきた構成員たちを瞬く間に撃退するも、遅れて仕掛けてきた構成員の一人が、ここぞとばかりに木刀を両手で摑み、勝ち誇った笑みを浮かべる。

「つ、捕まえたぞ……！」

「木刀は封じた！　お前ら今がチャ――……」

チャンスだ――そう叫ぼうとした構成員の口が、中途半端《ちゅうとはんぱ》に固まる。

手放したのだ。蒼紘が、最大の武器である木刀を何の未練も躊躇《ちゅうちょ》もなく手放したのだ。

あっさりと得物を捨てる蒼紘の神経が理解できなかったのか、半端に口を開いたまま唖《あ》然《ぜん》としている構成員の顎をショートフックで打ち抜き、昏倒《こんとう》させる。

木刀が地面に落ちていく様を見て、奪い返されると思った構成員たちが慌てて仕掛けてくるも、その考えを逆手にとった蒼紘はあえて木刀を無視して、ボクサーさながらのパンチで、空手家さながらのキックで、構成員たちを次々と返り討ちにしていく。

徒手でも尋常ではないほどの強さを見せつける蒼紘を前に、構成員たちが二の足を踏み始める。あからさまにビビっている構成員たちに見せつけるように、蒼紘は地面に落ちていた木刀を悠々と拾い上げた。

「ふん……どうやら、学園の頭《トップ》を獲《と》るなどと寝言をほざくだけのことはあるようだな」

同じようにして強さを見せつけ、敵を萎縮させた荒井がこちらに歩み寄ってくる。

「何だったら、ここで確かめてみるかい？　ボクの言っていることが寝言かどうかを」

挑発じみた言葉に対して、蒼紘も挑発で応じる。

瞬く間に、一触即発の空気が出来上がる。二人と相対している構成員たちが、二の足を踏むどころか一歩二歩と後ずさってしまう。そんな空気をぶち壊したのは、

「おいおい、こいつらビビってんぞッ！」

「そんなんで学園に上等くれたのかッ⁉」

「逃げてもいいんだぜぇ？　逃がさねぇけどなぁッ！」

朱久里の号令のもと、荒井と蒼紘に遅れて突っ込んできた、聖ルキマンツ学園の不良たちだった。まるで激流のように二人の脇を通り過ぎていった不良たちが、萎縮している《アウルム》の構成員たちに容赦なく襲いかかっていく。

最早《もはや》どっちが悪党かわからない絵面に呆《あき》れたのか、それとも興が削《そ》がれたのか。

荒井と蒼紘は揃ってため息をつき、敵の〝陣〟を見据えた。

「焦《あせ》らなくても、いずれ必ず相手をしてやる。それまで精々首を洗っておくことだな」

「首を洗う必要はないだろうけど、そうさせてもらうよ。今回はお互い、共通の先約があることだしね」

そんな剣呑《けんのん》なやり取りを、不良たちが大暴れする様を、半ば呆然《ぼうぜん》としながら遠くから見守っていた史季と夏凜だったが、

「アンタたち、いつまでそうやって見せつけるつもりだい？」

　こちらに歩み寄ってきた朱久里の指摘に、二人は眉をひそめ……史季が夏凜《かりん》の上に覆い被さっている、言ってしまえば史季が夏凜を押し倒したような状態になっていることを今さらながら認識した二人は、顔を真っ赤にしながら揃って飛び離れた。

「ごごごごめん、夏凜！」

「べべべ別にこんくらい何てことねーし！」

　謝る史季と強がる夏凜をよそに、史季の「夏凜」呼びに気づいた朱久里が「ああ、やっぱりそういうことかい」とでも言いたげな顔をするも、

「夏凜先輩！　史季先輩！　さすがにこんなところで青姦《あおかん》はよくないと思います！」

　いつの間にやら傍《そば》にいた春乃《はるの》の発言に、史季たちは飲み物を飲んでいるわけでもないのに三人揃って「ブーッ‼」と噴き出した。

　頓珍漢かつ破廉恥な発言をかます春乃に遅れて、大暴れする荒井をそれこそ親の仇《かたき》のように睨《にら》みつける美久《みく》と、春乃の発言に苦笑する服部《はっとり》がこちらにやってくる。

「折節くんも小日向《こひなた》ちゃんもご苦労さん。つうか、あんだけの数をたった三人で相手した割りには、怪我《けが》らしい怪我が見当たらねェように見えんだけど」

　呆れ交じりの服部の指摘に、夏凜が泡を食ったように声を上げる。

「そ、そうだよ！　春乃！　史季のこと診てやってくれ！　こいつさっきあたしのこと庇《かば》

って、しこたま蹴られてんだよ！」

「わ、わかりました——って、あぁっ！」

慌てて鞄《かばん》をまさぐろうとした春乃が中に入っていた包帯を落とし、コロコロと転がっていくのを見て慌てて追いかけようとする。

鞄を開いた状態でそんなことをしたら、中に入っていた物をさらに落としてしまうのは道理であり、夏凛はおろか、荒井を睨んでいた美久と、怪我を診てもらうはずだった史季までもが、鞄から落ちた医療品やらスマホやらを拾いにかかる始末になっていた。

近くにいた構成員を粗方片づけ、こちらにやってきた斑鳩は、史季たちの有り様に苦笑しながら服部に話しかける。

「わりぃな、翔《しょう》。めんどくせぇこと押しつけちまって」

「おいらはただお前の人脈に乗っかって、知ってる連中に声をかけただけだからな。めんどくせェどころの騒ぎじゃない小日向ちゃんと折節くんに比べたら、たいしたことはしてねェよ」

「って、しれっとオレのこと省《ハブ》ってんじゃねぇよ」

という、ツッコみはさておき。

知ってる連中に声をかけた——つまりは、援軍を連れてくることこそが、斑鳩が「コイツ以上の適任はいない」と服部にやらせたとある仕事だった。もっとも当の服部が言って

いるとおり、斑鳩《いかるが》の人脈を活用したという側面が多分にある上に、

「それに荒井に関しちゃ、お前の直電がなかったら援軍なんぞに応じてくれなかっただろうしな」

そんな服部の補足どおり、斑鳩が直接荒井に電話をして、いつもどおりの軽さで「ちょっとでかいケンカやることになったんだけど、オマエもどうよ？」と誘ったからこそ、荒井派を援軍に加えるという離れ業を実現することができたのだ。

人望という点においては夏凛も斑鳩に負けてはいないが、荒井とは確執がある以上、四大派閥の全てを動かす力は彼女にはない。

朱久里にしても、荒井とは派閥単位で敵対しているため、確執の有無以前に彼を動かすような真似《まね》はできない。今日の昼頃、学園の下足場で偶然四大派閥の頭《トップ》が勢揃いした際に「この学園に上等くれてるやつを見過ごすわけにはいかないからねぇ」と言った時のように、荒井の思考を誘導するのが精々だ。

それほどまでの影響力を持っている自覚があるのかないのか、斑鳩は手で庇《ひさし》をつくりながら、学園の不良たちが《アウルム》の構成員たちを圧倒する様を遠望する。

「こりゃ、さすがに決まりだな。つうかアイツら、オレのことガン無視してケンカしやがって……」

〝アイツら〟とは、斑鳩派の不良を指した言葉だった。

肝心の派閥メンバーに対しては人望があるのかないのかよくわからないことになってい
る斑鳩に、服部がカラカラと笑っていると、
「ところで服部。アンタは、いつまでこんなところで油を売ってるつもりだい？」
いつの間にやら背後に立っていた朱久里が、服部の襟首をむんずと摑む。
「え？　ま、待って朱久里ちゃん⁉　もう学園《こっち》の勝ちは揺るぎないんだから、別におい
らが行かなくてもよくない⁉」
「確かに趨勢《すうせい》だけを見ればもう勝負ありと言っても差し支えないけど、半グレやってるよ
うな連中が相手の場合、どういう隠し球が出てくるかわかったもんじゃないからね。そう
でなくてもアンタは、何かと理由をつけてサボろうって魂胆が見え見えなんだよ」
言いながら、朱久里は〝戦場〟に向かってズルズルと服部を引きずっていく。
先日服部が、アリスに対してそうしたように。
「いや、サボってるわけじゃねェんだよ⁉　ほら、おいら桃園ちゃんたちの護衛も任され
てるし！」
「ソイツはもう間に合ってる。だからアンタはキリキリ働きな！」
「ケンカが仕事みたいに言うのやめてくんない⁉　つうか、ケンカなんて痛《いて》ェしめんどく
せェだけだからやりたくないんだけど⁉」
「アリスの嬢ちゃんですら体張ったってのに、アンタだけ高みの見物ってのは筋が通らな

いって言ってんだよ。ったく、そんなんだからいつまで経《た》っても童貞なんだよ」

「なななななんで知ってんだよ⁉」

斑鳩と同様、如何《いか》にも女好きで、如何にも遊び慣れてそうな感じなのに実は童貞だったとか、そもそも墓穴を掘るような返答をしなくてもよかったのではないかとか、鬼頭派の情報網はそんなことまで把握しているのかとか、気になるところやツッコみたいところは多々あるけれど。

「服部先輩と鬼頭先輩って、どういう関係なの？」

春乃が落とした消毒液の容器を拾いながら訊《たず》ねる史季に、隣で絆創膏《ばんそうこう》が入った箱を拾っていた夏凜が「そいつは……」と言葉を濁していると、

「しょーさんはね～、鬼頭先輩に告白したことがあるのよ～」

突然冬華の声が聞こえてきて、史季と夏凜のみならず、春乃と美久も思わずといった風《ふ》情《ぜい》で顔を向ける。顔を向けた先には、冬華だけではなく、千秋にアリス、白石を含めた救出した不良たち五人の姿があった。朱久里《あぐり》が護衛について「もう間に合ってる」と言ったのは、冬華たちの存在に気づいていたがゆえのことだった。

「それでもって『アンタみたいな軽い男は好きじゃない』って、あっさりフラれちゃったのよね～」

妙に楽しげに言葉をつぐ冬華と、あまりにも無慈悲な服部のフラれっぷりに史季が顔を

引きつらせていると、斑鳩を発見したアリスがすぐさま彼のもとに駆け寄り、素っ頓狂な声を上げる。

「れおん兄《にい》っ！　怪我はないっすか――って、ほんとにあんまなさそうっ⁉」

そんな中、千秋は史季と夏凛に近づくと、中腰になっている二人をただ黙ってひっしと抱き締めた。

「つ、月池さん⁉」

ちょっと顔を赤くしてアリスに負けず劣らず素っ頓狂な声を上げる史季を尻目に、夏凛は苦笑しながら千秋に言う。

「わりーな。心配かけちまって」

「そんなんじゃねぇよ」

ぶっきらぼうに返しながら顔を背ける千秋の耳は、少しだけ赤くなっていた。

「や〜ん♥　ち〜ちゃんか〜わ〜い〜い〜♥」

「バ……っ、こらっ！　抱きつくなっ！」

冬華はここぞとばかりに抱きついて頬をスリスリさせるも、セクハラをされない限りは無理に引き剝がすような真似はしない千秋は、ほとんどされるがままになっていた。

そんな三人のやり取りに、史季は頰を緩ませるも、

「尊い……めっちゃ尊い……けど折節は死ね……！」

白石が両手で顔を隠して身悶《みもだ》えながら、サラッと殺意を向けてくるものだから、緩んだ頬は必然、引きつってしまう。

兎《と》にも角《かく》にも、三対数百という無謀極まりない集団戦《ゴチャマン》を、大きな怪我もなく三人揃《そろ》って無事に乗り切れたことに史季は安堵《あんど》の吐息をつく。

同時に、こうも思う。それじゃ駄目だと。

さながら、ゴチャマンが始まる前と同じように。……いや、それ以上に。

（……結局僕は、夏凜を守ることができなかった……）

最後の最後で夏凜の盾くらいにはなれたけど、それは彼女が僕たちのために無茶をしたことが起因しているため、彼女を守ったというよりも、彼女に守られた結果起きたことと言った方が正しい。そもそも、援軍の到着が間に合わなかったら、二人ともどうなっていたかはわかったものではないので、口が裂けても夏凜を守ったなんて言えない。

斑鳩先輩のように、夏凜の助けになったり、夏凜に代わって僕を守ったりするくらいの働きが出来ていれば、少しは胸を張ることができたかもしれないけれど。

正直な話、二人の足を引っ張らないという最低限のことさえ、胸を張って「できている」と言える自信はなかった。

（自分の身くらいは自分で守れるようになりたいと……暴力に対抗できるくらいの力は身につけたいと思って、ケンカレッスンを受けるようになったけど……）

今自分は、それ以上の力を欲《ほっ》していることを自覚する。

なぜなら、僕が守りたい女性《ひと》は、僕よりもはるかに強い女性《ひと》だから。

そこまで考えたところで、史季はかぶりを振る。折角この危機を無事に乗り切ったというのに、暗い顔をして雰囲気《ムード》に水を差すのはよろしくない。そう思った史季は、静かに、必死に、今心の内に渦巻いている感情が顔に出ないよう努めた。

◇◇◇

「松尾。あとは任せる」

その一言を最後に、入山は一人、中央広場を後にする。負けを悟るや否《いな》や、目をかけていた幹部に敗戦処理を押しつけ、さっさとヤードから脱出することを決断したのだ。

「ちょッ⁉　待ってくださいよ入山《いりや》――ぐわぁッ⁉」

松尾の断末魔じみた悲鳴を聞いて入山の胸に去来するは、彼への心配ではなく、もうすぐそこまで不良《ガキ》どもが迫っていることへの焦燥。つまりは己の心配。

同時に去来するは、不良《ガキ》ども如《ごと》きにしてやられ、自分の城であるヤードから尻尾を巻いて逃げなければならなくなった屈辱。

（ガキどもが……この俺を怒らせたこと、死ぬほど後悔させてやる！）

激しい怒りを滾《たぎ》らせながらヤードの奥へ移動し、スクラップの山の麓の地面に隠していた扉を開き、そこに設けられた地下へと続く階段を下りていく。階段を下りきった先にあるのは、警察《サツ》のガサ入れに備えて秘密裏につくらせた、緊急避難用の地下通路。

まずは地下通路からヤードの外に出て、最寄りの拠点《そこ》を目指す。

その拠点は、ヤードに比べたら格段に規模は小さいが、だからこそ警察《サツ》にはマークされておらず、日本刀《ポントウ》や短刀《ドス》といった武器や、今回のケンカにも使用し、《アウルム》内でも流行《はや》らせた危険ドラッグを保管するのに利用していた。

拠点に常駐させている構成員の数は一〇〇人にも満たないが、全員刃物《ヤッパ》で武装させれば、不良《ガキ》ども全員に地獄を見させることくらいは造作もないだろう。

(それにあそこの拠点には、俺のコ、レ、ク、シ、ョ、ン、もあるしなぁ)

最悪死人が出ても構わない。いや、見せしめに一人や二人殺《バラ》すくらいがちょうどいいかもしれない。そんなドス黒い思惑を胸に抱えながら、入山は地下通路をひた走った。

◇　◇　◇

「失《う》せろ失せろッ‼　今日からヤード《ここ》は、俺たちが丁重《て〜ちょ〜》に使ってやるからよぉッ‼」

荒井派の不良たちが、ヤードから《アウルム》の構成員を追い出す声が響き渡る。

斑鳩や朱久里の見立てどおり、聖ルキマンツ学園の不良と《アウルム》の大ゲンカは学園側の完勝に終わった。その後、まだ元気が有り余っている不良たちがヤード内を探索したり、宝探しのノリでスクラップの山を漁《あさ》る中、このヤードを根城の一つとして利用することに決めた荒井が配下の不良を使い、構成員たちを追い出しにかかったのだ。

数ではまだ圧倒的に《アウルム》の方が上回っているものの、そのほとんどが怪我人《けがにん》な上に、リーダーの入山が一人だけ逃亡してしまったせいで、構成員たちは最早《もはや》抗《あらが》う気力すら残っていなかった。それに加えて、常日頃から〝こういうこと〟をしていることが窺《うかが》い知れるほどに、手慣れた様子で追い出していく荒井派の手際《てぎわ》も手伝って、史季たちがいるヤードの中央広場にはもう一人の構成員も残っていなかった。

「いいのかよ、鬼頭センパイ。ヤード、荒井の根城《もん》になっちまうぞ」

煙草《たばこ》を吸うようにしてパインシガレットを咥《くわ》えながら、夏凜《かりん》は訊ねる。派閥としては少人数な小日向《こひなた》派と、斑鳩派やその他大勢の派閥にとって、ここまで大規模な根城は無用の長物だが、学園屈指の大所帯を誇る鬼頭派はその限りではない。それゆえの質問だったが、朱久里は「馬鹿言ってんじゃないよ」とばかりにため息をついてから夏凜に答えた。

「警察に目をつけられているような連中が使ってた拠点なんて、危なっかしくて使えたもんじゃないよ。ろくでもないお宝が眠ってようものなら、使ってるこっちが警察にしょっ引かれるかもしれないからねぇ」

だからこそ荒井派のことは放置する――そんなあくどい笑みを浮かべる朱久里に、夏凛はパインシガレットを咥えている唇を微妙に引きつらせた。

「そもそも、『いいのかよ』ってのはアタシの台詞《せりふ》だよ。アレ、あのままほっといてもいいのかい？」

「いいもわりーも、アレは半分くらいはセンパイのせいだかんな？」

そんなやり取りを交わしながら、夏凛と朱久里は二人してとある方角から露骨に目を逸《そ》らしていた。そして、その方角で繰り広げられているのは、

「はい！　これでもう大丈夫！」

不良男子の頬に布絆創膏を貼り付けた春乃《はるの》が、元気な声で処置が終わったことを告げる。

春乃の手当てを受けた不良男子は、微妙に頬を赤らめながら「お、おう……」と、ぎこちない返事をかえし、立ち去っていく。

手当てを受けるのはその不良男子だけではなく、かつて一年最強決定戦後に春乃が形成した応急処置待ちの行列を超える長蛇の列が、彼女の前に出来上がっていた。

そんな有り様に背を向けながら、朱久里は夏凛に言う。

「今回のケンカは規模が規模だからね。相応に怪我人が出るのはわかりきってたから、救護班の用意くらいはするさね。ただ……さすがに、アタシよりも先に桃園のお嬢ちゃんが救護班と合流した挙句、勝手に応急処置をおっ始めるとは思わなかったけど」

遠い目をする朱久里に苦笑しながら、夏凛は横目で春乃の様子を窺う。彼女の傍《そば》では、

「アリス！　そこの包帯とってくれ！」

「はいはい了解っす！　ってゆうか、なんでぼくこんなことやらされてんすか⁉」

「それ割りとおいらの台詞！　あ、桃園ちゃん、追加の消毒液ここ置いとくね」

春乃と一緒に行動していたせいで手伝いをやらされるハメになった美久《みく》と、なぜか巻き込まれて同じように手伝いをやらされるハメになったアリスと服部《はっとり》が、てんてこ舞いになっていた。その様子を、夏凛たちの傍で、足を投げ出すようにして地面に座って眺めていた千秋が気怠《けだる》げに言う。

「アイツら元気だなぁ。こっちは不良《バカ》ども助けただけでお疲れだってのに」

「あら、ちーちゃん。そんなに疲れてるならワタシがマッサージして――あぁん♥」

いつもどおりにセクハラしようとした冬華が、いつもどおりにスタンバトンで成敗される様を見届けてから、夏凛は、ここから少し離れたところにいる史季と斑鳩《いかるが》に視線を移す。

夏凛もそうだが、史季も斑鳩も、学園の不良たちが《アウルム》の構成員たちとやり合っている間に、春乃に怪我の具合を診てもらっていた。夏凛は転んだ際に膝を擦りむいた以外はほぼ無傷で、史季は夏凛を、斑鳩は史季を庇《かば》った際に蹴られた背中がところどころ青じんではいるものの、当の二人からしたら気にも留めない程度の怪我でしかなかった。

斑鳩に関しては、自分絡《がら》みの揉《も》め事《ごと》に巻き込まれて拉致られた五人の不良に、落とし前

として自分のことを好きなだけ殴っていいと提案し、空気を読んだのか読めていないのか、五人を代表して白石がここぞとばかりに斑鳩を一発ぶん殴ったため、彼だけは頬に一つ分、余計に怪我を負っていた。

その一発だけでは殴られ足りないのか、それとも単純に暴れ足りないのか。夏凛が視線を朱久里《あぐり》に戻そうとしたタイミングで、斑鳩は性懲りもなく史季を口説きにかかる。

「にしても、最後は何もせずに見てただけだから消化不良もいいとこだな。つうわけだから折節、最後にいっちょオレとケンカしてみねえ？」

懲りねーな斑鳩センパイも――と、呆《あき》れ交じりに朱久里に言おうとした夏凛だったが、

「いいですよ」

と、史季が即諾したことに、夏凛はおろか、朱久里も、傍にいた千秋と冬華も、思わずといった風情《ふぜい》で史季たちの方に振り向いた。

◇◇◇

まさかの返答に、斑鳩が「マジかッ⁉」と喜びと驚きの声を上げる中、千秋と冬華が泡を食ったように史季のもとに駆け寄ってくる。

「おいおい、パイセンのケンカ買うなんて正気か⁉　オマエもしかして頭に一発良《い》いのも

らったんじゃねぇのか⁉」

「待って、ちーちゃん！　もしかしたら熱があるかもしれないわ！　とゆ〜わけだから〜、何度あるかは、しーくんのしーくんで計ってみま——ひゃん♥」

冬華が史季の股間に手を伸ばそうとしたところで、千秋のスタンバトンが炸裂《さくれつ》する。

いつもどおりすぎるやり取りはさておき。

心配してくる二人に対し、史季は悲鳴じみた声で否定した。

「だ、大丈夫だから！　頭は殴られてないし、熱もないから！」

そんな中、千秋たちに遅れてこちらにやってきた夏凛が、どこか少しだけ不機嫌な物言いで訊《たず》ねてくる。

「理由、聞かせろよ」

もとよりそのつもりだったが、この問いに対しては真摯に答えなければならないと思った史季は襟を正し、自分の中でもいまだ明確になっていない、斑鳩のケンカを買わなければならないと強く思った理由について思案した。

何度も誘ってくる斑鳩に対して、何度も断りを入れるのは悪いと思う感情がなかったと言えば嘘《うそ》になる。《アウルム》とのケンカにおいて、直接庇ってくれたことに恩義を感じているからという思いも確かにある。けれどそれらは、決定的な理由と呼ぶにはそれこそ決定的に足りない。買わなければならないと思えるほどの強い理由ではない。

純粋に一人の男として、斑鳩獅音《れおん》という男に惹《ひ》かれるものを感じた——そちらの方が、理由としてはまだ近い気がする。

ケンカ好きだったり、女好きの上に付き合う彼女が地雷率一〇〇パーセントだったり、けっこうなトラブルメーカーだったりと、お近づきになりたくない要素が満載なのに不思議と突き放す気にはなれない。夏凛が認めるほどにケンカが強いのに、嵩《かさ》にかかるような真似《まね》も、ましてや力で従わせるような真似もしない。

落とし前のためなら平気で自分のことを殴らせるし、味方を守るためならば、それがたいして親しくもない相手であっても平気で体を張る。そんな人柄だからか、大勢の学園の不良を、誰の言うことも聞かなそうな荒井さえも動かしてみせて。

そんな人だからこそ、知りたいと思ったのかもしれない。

あるいは、そんな人だからこそ、知っていると思ったのかもしれない。

大切な女性《ひと》すら守れるくらいの、〝強さ〟というものを。

（……ああ、そうか……）

だからか。だから僕は、斑鳩先輩のケンカを買わなければならないと、強く強く思ったのかもしれない。

この人と拳を交えたら、〝強さ《それ》〟を知ることができるかもしれない。そんな予感を覚えたから、僕は斑鳩先輩のケンカを買ったんだ——と、史季は確信する。

けどさすがに、目の前の大切な女性《ひと》に向かって「あなたを守れるくらいの〝強さ〟を知りたかったから」などと答える気概は、どこまでいっても草食動物な史季にあるわけもなく。そこだけは真摯とは言えないことに加えて、ケンカを買う相手が斑鳩である以上まず間違いなく心配させてしまうことに申し訳なさを覚えながらも、ただ一言、嘘偽りのない答えを夏凜に返した。

「僕自身のために」

「……そのために、斑鳩センパイのケンカを買ったってのか？」

夏凜の目を見て、力強く首肯を返す。

その決意が、覚悟が伝わったのか、夏凜は深々とため息をつくと、

「相手は斑鳩センパイだ。無理するなとも無茶するなとも言わねーし、絶対に勝てなんて言うつもりもねー。けど……」

こちらの胸をコツンと軽く小突くと、先の言葉とは矛盾した応援《エール》を、真剣に、真摯に、史季に贈った。

「買ったからには負けんじゃねーぞ、史季」

◇◇◇

最近になってメキメキと頭角を現した折節史季が、斑鳩獅音のケンカを買った。そんな面白い話に、学園の不良たちが飛びつかないわけがなく。

春乃の応急処置が終わり次第、広場の中央にいる史季と斑鳩を遠巻きにする形で、不良たちは揃《そろ》いも揃って観戦の態勢に入っていた。そして、どの不良よりも二人のケンカを楽しもうとしているのが、斑鳩派の不良たちだった。

「で、お前さんら。どっちに賭けるよ？」

財布から一〇〇〇円札を一枚取り出しながら、服部が派閥メンバーに問いかける。

「お？　お前がそんなことを言い出すってぇことは、やっぱ折節は、獅音相手に賭けが成立するほどの相手ってことか」

言いながら、派閥メンバーの一人が一〇〇〇円札を取り出し、服部に預ける。

「折節に賭ける。あいつの蹴りを実際にくらったから断言させてもらうが、いくら獅音でもアレをまともにくらったらやべぇ。ワンチャン以上はあると俺は睨《にら》んでる」

「言《い》っても、折節のキックは斑鳩に比べて直線的すぎるからな。俺は斑鳩の方に賭けさせてもらうわ」

実際に折節にケンカを売って返り討ちに遭ったメンバーたちが、次々と服部に一〇〇〇円札を預けていく。

斑鳩も含めた派閥メンバーを対象にケンカで賭けを行う場合、胴元は服部が務めること、賭け金は一〇〇〇円ポッキリであること、賭けに勝った者に負けた者たちの賭け金を分配する決まりになっていることは、斑鳩派の間では暗黙の了解となっていた。

《アウルム》とケンカをするために集まったメンツだけあって、誰も彼もがしっかりと分析した上で賭けていく中、

「もっちろん、ぼくはれおん兄《にい》に賭けるっすよ」

分析もへったくれもなく、斑鳩への信頼一点張りで一〇〇〇円札を預けてくるアリスに、服部は苦笑する。

「ったく、それでレオンが負けたらギャーギャー文句言うんだから、ほんっと良い性格してるよな」

「ふふ～ん、褒めても何も出ないっすよ。あとれおん兄は負けないっすから」

「いや、何一つ褒めてねェよ」

とツッコんだところで、派閥メンバーの一人が服部に訊ねる。

「それで、お前はどっちに賭けるんだ？」

「そうだな……お前らの賭けの比率が、レオンが七で、折節くんが三といったとこだから

……」

服部はニヤリと笑い、宣言する。

「おいらは折節くんが勝つ方に賭けるわ」

「……相変わらず友達甲斐《がい》のない賭け方するっすね、しょー兄」

「友情《それ》は友情《それ》、賭け《これ》は賭け《これ》ってな。それに、相性って意味じゃレオンと折節くんは良すぎると、おいらは睨んでる。だから、お前さんらが思ってるほど分の悪い賭けにはならねェはずだ」

服部の言っている言葉の意味がわからず、アリスはおろか他の派閥メンバーまでもが訝《いぶか》しげな顔をする。そんなやり取りを、やや離れた位置で聞いていた——というか、斑鳩派の面々が揃いも揃ってデカい声で話しているせいで否応《いやおう》なしに聞かされていた荒井は、どこかうんざりとした顔をしながら「ふん」と鼻を鳴らした。

「相変わらず騒々しい連中だな」

隣にいた荒井派のナンバー２——大迫《おおさこ》も、同じようにうんざりとした顔をしながら、うんざりとした声音でぼやいていると、

「どうやら氷山にやられた傷は癒えたようだな、大迫」

事実上、鬼頭派のナンバー３にあたる坂本《さかもと》が突然話しかけてきて、大迫は渋面をつくる。

「やられたわけではない。ただ、少しばかり油断してしまっただけだ」

「それをやられたと言っているのだがな」

「抜かせ……！」

大迫は坂本に眼《ガン》を飛ばし、坂本はそれを真っ向から受け止める。

坂本に遅れてやってきた蒼紘《あおい》がその様子を見て、楽しげな笑みを浮かべた。

「珍しいね。坂本クンが誰かに突っかかるような真似をするなんて」

「アンタが入ってくる前は、坂本が鬼頭派《うち》のナンバー2だったからねぇ。ナンバー2同士、それなりに因縁があったってわけさね」

蒼紘とともにやってきた朱久里が肩をすくめる中、荒井は、大迫以上に露骨に渋面をつくりながら鬼頭姉弟に言う。

「何しに来た、貴様ら」

「そんな顔をされるのがわかってたから、アタシは気が進まなかったんだけどねぇ」

言いながら横目で弟を見やり、それに応じるようにして蒼紘は姉に代わって答える。

「なに、荒井クンがどっちが勝つと思ってるのか、ちょっと気になってね。あ、斑鳩《いかるが》派みたいに賭ける必要はないよ。荒井クンは如何《いか》にもハズれたら踏み倒す手合いだからね」

「ふん」と、鼻を鳴らしはするものの、殊更《ことさら》否定することなく荒井は答える。

「考えるまでもない。折節如《ごと》きが斑鳩に勝てるわけがないだろう」

「その〝如き〟に、ボクもキミも負けてるんだけどね」

先程の姉と同じように肩をすくめる蒼紘を、荒井は不快げに睨みつけた。

「その言い草……貴様は、折節が勝つと睨んでいるようだな」

「まあね。なにせ折節クンはボクに勝った相手だからね。彼が勝つという根拠としては、

「要は、自分に勝った相手には負けてほしくないというだけの話か。負け犬の発想だな」

それで充分だよ」

「それ、折節クンにも斑鳩クンにも負けた人間が言う台詞《せりふ》じゃないと思うけど」

荒井の双眸《そうぼう》に威圧的な殺意が宿り、蒼紘の双眸が抜き身の刃のように鋭くなる。

偶然周囲に居合わせた不良たちが、そのあまりの緊張感に息を呑《の》む中、朱久里《あぐり》は呆《あき》れた顔をしながらパンパンと手を打ち鳴らした。

「はいはい、その辺でやめときな二人とも。今回の主役は斑鳩と折節の坊やだ。それを無視しておっ始めたところで、野暮にしかならないよ」

今このタイミングで、史季と斑鳩を無視してケンカを始めるのはない——そのことは蒼紘のみならず、荒井でさえも重々に承知しているようで、二人とも朱久里に言われたとおりに大人しく引き下がった。

ただ、このまま黙って引き下がるのも癪《しゃく》だと思ったのか、荒井は朱久里に問いかける。

「そういう貴様はどうなんだ？」

「どうって……ああ、斑鳩と折節の坊やの、どっちが勝つかって話かい」

不親切極まりない問いを瞬時に理解した朱久里は、「そうだねぇ……」と少し考えてから答える。

「普通にやったら、まず斑鳩が勝つだろうね」

その言葉を聞いて、荒井は挑発的な微笑を蒼紘に向ける。敬愛する姉の言葉だからか、蒼紘は少し悔しげに口ごもるだけで一つの反論もよこさなかった。

「だけど、斑鳩が気に入った相手とケンカした際は普通じゃ済まないことも、それこそ荒井《アンタ》の方がよくわかってるんじゃないかい？」

斑鳩のケンカをろくに見たことがない蒼紘が、姉の言葉の意味がわからずに眉をひそめる中、それこそ朱久里に言われるまでもなく嫌というほどによくわかっていた荒井が、舌打ちを漏らす。

「折節の潜在能力《ポテンシャル》次第では、斑鳩に勝つこともあり得る……そう言いたいのか？」

「ああ。斑鳩が気に入った相手とタイマンを張った場合、どういうわけか、その相手の力を一〇〇パーセント以上にまで引き上げるようなケンカになっちまう傾向にあるからねぇ。そして、折節の坊やは潜在能力《ポテンシャル》という点においては蒼紘にも引けを取らないときている」

しれっと弟自慢を織り交ぜる朱久里に荒井が微妙な顔をする中、話を続ける。

「そういった意味じゃ、斑鳩と折節の坊やは相性が良すぎる。だからこのケンカ、アタシは五分五分だと見ている」

服部《はっとり》と同じ言葉を使って自分の見解を述べて、蒼紘はおろか荒井ですら納得させつつも、どちらが勝つのかという問いに対しては、しれっと答えていない朱久里だった。

そんな彼女たちとは――というよりも、荒井とは互いに自然と距離をとり合っていた夏《か》凛《りん》に、春乃《はるの》が話しかける。

「あの夏凛先輩……史季先輩と、え〜っと、れおん?……先輩とのケンカ、止めなくていいんですか?」

「いいんだよ。てか、この場合、止める方が良くねーくらいだしな」

そんな夏凛の返答を聞いて、傍《そば》にいた千秋と冬華が会話に交ざってくる。

「そこまで言い切るなんて意外だな。てっきりオマエは、ウチら以上に大反対するもんだとばかり思ってたぞ」

「りんりんってば、斑鳩先輩のケンカは買うなって散々しーくんに言ってたのにね〜」

「いや、散々は言ってねーし、『買うな』っつうよりは『買わなくていい』って言ってただけだし」

とは言いながらも、二人のいないところで「間違っても、ケンカ買ったりなんかすんじゃねーぞ」と、史季に釘《くぎ》を刺したことがあったのはさておき。

「史季が男見せようとしてんだ。黙って送り出してやんのが、女の見せどころってもんだろが」

後半の言葉は、自分で言っておきながら途中で恥ずかしくなってしまい、いやにゴニョゴニョしていた。もっとも、頭上に「?」を浮かべながら小首を傾《かし》げている春乃はともかく、ニヨニヨと笑っている千秋と冬華はバッチリ聞き取っている様子だが。

そんな二人の反応を見て余計に恥ずかしくなった夏凛はそっぽを向きながらも、斑鳩と対峙《たいじ》し、何事か話している史季を見つめる。

(斑鳩センパイとケンカして無事で済むわけなんてねーから、正直心配は尽きねーけど……)

史季は、自分の意思で斑鳩のケンカを買った。

それも、今までのように誰かのためではなく、自分自身のために。

(だったら、黙って見守ってやろうじゃねーか)

それでもなお漏れ出る心配が自然と拳を作らせる中、心の内のとおり夏凛はただ黙って史季のことを見守り続けた。

◇◇◇

「しっかし、このタイミングでケンカを買ってくれるとはな〜。お互いベストってわけにはいかねえけど、見たとこたいした怪我《けが》がないのもお互い様だし、条件としちゃあ悪くねえかもな」

上機嫌に話しかけてくる斑鳩に対し、史季は、こちらを取り囲むようにして観戦の構えを見せている不良たちに視線を巡らせてから、情けない声音で抗議する。

「で、でも、この状況はさすがに『悪くない』とは言えないと思うんですけど……」

「それこそ、このタイミングでケンカを買っちまったオマエがわりぃって話だ。どいつもこいつもさっきの大ゲンカの熱が残っててノリノリになってるし、そこはもう諦めろとしか言えねえな」

斑鳩は「そもそも」と、こちらを指差しながら言葉をつぐ。

「オマエだって、さっきの大ゲンカの熱が残ってたから、ケンカを買ったって側面《とこ》もあんだろ?」

否定できず、口ごもる。いつもの史季ならば、このまま精神《メンタル》が弱気に向かっていってもおかしくないのに、今は少しもそんな気配を感じない。それこそ《アウルム》との戦い《ケンカ》の熱にあてられた心が、密《ひそ》かに、確かに、燃えているかのように。

そのせいか、知らず苦笑を浮かべながら、史季は「ですね」と肯定した。

「そんじゃ、ぼちぼち始めてもいいか?」

どこまでも軽いノリで言ってくる斑鳩に苦笑を深めながら、史季は答える。

「いいですよ」

史季と斑鳩を包んでいた空気が、瞬《また》く間《ま》にひりついていく。

次の瞬間――

まるで申し合わせたかのように。

史季と斑鳩は全く同時に、相手の側頭部目がけてハイキックを繰り出した。

「く……ッ！」

「うおっと！」

史季と斑鳩は、ハイキックを繰り出してすぐに左腕を上げて、相手のハイキックを防御する。そこまでの流れは鏡映しのように同じだったが、防御してからの流れには明確な違いが生じていた。

史季がハイキックの威力に押されて体が傾《かし》ぐ程度で済んでいたのに対し、斑鳩は左腕の防御の上から側頭部を蹴られたことで横にふらつき、倒れそうになったのだ。

斑鳩の方が史季よりも一五センチ近く背が高い分、相手の頭にハイキックを届かせる労力は史季の方が格段に上。にもかかわらずの結果だから、初手に限れば完全に史季の勝ちと言っても過言ではなかった。

「おいおい、ちょっと効いてんぞ～ッ！」

「やっちまえ折節ッ！」

「チャンスだチャンスッ！」

野次に近いとはいえ、まさかの不良たちの声援にこそばゆさを覚えながら、史季はここぞとばかりに追撃のローキックを叩《たた》き込む。

「痛《い》……ッ!?」と、悲鳴を噛《か》み殺《ころ》しながら表情を歪《ゆが》める斑鳩の左頬に、連携《コンビネーション》のパンチ

を叩き込もうとするも、

「!?」

斑鳩《いかるが》も負けじとパンチを放ち、お互いの左頬に拳が突き刺さった。

体勢は斑鳩の方が悪かったものの、パンチの練度と威力の差がその不利を覆《くつがえ》し、ハイキック勝負とは逆に、史季の方がたたらを踏んでしまう。斑鳩はここぞとばかりに、史季のローキックをくらった直後であるにもかかわらず、左脚を軸にしながらハイキックを放ってくる。史季は半ば反射的に、左腕で側頭部を守ろうとするも、

「!?」

再び、驚愕《きょうがく》が史季を襲う。斑鳩の蹴り足が逆Ｖ字を描き、ハイキックからローキックに変化したのだ。無意識ですらも反応が利かなかった史季はローキックをもろにくらってしまい、表情を歪める。

「これでおあいこだな！」

斑鳩は楽しげに叫びながら、今度はローキックを放ってくる。軌道が変化する斑鳩の蹴り技に対応できる気がしなかった史季は、即座に飛び下がってそれをかわした。

当然のように追撃してきた斑鳩が、矢のような右ストレートを放ってくる。キックよりは劣るというだけで、斑鳩のパンチは充分すぎるほどに必殺の威力を秘めている。そのことを先の相討ちで身をもって思い知った史季は、半身になることで、紙一重

で右ストレートをかわした。

斑鳩はなおも間合いを詰めながら、次々と飛矢の如《ごと》きパンチを繰り出してくる。拳速《ハンドスピード》に限れば本気の夏凜と比べても遜色なく、それゆえに捌《さば》き切れなかった左のフックが脇腹に突き刺さり、史季の表情がまたしても苦痛に歪む。

キックもろくに繰り出せない近距離戦。この距離はまずいと思った史季が、慌てて飛び下がった刹那、ここぞとばかりに斑鳩がハイキックを繰り出してくる。

キックの距離は、自分のみならず斑鳩の土俵でもある。あらためて、目の前にいる相手が自分の上位互換のような人間だと痛感しながらも、左腕でハイキックを受け止――

(え……？)

一瞬にも満たない刹那、史季は瞠目《どうもく》する。

左腕に迫っていたはずの蹴り足が、突然視界から消えたのだ。

いったい何が？――と思う間《ま》もなく、頭上から激烈な衝撃が迸《ほとばし》る。

衝撃《それ》によって下を向いた史季の顔を起こすように、斑鳩はアッパーカットで顎を撥《は》ね上げる。さらなる衝撃によって切れかけの電球のように視界が明滅する中、史季は背中から地面に倒れた。

◇　◇　◇

不良たちが好き勝手野次を飛ばす中、夏凛《かりん》は史季を襲った衝撃の正体を口にする。

「出た、ブラジリアンキック。あれ、途中まで完っ全にハイキックの軌道でくるから、マジ見づれーんだよなぁ」

そんな夏凛の言葉どおり、ブラジリアンキックはハイキックから変化する蹴り技で、円を描くようにして相手の頭上に落とすその軌道から縦蹴りとも呼ばれている。史季の視界から蹴り足が消えたように見えたのも、頭上という死角まで円軌道で蹴り足を上げられたせいに他ならない。斑鳩のように脚が長く、なおかつ股関節が柔らかい人間だからこそ繰り出せる、不良のケンカではまずお目にかかることがない妙技だった。

「おいおい折節、もうちょっと粘ってくれよッ！」

「さすが斑鳩だなッ！」

「おぉッ！」

「折節がケンカ買ったこと賛成した時点で、オマエはオマエで腹ぁくくってるのはわかってたけど、さすがにもうちょい折節のこと心配してやってもいいんじゃねぇか？」

そんな言葉どおりにちょっとだけ史季のことを心配している千秋に、夏凛は得意げな笑みを浮かべながら答える。

「別にまだ心配するような状況じゃねーからな。見てな、史季はすぐに起き上がっぞ」

◇◇◇

まさしく夏凛が言ったとおり、史季はすぐさま立ち上がった。

まだ終わりではないことに不良たちが沸き立つ中、斑鳩は嬉《うれ》しげに頬を緩める。

「やっぱりな。オマエならすぐに立ち上がってくれると思ってたぜ」

「立ち上がってくれるですか」

倒すべき相手が倒れないことを望むような言い草に苦笑しながら、史季は頭の片隅で先程受けたダメージを確認する。実のところ、二撃目となるアッパーのダメージは、殴られる方向《ベクトル》に合わせて体が反射的に跳躍《ジャンプ》してくれたおかげで、派手に倒れた見た目ほどは効いてなかった。しかし一撃目となる見えないハイキックは、全く反応できなかったせいもあってか、いまだ頭に鈍い痛みを残していた。

（たぶんこれが、前に夏凛が言っていたブラジリアンキックだ）

以前、夏凛が斑鳩の初見殺しについて語った際に出てきた、ネリチャギとブラジリアンキックについては、史季は後日ちゃっかりとネット検索して、どういう技であるのかを確認していた。そこで得た知識と、実際にこの目で見た動画から鑑《かんが》みるに、視界から消えるような蹴り技はブラジリアンキック以外には考えられなかった。もっとも技の正体がわかったからといって、ブラジリアンキックに対応できるかどうかは別問題だが。

「そんじゃ、再開といくぜ！」

叫びながら、斑鳩が右のハイキックを繰り出してくる。上段《ハイキック》から下段《ローキック》に変化されるだけでも手を焼いているというのに、そこに最上段《ブラジリアンキック》まで交ざってしまうとなると手のつけようがない。そう思った史季が飛び下がってやり過ごそうとするも、

「な〜んてな」

斑鳩はハイキックのモーションを中断すると同時に、その足を大きく前に踏み出すことで、飛び下がった史季に追いすがる。と同時に、着地直後の史季の右脚目がけて、左のローキックを繰り出した。

半ば反射的に脚を上げてローキックを防御しようとするも、まるでその行動を見越していたように、斑鳩の左脚が離陸した飛行機じみた軌道をとりながらハイキックに変化する。

防御が間に合わず側頭部を蹴られ、史季の体が盛大に横に転げる。

傍《はた》から見れば、斑鳩のキックの威力が凄《すさ》まじいように見えるが、その実、史季がハイキックをくらいながらも無意識の内に横に転げたため、先のアッパーと同様、見た目ほどのダメージはなかった。が、それはあくまでも〝見た目ほど〟というだけの話で、即座に立

ち上がった史季の体はわずかにふらついてしまう。

左脚だろうが右脚と同じようにキックの軌道を変化させるだけにとどまらず、威力さえも右脚と遜色ないほどに強烈だった。

当然、斑鳩がその隙を見逃すわけもなく、右のハイキックを繰り出してくる。

（ほんと、僕はこればかりで夏凛に呆《あき》れられるかもしれないけど！）

覚悟を決めた史季は、防御も回避も捨てて、斑鳩と同じようにハイキックを繰り出す。

ここにきての相討ち戦法。斑鳩は「マジか」と驚きながらも、微塵《みじん》も緩めることなく右脚を振り抜く。そんな斑鳩の対応に、史季は史季で少なからず驚きながらも、彼と同じように微塵も緩めることなく右脚を振り抜いた。

互いの足背《そくはい》が、全く同時に相手の側頭部を捉える。斑鳩は勿論《もちろん》、史季も無意識ですら相手のハイキックの威力を逃がすことができず、二人揃《そろ》って蹴られた方向に倒れてしまう。

まさかのダブルノックダウンに不良たちが地鳴りじみた歓声を上げる中、史季はふらつきながらもどうにか立ち上がる。斑鳩も同じように立ち上がろうとするも、

「おぉ……ッ⁉」

ダメージは向こうの方が大きかったらしく、立ち上がり損ねて片膝をつく。

これもまた、以前夏凛が斑鳩の初見殺しについて語った時の話になるが、キック力に関しては史季に軍配が上がると彼女は言っていた。そのことをしっかりと憶《おぼ》えていたからこ

その相討ち戦法であり、狙いどおりにいったと確信した史季は、今にも笑いそうになる膝に活を入れ、片膝立ちの斑鳩に目がけてハイキックを繰り出した。

「やっべ……！」

絶体絶命の状況にあってなお笑みを浮かべながら、斑鳩はハイキックから逃げるようにして横に転げて難を逃れる。すぐさま追撃をかけようとした史季だったが、転げた勢いをそのままにゴロゴロと転がり逃げていく斑鳩を見て、思わず足を止めてしまう。

「ふはははははッ！　転がってる相手ってのは、意外と攻撃しにくいだろッ！」

ドヤ顔で立ち上がる斑鳩だったが、史季のハイキックがまだ効いていたのか、それとも転がりすぎて目が回ったのか、その足取りは酔っ払いのように覚束《おぼつか》なかった。

微妙に気が抜けそうになった心を引き締めながら、史季は、ふらついている斑鳩の左脚目がけてローキックを繰り――

「⁉」

――出すよりも早くに伸びてきた斑鳩の左脚が、史季の想定よりもはるかに早くに史季の右脚とぶつかる。直後に訪れた激痛に、さしもの史季も呻《うめ》いてしまう。

互いの脚がぶつかり合った――そう聞けば、ただの相討ちのように思われるかもしれないが、ぶつかり合った箇所が、史季にとっては最悪で、斑鳩にとっては最良だった。

その箇所は、史季が脛《すね》で、斑鳩が踵《かかと》。つまりは史季が、弁慶の泣き所とも呼ばれている人体の急所で、人体の中でも硬い部位にあたる踵を蹴ってしまった格好になっていた。

当然それは斑鳩が狙ってやったことであり、史季のローキックの威力に押されてたたらを踏みながら、いまだ力が入りきらない両脚で踏み止《ふ　とど》まる。

続けて、激痛で動けなくなっている史季の鳩尾《みぞおち》目がけて、ボディブローをお見舞いした。

斑鳩の脚にはいまだ力が入っていないため、ダメージそのものは重いと呼べるほどではなかったが、的確に鳩尾を殴られたせいで数瞬、史季の呼吸が止まる。

さらなる拳撃が二度三度と史季の頬を打ち、その度に着実に拳の重さが増していく。

脚に力が入り始めている。だからこそ、これ以上攻められ続けたらまずいと思った史季は、右脛の痛みに耐えながらも殴り返した。

反撃を予想していなかったのか、当たり所が良かったのか、左頬を殴られた斑鳩が一歩後ずさる。

キックを繰り出すチャンス。瞬時にそう判断した史季は、すぐさまハイキックを――

「――ッ!!!?」

突然、先のアッパーとは比較にならないほどの衝撃が、史季の顎を撥ね上げる。

斑鳩の右脚が高々と振り上がっているところを見るに、顎を撥ね上げた衝撃の正体が蹴り上げであることは明白。問題は、史季にそれが全く見えなかったことにあった。

異常なまでの蹴速に加えて、ノーモーションで蹴り上げを放たれたことで、無意識下ですら反応ができなかった史季は、先のアッパーのように殴られた方向《ベクトル》に飛んで威力を逃がすことすらできず、まともに顎を蹴られてしまった。

そのせいで脳が揺れたのか、ぐにゃりと視界が歪《ゆが》む中、史季は倒れることだけはかろうじて堪《こら》える。不良《ひと》によっては史季の耐久力《タフネス》と根性を称賛する者もいるだろう。だが今この瞬間においては、倒れないことは最も打ってはいけない悪手だった。

斑鳩は蹴り上げによって高々と上がった己の踵を、史季の脳天目がけて勢いよく振り下ろす。次の瞬間、約束組手でもそうそうお目にかかれない芸術的なまでの踵落とし《ネリチャギ》が炸裂《さくれつ》する。その凄まじい威力に視界が歪む中、史季は力なく斑鳩の眼前で倒れ伏した。

◇　◇　◇

「えぐいのが入ったな」

「こりゃ決まりだろ」

「やっぱ強《つえ》えな、あのパイセン」

蹴り上げからの踵落としの連携に戦《おのの》く不良たちに同意するように、冬華は痛ましげな顔をしながら断言する。

「これは、さすがに立てないわね……」

「相手は斑鳩《いかるが》パイセンだからな。よくやった方だろ……」

同じように同意する千秋も、表情に痛ましさを滲《にじ》ませていた。

「わ、わたし、史季先輩を診てきます！」

すぐさま走り出そうとした春乃《はるの》の肩を、隣にいた夏凛が摑《つか》んで引き止める。倒れ伏す史季を、真《ま》っ直《す》ぐに見つめながら。春乃の肩を摑む手を、わずかに震えさせながら。

「まだだ、まだ終わってねーっ」

その言葉どおりに、史季がゆっくりと立ち上がる。

勝負が決まったとばかり思っていた不良たちが、どよめき始める。

同じように思っていた千秋も、春乃も、冬華でさえも驚いたように目を見開いた。

「あれで立つのかよ……」

「折節《あいつ》も大概だな……」

「荒井や鬼頭に勝てるわけだよ……」

誰も彼もが驚き、誰も彼もが畏怖を吐き出す。四大派閥の頭《トップ》である朱久里《あぐり》でさえも唖然《あぜん》とし、実際に史季とやり合った荒井と蒼絃《あおい》が、当時のことを思い出して表情を苦くする。

そんな中、斑鳩だけは、門限が過ぎたのにもう少し遊んでいいと親に許してもらえた子供のように、無邪気に嬉しげに笑った。

◇　◇　◇

かつて荒井や蒼紘を相手に、勝負を決するほどの一撃をくらってなお立ち上がった時と同じように、史季は気力を振り絞って立ち上がる。

目の前に立つ、斑鳩の屈託のない笑みに引っ張り上げられるように。

蹴り上げで脳を揺らされ、踵落としで脳天を強打されたことで視界も足元も覚束《おぼつか》ない中、斑鳩のことをつくづく不思議な先輩だと薄《うす》ぼんやりと思う。

荒井にしろ蒼紘にしろ、フラフラになってなお立ち上がる史季を見た際は、怯《おび》えすら抱いた目をこちらに向けていた。「なぜ立てる？」「なぜまだ戦える？」と言いたげな顔をしながら。

だが、斑鳩は違う。勝利を確信してもおかしくないほどの一撃を――いや、二撃を決めたにもかかわらず、立ち上がってきた史季を見て、嬉しそうに笑った。「まだ立ってくれるのか」「まだオレとケンカをしてくれるのか」と言いたげな笑顔をしながら。

……いや。

彼の笑顔に浮かんでいるのは、それだけではない。立ち上がってくれた史季に対する感謝は勿論のこと、フラフラになってなお立ち上がる根性を見せた史季に、敬意にも似た感情を抱いていることを、笑顔から読み取ることができた。

こちらよりも年上であるにもかかわらず。四大派閥の頭《トップ》であるにもかかわらず。

（ああ……そうか）

不良たちの多くは、どちらが上で、どちらが下なのか、つまりは優位《マウント》をとることに拘《こだわ》る傾向にある。荒井などはまさしくその典型であり、不良味《ふりょうみ》の薄い蒼紘でさえも、学園の頭《トップ》を目指しているだけあって自分が上に立つことには拘っている様子だった。

だが、斑鳩には上下《それ》がない。

学園の頭の座になんて少しの興味も示していないし、ケンカをしている理由も、どちらが上でどちらが下か白黒つけるためではなく、あくまでもケンカそのものを楽しむため。

だから、彼にとって自分とケンカをしてくれる相手は、誰であろうとも等しく対等な存在であり、敬意を抱くに値する存在なのだ。

その在り方こそが、斑鳩の〝強さ〟であり、魅力なのかもしれないと史季は思う。

ケンカ中の斑鳩は、挑発したり、調子に乗ったり、ふざけたりもしているが、それはあくまでも目の前のケンカを全力で楽しんでいる結果であって、相手のことを侮《あなど》っているわけでは断じてなかった。

なぜならケンカ中の斑鳩は、たとえ相手が自分よりも弱いとわかりきっていても、油断らしい油断は一切見せなかった。

先日路地裏で史季と夏凛《かりん》に絡《から》んできた男たちを相手にした時も、今日大勢の《アウルム》の構成員を相手にした時も、今この瞬間史季の相手をしている時も。

逆に、たとえ自分よりもはるかに強い相手とケンカすることになったとしても、《アウルム》との三対数百という絶望的なケンカを前にしても笑っていられたところを見るに、斑鳩は微塵も恐れないどころか嬉《うれ》しげな笑みを浮かべることだろう。

誰が相手であっても、侮りも、恐れもない。その在り方は、史季が守りたいと強く思った女性《ひと》のそれとはまた違う、一つの〝強さ〟の形だと史季は確信する。

同時に、もう一つ確信する。その〝強さ〟は、あくまでも斑鳩獅音《れおん》の強さであって、自分が身につけられるようなものではないことを。

そしてそれこそが、答えであることを。

（本当に身も蓋もない話だけど、結局僕が求める〝強さ〟は、僕自身で見つけるしかないというわけか……）

大切な女性《ひと》を守れるくらいの〝強さ〟を知りたい──そう思って斑鳩のケンカを買ったことを鑑《かんが》みれば、この答えは振り出しに戻ったも同然のものだけれど。

不思議と、斑鳩とケンカをやる前に胸に渦巻いていた暗鬱とした弱気や自虐は、綺麗《きれい》さっぱり消え失《う》せていた。

正直、斑鳩のようにケンカを楽しむなんて真似《まね》は、自分にはできる気がしない。

だから、失礼を承知で表現させてもらうと、もう少し斑鳩のようにバカになってみようと史季は思う。バカになって、目の前のケンカに没頭してみよう。

そうしたら、僕なりの〝強さ〟というものを、少しは見つけられるかもしれない。

根拠もなければ、非論理的にも程があるけれど。この確信は、これまでに抱いたどの確信よりも信じられる――それこそ確固たる確信をもって、史季は心の内で断言した。

◇◇◇

「あんなのもらって立ち上がるとはねぇ……蒼紘とのタイマン動画を見た時もそうだったけどほんとにタフだね、折節の坊やは」

だからこそ、弟にとって大きな壁になるかもしれない――そんな危惧を抱いていた朱久里に、まさしくその弟が話しかけてくる。

「姉サン……姉サンが、今のボクじゃ斑鳩クンとやり合っても勝ち目が薄いと言った意味、少しだけわかった気がするよ」

そう言って蒼紘は、史季と対峙《たいじ》している斑鳩を悔しげに見つめる。

「あそこから立ち上がってきた折節クンを見て、あんな嬉しそうに笑うなんて真似は……ボクにはできる気がしない」

　そんな蒼紘を見て、荒井はつまらなさげに「ふん」と鼻を鳴らした。

「折節を無駄に大きく評価するのは気に食わんが、だからといって同じように斑鳩を評価するのも気に食わんな」

　そう言って、当人ですら気づいていない笑みを頬に刻みながら、言葉をつぐ。

「あいつはただ、一秒でも長くケンカがしたいだけの大バカだ」

　その言い草こそ、斑鳩を最大級に評価している証《あかし》だと思うけどねぇ——と、朱久里は心の中で思えど、指摘しても面倒くさいことになるだけなのはわかりきっているので黙っておくことにする。その代わりというわけではないが、朱久里は自分よりも一〇センチ近く背が高い弟の頭にポンと手を置き、史季と斑鳩を見据えながら真剣な声音で告げた。

「よく見とくんだよ、蒼紘。このケンカ、ここから先どう転ぶにしても、きっとアンタの糧《かて》になるはずだ」

◇　◇　◇

　立ち上がった史季を前に、斑鳩は笑みをそのままにしながら、トントンと自分の頭を指で突《つつ》く。

「ちょっと男前になったじゃねえか」

言われて、史季は頭に手をやり……先の踵落《かかと》としで頭から血が流れていることを知って苦笑する。

「それ、やった人間の言う台詞《せりふ》じゃないと思うんですけど」

「そりゃ違《ちげ》えねえ」

ますます笑みを深める斑鳩につられて、つい笑みを零《こぼ》してしまったところで、ふと気づく。

先と今――二度の苦笑を含めて、ケンカ中に笑ったのは初めてのことかもしれないと。

もっとも今の史季の状態は、笑っていられる余裕など微塵《みじん》もない有り様になっているが。

蹴り上げと踵落とし、どちらか一方でも必殺と呼ぶに足る蹴り技を立て続けにくらったことで、史季自身、立ち上がれたことが不思議に思えるくらいのダメージを負っていた。

事実、意識的に脚に力を入れていないと、今にも腰が砕けてしまいそうなほど脚にきている。これまでのケンカで培《つちか》ってきた経験から鑑みるに、しっかりと威力を保ったキックを放てるのは、おそらく二～三発が限度だろう。

（こんな状態じゃ、まともにやり合っても勝ち目はない……だったら！）

賭けに出るしかない――と、決意と覚悟を固める。

逆転の一手というほどではないが、斑鳩相手だからこそ試してみたい手が一つだけある。

上手《うま》くいけば初見殺しとしても機能する一手だが、そもそもこのまま普通にケンカを再開してしまったら、その一手を打つ前にやられてしまうのが目に見えている。

ゆえに史季は、

「斑鳩先輩……次で決めさせてもらいます」

あえて、不敵に宣言した。死に体に近い史季が勝利宣言じみた言葉を吐いたことで、観戦している不良たちが俄《にわか》にどよめく。

宣言を受けた斑鳩は、「そうきたか！」と言いたげな顔をしながら楽しげに応じる。

「わかってんじゃねえか、折節。ケンカじゃ口先《コイツ》だって立派な武器だ」

右手で自身の口《くち》の端《はし》を摘まんでから、斑鳩は負けじと不敵に返した。

「いいぜ。受けて立ってやる」

先手を取る状況をつくりたい――そんな思惑まで見透かされたかどうかは定《さだ》かではないが。

先の宣言に含みがあることを承知した上で受けて立つ、斑鳩の度量に感謝と敬意を抱きながら史季は構える。

そして、右脚を一歩前に踏み出すと、このタイマンにおいては初めて見せる、左のハイキックの動作《モーション》に入る。受けて立ってやるという言葉どおり、回避ではなく防御を選んだ斑鳩が、すぐさま右腕でハイキックを防御しようとするも、

「お？」

防御《それ》よりも早くに、史季は左足を地から離す前にハイキックを中断。と同時に、その足

で力強く地を踏みしめて右のハイキックを繰り出した。

　さながら、この連携こそが僕の奥の手だと言わんばかりに。

　即応した斑鳩《いかるが》が右側頭部に固めていた防御を、すぐさま左に切り替える。

　その反応の早さはさすがとしか言いようがないが、だからこそ本当の奥の手が刺さると確信した史季は、ハイキックを繰り出そうとしていた右脚を、逆V字を描くようにしてローキックに切り替えた。

『威力を維持したまま軌道を変えるのは難しいけど、軌道を変化させること自体はけっこう簡単にできっぞ。特にハイキックからローキックに変化させるのは』

　以前、夏凜がそう言っていたことを憶《おぼ》えていた史季は、実際に斑鳩がやっているのを見て、この身でくらったことで、キックの軌道を変化させる理屈を理解し、ぶっつけ本番で奥の手として繰り出したのだ。

　自身の得意技を模倣《パク》られたことに、斑鳩の表情が驚愕《きょうがく》に満ちていく中、史季は相手の左太股《ふともも》目がけて右脚を振り下ろす。威力の維持も技のキレも、斑鳩に比べたらお粗末もいいところだが、とどめに繋《つな》げる布石としては充分な一撃になる。

　そんな確信とともに、史季の右脚が、斑鳩の左太股を捉えようとしたその時、

「⁉」

　すんでのところで反応した斑鳩が、左脚を上げてローキックを防御しようとする。

今度は史季の表情が驚愕に満ちていく中、こちらの足背《そくはい》と、斑鳩の左膝の皿の上面《うわつら》が激突。キックの軌道を変えたことで威力が減じたとはいっても、史季のキック力ならばそれでもなお充分な威力を発揮する。ゆえに、史季の右足背に、斑鳩の左膝に奔《はし》ったダメージは軽くなく、二人して表情を歪《ゆが》めながら一歩後ずさる。

続けて、右のハイキックの体勢に入ったのも二人してだった。

だが、痛めた箇所が足背ゆえに、ハイキックを繰り出すだけならばたいした支障がない史季に対し、軸足となる左脚の膝を痛めた斑鳩は、体勢を崩しはしなかったものの、史季よりも明らかにハイキックが振り遅れてしまう。

「やっべ……ッ」

そんな言葉とは裏腹になぜか笑みを浮かべる斑鳩の左側頭部に、史季は足背の痛みに耐えながらも全力でハイキックを叩《たた》き込んだ。

◇◇◇

史季のハイキックをくらい、蹴られた方向に力なく倒れる斑鳩を見て、不良たちが困惑交じりの熱狂を吐き出す。

「折節の野郎マジで宣言どおりに決めやがったぞッ⁉」

「今の倒れ方やばくなかったかッ⁉」

「さすがにこりゃ決まっただろッ⁉」

史季の逆転劇が信じられなかったのか、それとも斑鳩が負けるとは思っていなかったのか、驚愕しきりの不良たちとは対照的に、蒼絃《あおい》は冷静に断言する。

「これはもう折節クンの勝ちだね。倒れ方からして、斑鳩クンは完全に意識を失ってる」

「まぁ、確かに倒れ方だけを見ればそうかもしれないけど……」

言葉を濁す朱久里《あぐり》に蒼絃が眉をひそめていると、姉に代わって荒井がその理由を語る。

「無駄にしぶといのは、何も折節に限った話ではない。それだけの話だ」

まさか――と思いながらも、蒼絃は倒れ伏す斑鳩に視線を戻す。まさしくそのタイミングでゆっくりと立ち上がり始めた斑鳩を見て、さしもの蒼絃も驚愕を吐き出した。

「ば、馬鹿な！　斑鳩クンの倒れ方は、間違いなく意識を失った人間のそれだった！　あもすぐに立ち上がれるはずがない！」

「まぁ、地面に倒れたのが良《い》い気付けになったんだろ。あいつ、バカみてェに寝覚めいいから」

当たり前のように唐突に会話に交ざってきた服部《はっとり》に、蒼絃がかえって冷静さを取り戻し、朱久里が微妙に嫌な顔をし、荒井が眉根を寄せる。当の服部は三者三様の反応を気にも留《と》めずに、派閥ナンバー2という意味では同じ穴の狢《むじな》の二人に話しかけた。

「よお。坂本、大迫《おおさこ》。相変わらずナンバー2してるか？――って、坂本は最近ナンバー3になっちまったんだったか」

「どんな挨拶だ」

と、呆《あき》れ交じりに右から左に流す坂本とは対照的に、大迫が服部に食ってかかる。

「おい。なぜ今、坂本の後に俺の名前を呼んだ？」

「そりゃ勿論《もちろん》、お前さんが嫌がると思ったからだよ」

「どういう意味だ⁉」

殺気すらこもる大迫の凶眼を真《ま》っ直《す》ぐに見つめ返しながら、服部は真顔で答える。

「どういう意味だも何もお前さん、冬華ちゃんに体中の骨バキボキにされたよな？　何だよそれ羨ましすぎるだろッ‼」

熱弁する服部に、大迫の目が「何で俺、こんなアホを相手にマジになってたんだ？」と呆れ返り、代わりに朱久里が汚物を見るような視線を送る中、荒井が、誰もが聞き忘れていた疑問を服部にぶつける。

「貴様、いったい何しに来た？」

「別に何か用があって来たわけじゃねェよ。折節くんが勝つ方に賭けてた手前、レオンがぶっ倒れた時に思わずガッツポーズしちまったら、アリスにマジ蹴りされちまってな」

言いながら、こちらに向かって「い〜〜〜っ」としているアリスを指でさす。

自然、荒井の口から呆れたため息が漏れる。

「要するに、追い出されてこっちに来たというわけか」

「折節の坊やに賭けてるだけでも大概なのに、ガッツポーズなんてしたらアリスの嬢ちゃんじゃなくても怒るって話さね。なんだったら、アタシからも一発良いのをプレゼントしてやろうかい？　どうやら、こういうのはお好きなようだしねぇ」

「まま待って朱久里ちゃん⁉　ワイヤーロックはさすがにシャレにな――」

「朱久里ちゃん？」

「いやいやなんで弟くんまで木刀構えてんの⁉」

一人交じっただけで一気に騒がしくなってしまい、荒井は「これだから斑鳩派は」と言わんばかりにため息をついてから、その派閥の頭《トップ》に視線を向ける。

荒井自身が言ったとおり、斑鳩は、史季とはまた違った意味でしぶとい手合いだった。

荒井ほどではないにしてもかなりの耐久力《タフネス》を誇っており、仮に意識が飛んだとしても、先程服部が言ったとおり「寝覚めがいい」せいか、ほんの数瞬で意識を取り戻してしまう。

実際、荒井や夏凛《かりん》が一度斑鳩に勝った時も、ついぞ彼が完全に意識を失うことはなかった。

（全くもって忌々《いまいま》しい男だ）

そんな内心とは裏腹に、頬にあるかなきかの笑みを浮かべながら、荒井は宿敵のケンカを注視した。

◇◇◇

「おいおいおいッ⁉」

「なんで今ので立てんだよ、斑鳩の奴《やつ》ッ⁉」

「マジでどっちが勝つかわからなくなってきたぞッ⁉」

不良たちが驚愕とともに熱狂する中、史季は些《いささ》かの動揺もなく、立ち上がった斑鳩を見据える。この人なら立ち上がってくる――そんな確信があった。理屈もなければ根拠もない。ただ、間違いなく立ち上がってくるという、信頼にも似た確信だけがあった。

ケンカしている相手が立ち上がってきたことを、斑鳩のように嬉《うれ》しく思えるわけではないけれど。不思議と、斑鳩に対しては「立ち上がらないでほしい」とは思わなかった。

そしてそれは、史季にとっては初めての経験だった。

(……いや、「それは」じゃなくて「それも」……かな？)

思えば、斑鳩とのケンカは〝初めて〟だらけだった。

始まりからして、やむを得ない状況以外でケンカを買ったのは〝初めて〟だし、ケンカ中に笑みを零したのも〝初めて〟。立ち上がって喜んでもらえたことも、倒した相手に向かって立ち上がらないでほしいと思わなかったことも、今まで経験したケンカと何もかもが違いすぎて戸惑うくらいに〝初めて〟だらけだった。

「どうよ、折節」

史季と同様フラフラになりながらも、斑鳩が訊《たず》ねてくる。

「ケンカ、楽しいだろ？」

「楽しいかどうかはわかりませんし、さすがに、次誘われたら絶対に断ろうと思うくらいにはしんどいですね」

史季らしい内容であると同時に、史季らしくもない容赦のない返答に、斑鳩が、ガーンという効果音が聞こえてきそうなほどわかりやすくショックを受ける。そんな反応に苦笑しながら、フォローするように、ちょっとだけ照れくさそうに、史季は言葉をついだ。

「でも……僕にとってケンカは、どんな理由であっても〝悪いこと〟だと思っていましたけど……〝悪いことじゃないかもしれない〟と思えたケンカは、これが初めてです」

斑鳩は嬉しそうに頰を緩め、「そうか」と短く返す。

史季もつられるようにして、浮かべていた苦笑を深める。

次の瞬間――

示し合わせたわけでもないのに、史季と斑鳩は全く同時に、相手の左頰目がけて拳を振るう。全く同時に頬を打った衝撃で、二人は揃《そろ》ってたたらを踏む。

ここから先はもう言葉はいらない――拳を交えるまでもなくそのことを理解していた二人は、無心に、無邪気に、目の前の相手に向かって拳を振るった。

◇　◇　◇

ひたすらに殴り合う史季と斑鳩を見て、千秋は小首を傾《かし》げながら疑問を口にする。

「アイツら、なんで蹴り使わねぇんだ？」

「単純に、キックを打てるほどの体力が残ってねーんだよ」

そう答える夏凛に同意するように、冬華は言う。

「二人とも、立っているのがやっとって感じだものね～」

「そういうこった。まー、史季も斑鳩《いかるが》センパイも根性半端《はんぱ》ねーから、勝負どころで一発くらいは打ってくるかも……いや、〝かも〟じゃねーな。打つな、絶対に」

目の前の相手を見据え、ひたすらに拳を振るう史季と斑鳩を見て、断言する。

「だな」「でしょうね」と、千秋と冬華も揃って同意する。魅入られるように、史季と斑鳩のケンカを見据えながら。そしてそれは、ケンカに肯定的とは言えない春乃《はるの》と美久《みく》でさえも同じのようで、魅入られるようにして二人のケンカを見守っていた。そんな友人と後輩に視線を巡らせた夏凛は、嬉しそうに斑鳩と殴り合う史季に視線を戻し、苦笑する。

（こういう時だけは、男ってずりーなって思っちまうな）

見たところ、史季は斑鳩のようにケンカを楽しんでいるようには見えない。

だけど、斑鳩獅音《れおん》という男に一人の男として対等に見られていることを、その彼を相手にこれほどまでのケンカを繰り広げられていることを嬉しく思っている——今の史季は、少なくとも夏凛の目にはそんな風に映っていた。

（斑鳩センパイもそうだけど、史季の奴、ケンカに没頭しすぎて勝つとか負けるとかろくすっぽ考えてねーだろ、これ）

知らず、苦笑を深める。

正直、限界を超えて戦う史季のことが、かなり——いや、だいぶ心配ではあるけれど。

（結局、どういう意味で言ったのかはあんましよくわからなかったけど、史季の「僕自身のために」って言葉に嘘《うそ》はねーのは確かだな。だったら、見守ってやろうじゃねーか、最後まで）

あるいは、実際にケンカをしている二人以上に覚悟を決めながら、夏凛は引き続き史季のことを見守り続けた。

◇　◇　◇

「やっちまえ折節ぃッ‼」

「ボッコボコにしてやれ斑鳩ぁッ‼」

「お〜しッ‼　そこだッ‼　ぶっ殺せぇッ‼」

どう好意的に解釈しても力になる類ではない声援が、力の限りに殴り合う史季と斑鳩の背中を押す。今までも、おそらくはこれからも、変わらず恐《こわ》い存在のはずの不良の声援を受けていることに、史季は不思議な感慨を覚える。

もう立っているのもやっとなのに。何十発と斑鳩に殴られながら、自分は今もなお負けじと殴り返している。

なのに。押されたら何の抵抗もなく倒れる自信があるくらいなんでこんなことをしているんだろう——なんて考えは脳裏をかすめもせず。ただひたすらに、目の前の相手と殴り合う。大切な女性《ひと》を守れるくらいの〝強さ〟を求めて。それくらいの〝強さ〟を持った、この先輩《ひと》の熱に引っ張られて。

「んぐッ⁉」

ボクシングの連携《ワンツー》さながらに、斑鳩の左ジャブに鼻っ柱を叩《たた》かれ、続けざまに右ストレートを頬にくらって、史季の体が仰《の》け反《ぞ》る。無意識の内に体を後ろに下げ、殴られた方向に首を振って少しでもダメージを軽減させたおかげか、すぐさま反撃に出た史季はフック気味にパンチを放ち、斑鳩のこめかみを殴打《おうだ》した。

一進一退の攻防。のように見えてその実、殴られている回数は史季の方が多い。

体感にして、史季が一発殴る間に、斑鳩は一〜三発。先程のような強打の布石となるジャブなども交じっているため、手数ほどダメージに差は出ていない。だがその差は、確実に、着実に、史季の体を蝕《むしば》んでいた。さながら、ゆっくりと全身に回る毒のように。

だけど、

(それならそれでいい！)

ただでさえ満身創痍《そうい》になっている体がさらに傷つくことも厭《いと》わずに、斑鳩の頬に拳を叩き込む。矛盾した話になるが、確かに今の史季は勝ち負けを忘れてケンカに没頭しているが、だからといって負けてもいいなどと思っているわけではない。いくら史季といえども、負けを良しとする〝強さ〟など求めていない。それ以前に、史季の根底には「負けてしまうことで余計な心配を夏凜にかけさせたくない」という想《おも》いがある。

そのことを本能レベルで理解しているからこそ、たとえ史季自身が勝ち負けを忘れていようとも、身体《からだ》は、思考は、自然と勝利を目指して死力を振り絞っていた。

こちらが押されている戦況をそれならそれでいいと断じたのも、全ては目の前にいる先輩《ひと》に——夏凜たち以外で初めて尊敬に値すると思った不良《ひと》に勝つため。

最後の、一撃を、決める上では、むしろ、都合が、良いと、判断したがゆえのことだった。

一方、斑鳩は斑鳩で、史季が何かを狙っていることには気づいていた。

その狙いが、史季にとって最大の武器となるキック絡《がら》みであることまでは読めているが、どういった形で、どういったタイミングでそれを繰り出してくるかまでは読めていない。

なら、それでいいと斑鳩は思う。どうせやることはこちらも同じ。自分にとって最大の武器となるキックを、どういった形で、どういったタイミングで繰り出すか。それだけだ。

その瞬間は、たぶん本能が勝手に嗅ぎ取って、体が勝手に動いてくれるだろう。

だから今は、

(この面白《おもしれ》え後輩の拳《おもい》に、ただ応えてやりゃあいい！)

たぶん後輩《こいつ》も、それを望んでるだろうしな——根拠もなく確信しながら、史季の頰に拳を叩き込む。

そうして史季は斑鳩を殴って。

斑鳩は史季を殴って。

殴って。

殴られて。

殴って。

殴られて。

永遠に続くかに思われたケンカも、ついに終わりへと向かい始める。

「あぁ～ッ⁉」「おぉ～ッ‼」

史季を応援していた不良たちの口から悲鳴じみた声が、斑鳩を応援していた不良たちの口から歓声じみた声が上がる。

顎の近くを殴られた史季が、一瞬片膝をつきそうになったのだ。

倒れないよう持《も》ち堪《こた》えるだけで精一杯だった史季に殴り返す余裕などあるはずもなく、斑鳩が放った追撃の右フックを、かろうじて左腕で防御する。

ここで終わらせてやると言わんばかりに、反して終わりを迎えるのを惜しむように、斑鳩は続けざまに拳を振るい、猛攻《ラッシュ》を仕掛けてくる。

頬を、鼻を、顎を、鳩尾《みぞおち》を、脇腹を襲う拳を、史季は限界を超えてなお懸命にかわし、防御する。限界を超えているのは斑鳩も同じで、仕掛けてきた猛攻《ラッシュ》は常時と比べたら見る影もないくらいだったが、今の史季に捌《さば》き切れるものではなく、

「かはッ⁉」

土手っ腹にボディブローが突き刺さり、史季の体が「く」の字に曲がる。

続けて顔面をストレートで打たれ、史季は仰け反りながら後ずさる。

かろうじて鳩尾と顎を殴られることだけは避けたものの、いずれも、まだ立っていられるのが信じられないほどのダメージを史季に刻みつける。

転瞬――

思考を介することなく、さながら息を吸うような自然さで、斑鳩が右のハイキックを繰り出してくる。

刹那――

これが僕の〝強み〟だとばかりに、最後の最後まで思考を手放さなかった史季は、待ちに待った瞬間――斑鳩がキックを繰り出す瞬間に合わせて右のロ、ー、キ、ッ、ク、を繰り出す。

直後――

斑鳩のハイキックが、史季の左側頭部を。

史季のローキックが、斑鳩の左外膝を捉える。

史季は意識を失いながらも蹴られた方向に倒れ。

斑鳩は激痛に表情を歪《ゆが》めながらも蹴られた方向に倒れる。

先の斑鳩と同じように、地面に倒れた衝撃が、史季の意識を覚醒させる。

地面に倒れた衝撃が左膝に伝い、斑鳩の表情をますます歪ませる。

二度目のダブルノックダウンに、死闘の行く末を見守っていた不良たちが沸きに沸く。

誰も彼もが「立て！」「立ちやがれ！」と叫ぶ中。

史季と斑鳩は、地面に両手をついて体を起こす。

頭を蹴られて意識が朦朧《もうろう》としている史季が、体をふらつかせながら両の脚で立ち上がろうとする。

膝の外側を蹴られて左脚が死んだのか、斑鳩は体をふらつかせながらも右脚に重心を偏らせ、立ち上がろうとする。

「立って――――っ‼　れおん兄ぃ――――っ‼」

絶叫じみたアリスの声援が力を与えたのか、先に立ち上がりきったのは斑鳩の方だった。

史季は両膝に手を突き、前屈《まえかが》みになっている体勢から体を起こそうとするも、その膝が笑っているせいで体を起こしきれない。

かつてないほどの虚脱感が、史季の体を苛《さいな》んでいく。

（……駄目だ。もうこれ以上は――）

「大丈夫」

不意に、夏凛《かりん》の声が、史季の耳朶《じだ》に触れる。

「オマエなら、ぜってー立ち上がれる」

アリスのような大声でもないのに、

「だから」

不思議なほどよく通る声で、

「信じてるからな、史季」

彼女は言ってくれた。

「オマエが勝つって」

僕に、力をくれる信頼《ことば》を。


「おぉおぉおぉおぉおぉおぉおぉおぉおぉッッッ!!!!!!」


かつて川藤に、荒井に、立ち向かった時と同じように――否、それ以上の雄叫《おたけ》びを上げながら、史季は体を起こして斑鳩《いかるが》と対峙《たいじ》する。

不良たちの熱狂が地を揺るがす中、事ここに至ってなお、斑鳩は楽しげに嬉《うれ》しげに笑みを浮かべる。史季もつられたように笑みを浮かべるも、

「折節……最後の締め、か、頼むわ」

最早《もはや》斑鳩が、立っていることしかできないことに気づいた史季は、わずかに表情を曇らせながら首肯を返す。亀の歩みよりも遅い足取りで斑鳩に近づき……全身全霊と呼ぶにはあまりにも力のこもらない拳で、斑鳩の頰を打つ。

そして――

もうこれ以上は本当の本当に限界だと言わんばかりに、斑鳩獅音《れおん》は「大」の字になって

地面に倒れた。

◇◇◇

「な～に負けちゃってんすか、れおん兄ぃっ‼」

若干涙目になりながらギャ～ギャ～喚《わめ》くアリスを、ちゃっかりと空気を読んで彼女のもとに舞い戻っていた服部《はっとり》が、苦笑交じりに羽交い締めにする中。

斑鳩は地面に仰臥《ぎょうが》したまま、史季に訊《たず》ねる。

「最後、ハイじゃなくてローで蹴ってきたの、そっちの方が折節にとっちゃ信頼できたからっつったところか？」

まさしくその通りだったので、勝ってなおこの先輩《ひと》には敵《かな》わないなと思いながら答える。

「はい。もともとハイキックは使えるようにしたものですし……〝あの時〟夏凛を守ることができたのも、ローキックのおかげでしたから」

〝あの時〟とは、夏凛が風邪を引いたところを荒井に狙われた時。つまりは、史季が荒井とタイマンを張って勝利した時を指した言葉だった。そのあたりについてまで察したかどうかはわからないが、斑鳩は悔しげに楽しげにケンカの敗因を語る。

「その違いが勝敗を分けちまったみてえだな。ちゃっかり、オレが脚一本で体を支える瞬

間を狙われたことも含めて」

そしてそれこそが、最大限にローキックを効かせられるタイミングであり、斑鳩がハイキックを繰り出す瞬間を狙い澄ました理由だった。

理想としては、ハイキックをかわしながらローキックを叩き込むことだったが、そんな器用な真似《まね》ができる体力など史季には残っておらず、結局相討ちになってしまった。

そういった意味でもバツの悪さを覚えていた史季は、笑って誤魔化すばかりだった。

「あとはまあ、勝利の女神の差だな。オレについてた女神が、あんなチンチクリンじゃなくてレナちゃんだったら、もうちょい頑張れたと思うんだよなぁ」

いまだ服部に羽交い締めにされながらギャーギャー喚いているアリスを、見もせずに親指で指し示す。つくづく、〝マインスイーパー〟でさえなければと思わずにはいられない残念っぷりだった。

ケンカはケンカでも、タイマンを張ったというよりも、二人で強敵に挑んだ後のような雰囲気を醸《かも》し出《だ》す史季と斑鳩をよそに。

「折節の奴《やつ》、これで小日向派《テメェんとこ》以外の四大派閥の頭《トップ》全員に勝ったことになるのか!?」

「おいおい、折節がやったのは鬼頭姉じゃなくて弟だから、全員じゃねぇだろ!?」

「けどよぉ、今の鬼頭派は姉と弟の二人が頭っつう話らしいぜ!?」

不良たちが史季の勝利に熱狂し、

「相討ち上等《じょうとう》のローキックか……」

苦い記憶を呼び起こされた荒井が、その言葉以上に苦々しい表情を浮かべる。

「斑鳩は斑鳩で相変わらずの大バカだな。最初にダウンを奪った時点でさっさととどめを刺していれば、楽に勝てたものを」

もっとも、それをやらないのが斑鳩だということは誰よりもよくわかっているので、荒井は舌打ち一つで苦みを抑え込んでから、宣言するように言葉をついだ。

「まあいい。折節には、いずれ力の差というものを教えてやるまでだ」

「今のケンカを見て、そんな台詞《せりふ》が吐けるアンタはアンタで大概だねぇ」

呆《あき》れた様に言いながら、朱久里《あぐり》は隣にいる弟を横目で見やる。蒼紘《あおい》は蒼紘で、史季の勝利を喜ぶと同時に、先を越されたことを悔しがる、なんとも複雑な表情を浮かべていた。

（やれやれ、どいつもこいつも男の子だねぇ）

あえて口に出すことなく、微笑を浮かべる朱久里だった。

一方、小日向《こひなた》派はというと。

「マジかマジかっ‼　折節の奴、斑鳩パイセンに勝っちまったぞっ⁉」

千秋は喜びと驚きを露《あら》わにしながら、隣にいた冬華に抱きつき、

「そうね～、しーくんすごいね～」

と言いながら、ちゃっかり千秋の高さに合うよう腰を落としていた冬華が、珍しくも大

胆な友達のスキンシップに満面の笑みを湛《たた》えていた。

そんな二人を尻目に、夏凛は一人深々と安堵《あんど》の吐息をつく。史季の勝利を信じていたとはいっても、相手があの斑鳩獅音だったせいで、ケンカの後半はとにかくもう心配が尽きなかった。正直、自分がケンカしている時よりも余程疲れると、夏凛は思う。

「夏凛先輩！　今度こそ、史季先輩を診《み》にいってもいいですよね！」

もう我慢できないとばかりに訊《き》いてくる春乃《はるの》に、夏凛が「いいぜ。あたしも付き合う」と返そうとした、その時だった。


パァンッ‼


それの威力を鑑《かんが》みれば冗談のように軽く、乾いた破裂音が響き渡ったのは。

その音に馴染《なじ》みはないが、不思議と心当たりがあった学園の不良たちが、揃《そろ》って音が聞こえた方――広場の入口に視線を向ける。そこには、剝《む》き出しになった日本刀《ポントウ》や短刀《ドス》を携えた、こちらと似たり寄ったりの人数を揃えた《アウルム》の構成員たちと。

彼らを率いる、その手に持った自動式拳銃の銃口を天に向けている《アウルム》のリーダー、入山敦《いりやまあつし》の姿があった。

不良たちはおろか、四大派閥の頭《トップ》である荒井や鬼頭姉弟さえも息を吞《の》む中、入山は怒気のこもった声音で言う。

「人ん根城《ち》で随分楽しそうにしてんじゃねぇか、ガキどもがぁ…………あぁッ⁉」

「あぁッ⁉」に合わせて、再び引き金を絞る。再び響いた破裂音に、いよいよ皆《みな》が理解する。入山がその手に持っている物が、本物《ブツ》の拳銃《マジモンチャカ》であることを。

その入山が、構成員たちとともにこちらに向かって歩き出し……史季たちを遠巻きにする形で形成されていた不良たちの円が歪《いびつ》に崩れていく。結果、否応《いやおう》なしに目につくところにいた史季と斑鳩を見て、入山は悪魔のように頬を吊《つ》り上《あ》げながら二人に銃口を向けた。

「だがまぁ、お前らがバカやってくれたのは、こっちとしちゃぁ好都合だったかもなぁ。なんせ元凶の二人が、こうして雁首《がんくび》揃えてくれてんだからよぉ」

史季と斑鳩の処刑を示唆する言動に、不良たちにさらなる緊張が走る。とはいえ、いくら学園の不良たちといえども、銃を相手にケンカを売ろうなんて人間はそうはいない。いたとしても、当事者かその関係者くらいだ。

「離してしょー兄っ‼　このままじゃれおん兄がっ‼」

「離すかよ……！　お前さんに何かあったら、それこそレオンに申し訳が立たねェからな……！」

すぐにでも斑鳩のもとへ飛び出そうとするアリスを、服部が羽交い締めにしたまま押し止《とど》める。服部とて、さすがに命が危ぶまれる状況で親友《ダチ》の心配をしないわけがなく、常《つね》ならば軽薄でさえあったその表情からは隠しようもない苦渋が滲《にじ》んでいた。

「……ちーちゃん、煙玉は？」

かつてないほどに真剣な表情で訊ねる冬華に、千秋は冷汗が滲んだ額を左右に振ってから答える。

「ダメだ。このタイミングで使ったら、あの野郎が適当に銃をぶっ放すかもしれねぇ。バレねぇように移動して、ウチが横からあの野郎の銃を撃ち落とすから、ちょっと付き合ってくれ」

「わかったわ。りんりんもそれでい――……」

不意に、冬華の声が途切れる。

そこにいるはずの夏凛の姿が、いつの間にか影も形もなくな――

パァンッ‼

三度目の銃声が、広場に轟《とどろ》く。今度は天に向かって撃ったのではなく、史季と斑鳩の手前の地面に向かって撃った音だった。自然、史季と斑鳩の背中に氷塊が伝っていく。

「そうだぁ……その顔《ツラ》だぁ……俺が見たかったのはぁ……おらおら！　もっとビビれやクソガキどもッ‼」

さらに二発三発と発砲する。その度に穿《うが》たれた地面の銃痕が、一歩一歩踏みしめるようにして史季たちに近づいていく。史季は血の気が引いていくのを自覚しながらも、立ち上がれない斑鳩を庇《かば》うようにして彼の前に立ち、小声で訊ねた。

「斑鳩先輩……動けますか？」

「オマエがバカやってやがるおかげで、動ける気がしてきたわ。だからどけ、折節。自分《テメエ》の身ぃくらいは自分《テメエ》でなんとかする」

「でも――」

「何をコソコソ喋《しゃべ》ってやがる！」

一際《ひときわ》近い地面《ところ》を撃たれ、史季と斑鳩は言葉を呑み込む。

「言っとくが、弾切れを期待してんのなら無駄だぞぉ。弾倉《マガジン》をたんまりと持って来てやったからなぁ。だが、そうだなぁ……お前らみてぇなクソガキ相手に、あんまり無駄弾使うのも馬鹿らしいから――」

入山の銃口が、史季に向けられる。

「――まずはお前から、射撃の的にしてやるよぉ」

無駄な抵抗だとわかっていながらも、史季は両腕で、自身の頭と胸を防御しようとする。

そんな史季の行動を嘲笑《あざわら》いながら、入山は引き金を絞る。

次の瞬間、史季の耳朶《じだ》を打ったのは甲高い銃声――だけではなく、
それ以上に甲高い、弾丸が何か硬い物で弾かれたような音だった。

腕で頭を守ろうとしたため、視界が制限されていた史季は、おそるおそるその腕を下げ

る。ほどなくして目に飛び込んできたのは、いつの間にか史季と入山の間に立っている、まるで弾丸を弾いたかのように広げた鉄扇を構えている、小日向夏凜《かりん》の後ろ姿だった。
◇　◇　◇

「……は？」

入山の口から、間の抜けた声が漏れる。

（あの女……今、銃弾を弾かなかったか？）

……あり得ない。あり得ていいわけがない。

人間が銃撃を見てから弾くなど、それこそ幻想《ファンタジー》というものだ。

〝ルキマンツの女帝〟の強さが高校生《ガキ》とは思えないほどに図抜けていることは認めるが、いくらなんでもこんなものは認めていいわけがない。認められるわけがない。

そんな入山の胸中とは裏腹に、現実が、〝女帝〟が、ゆっくりとこちらに歩み寄ってくる。静かな怒りを湛《たた》えた双眸《そうぼう》で、こちらを睨《にら》みつけてくる。

「……ざけんな」

それは理不尽を前にした虚勢か、それとも理不尽に抗《あらが》う怒りか。

「ざけんなよクソガキがぁあぁあぁあぁッッ‼‼」

確実に当てるために、〝女帝〟の鳩尾《みぞおち》あたりを狙って引き金を引く。反動《リコイル》によって上振れした弾丸が〝女帝〟の眉間目がけて真《ま》っ直《す》ぐに空《くう》を切り裂くも、〝女帝〟は入山が引き金を引くよりも早くに右手の鉄扇を振るい、その扇面《せんめん》で銃弾を弾《はじ》き飛《と》ばした。

「ありえ……ねえ……」

引き金にかけた指が、拳銃を握る手が、カタカタと音を立てて震え出す。

その間にも、女子高生の形をした化け物が、ゆっくりと近づいてくる。

（撃て……撃てよッ‼）

そう自分の体に命じるも、カタカタと震えるだけで動いてくれない。ほんの少し人差し指に力を入れるだけで済む話なのに、それができない。こうなったら――と、かろうじて動いた顔を後ろに向け、刃物《ヤッパ》で武装した構成員たちに向かって叫ぶ。

「な、何してやがるお前らッ‼　早くこのクソガキをぶっ殺……せ……」

怒声じみた懇願が、尻すぼみになっていく。どうやら構成員たちは「〝女帝〟が弾丸を弾いた」という事実を正しく認識しているらしく、誰も彼もが信じられないという顔をしながら、金縛りにあったように固まっていた。

「おい」

押し殺してなお怒気が滲んだ〝女帝〟の声が、耳朶《じだ》に触れる。おそるおそる視線を前に戻すと、手を伸ばせば届くほどの至近に、〝女帝〟――小日向夏凛の姿があった。

意味を成さない言葉が、勝手に口から漏れ出ていく。

そんな入山とは対照的に、夏凛は銃口を前にしてなお怯《ひる》むことなく彼に告げる。

「拳銃《そんなもん》まで持ち出したんだ……当然、覚悟はできてるよな？」

「ぁ……いや……」

この期に及んでなお漏れた否定の言葉。それこそが引き金の役割を果たしたのか、夏凛は新たに取り出した鉄扇を左手で握り締めると、

「ぐぎゃッ!?」

さながら弾丸の如《ごと》き速度で、鼻と上唇の間にある急所――人中《じんちゅう》を鉄扇で突き穿ち、前歯をへし折りながらも一撃で入山を昏倒《こんとう》させた。

背中から地面に倒れるリーダーを見てますます臆したのか、刃物で武装した構成員たちが揃いも揃って後ずさる。そんな彼らを睨みつけながら、夏凛はあくまでも静かに、されどよく通る声で問いかけた。

「てめーらも……刃物《そんなもん》持ち出してきたってことは、当然覚悟はできてるんだよな？」

その問いが契機だった。

「ひ……ひぃいぃいぃいぃッ!!」

一人が、情けない悲鳴を上げて逃げ出すと、

「ま、待ちやがれッ‼」

「何なんだよあの女ッ⁉」

「お、置いてかないでくれッ‼」

まるで逆流する雪崩のように、構成員たちは入山を置いて逃げ出していった。

拳銃を持った入山を、刃物で武装した半グレたちを、たった一人で退《しりぞ》けた〝女帝〟に、不良たちのみならず、アリスも、服部《はっとり》も、鬼頭姉弟も、荒井でさえも唖然《あぜん》とする。

「やっぱ、小日向ちゃんには敵《かな》いそうにねえな」

特等席とも呼べる位置でその所業を目の当《まあ》たりにした斑鳩《いかるが》が、苦笑交じりに言う。

「……ですね」

あまりにも遠い、守りたい女性《ひと》の背中を眩《まぶ》しそうに見つめながら、史季は同意する。

兎《と》にも角《かく》にも、これにて本当の本当に一件落着——かに思われたが、遠くから聞こえてきたサイレンの音がそれを許さなかった。聞こえてくるサイレンの種類がパトカーのものであることを瞬時に把握した不良たちが、俄《にわか》に狼狽《うろた》え始める。

「お、おいこれ、パーカーの音じゃね⁉」

「なんでもうポリ公が嗅ぎつけてんだよ⁉」

「やべぇッ！　さっさとズラかんぞッ‼」

入山が刃物で武装した構成員を引き連れていたところを誰かが通報したのか、《アウルム》をマークしていた警察が、銃声を聞いてここぞとばかりにヤードに踏み込もうとしているのか。

理由はどうあれ、警察が来るとわかった途端、不良たちが蜘蛛《くも》の子を散らすように逃げ出そうとする中、こういう状況においては誰よりも頼りになる朱久里《あぐり》が声を張り上げた。

「体力が有り余ってる奴《やつ》は、さっさと走ってヤードの入口から逃げなっ‼　サイレンの遠さからして、こっちに着くまでにはまだ時間があるからねぇっ‼　走って逃げられる気がしない奴はヤードの奥へ向かいなっ‼　連中が造った抜け道の入口に、目印として鬼頭派《うち》の者《もん》を立たせてるから、そこから脱出しなっ‼」

ちゃっかりと派閥メンバーに抜け道を発見させた上でちゃっかりと確保している、相も変わらず抜け目のない朱久里に、史季が呆《あき》れ交じりに感心していると、

「ほ〜ら〜！　ちゃっちゃと立つっすよれおん兄っ！」

「だアーッ！　お前さんは肩貸せるほどの背丈がねェんだから手伝わなくていいッ！」

アリスと服部が、斑鳩を立ち上がらせるのに四苦八苦していた。

「わりぃな。脚やられたから、ちょっと歩けそうにねえわ」

そんな台詞《せりふ》を吐かれたら、史季としては謝罪の一つや二つしてしまいたくなるところだけれど。当の斑鳩が笑いながら言っているものだから、言うだけ野暮だと思った史季は、喉元まで出かけた謝罪の言葉を嚥下《えんげ》した。

斑鳩とケンカする前だったら、そんな考え方はしなかっただろうと思いながら。

「つうか、実際これめんどくせェぞ⁉ おいアリス！ ちょっと派閥の連中呼ん――」

「その必要はない」

服部の言葉を遮ったのは、いつの間にやら傍《そば》まで来ていた荒井だった。

荒井は一瞬だけ史季を睨みつけるも、まだ心の内にケンカの熱が残っていたせいか、史季自身が内心で驚くほどに、少しもビビることなく見つめ返すことができた。

夏凛と知り合ってまだ間もない頃、廊下で出会った荒井にビビり倒していた雑魚《ざこ》と同じ人間とは思えない反応に、荒井はつまらなさげに「ふん」と鼻を鳴らすと、米俵のように軽々と斑鳩を脇に抱えた。そんな意外すぎる行動に、史季はおろか、アリスと服部までもが目を丸くする中、抱えられた当人はイタズラ小僧じみた笑みを浮かべながら要求する。

「どうせ運んでくれるなら、お姫様だっこにしてくれよ」

あからさまな冗談に対し、荒井にしては非常に珍しくも冗談で返す。

「本当にやってやろうか？」

「すみません普通に絵面がキモいんで勘弁してください」

白旗をあげる斑鳩を鼻で笑ってから、荒井は踵《きびす》を返して歩き出す。そんな彼の背中を、アリスが困惑しながら、服部が「こんなこともあるわな」と言いたげな顔をしながら追いかけていく。その様子を半ば呆然《ぼうぜん》と見送っていると、

「肩の一つや二つ貸してあげようかと思ったけど、どうやらもう、一人で歩ける程度には回復してるみたいだね。折節クン」

背後から蒼紘《あおい》が話しかけてきたので、振り返って応じる。

「うん。さすがに走れる気はしないけどね」

「そこまで回復してたら、それこそ異常というものさ。……今回でまた差をつけられてしまったけど、ボクもすぐに追いつくから、首を長くして待っててくれ」

それだけ言い残すと、蒼紘は、不良たちの誘導を続けている姉のもとに戻っていった。

「し、史季先輩！」

横合いから春乃《はるの》の声が聞こえてきて、そちらに視線を向けると、春乃のみならず、美久《みく》、千秋、冬華もこちらに駆け寄ってくる姿が目に映り、自然、史季は頰を緩める。

「い、今怪我《けが》を診ますからちょっとそこでじっと――」

「待て春乃！　またここでぶちまけたらシャレにならねぇぞ⁉」

美久が慌てて春乃を押し止《とど》める中、千秋は史季の胸を軽く小突く。

「マジで斑鳩パイセンに勝っちまうなんてな――って、なんか荒井ん時も、んなこと言った気がするな。まぁ、とにかくおめでとさん、だな」

こそばゆさを覚えながらも「ありがとう」と返す史季に、今度は冬華が話しかけてくる。

「ワタシたちは走ってヤードの入口から逃げるけど〜、しーくんはさすがにそういうわけにはいかないから、りんりんと一緒に抜け道の方から逃げてちょ〜だいね〜」

「え？　夏凛《かりん》も？」

と訊《たず》ねる史季には構わず、冬華は打って変わって真剣な声音で言葉をつぐ。

「だからりんりんのこと、頼んだわよ」

それはいったいどういう意味なのか。

史季は問《と》い質《ただ》そうとするも、これ以上は何も言うことはないとばかりに、冬華は千秋とともに踵を返し、春乃と美久を連れてヤードの入口の方へと駆け出していった。

兎にも角にも「頼んだわよ」と言われた以上、というか状況的に夏凛を置いて行くなんて選択肢は史季にはなかったので、すぐさま彼女のもとへ向かうことにする。

近づくにつれて、微《かす》かな違和感が史季の心の内に生じ始める。

こちらに背中を向けている夏凛が、立ち尽くしたまま、その場から微動だにしていないのだ。

弾丸を防いだ右手の鉄扇は開いたままになっており、入山を打ち倒した左の鉄扇も含めて、仕舞わずに手に提《さ》げたままになっていた。

そのことを不思議に思いながらも史季はさらに歩み寄り……手を伸ばせば届くという距

離まで来たところで気づいてしまう。

鉄扇を提げた夏凛の両手が、小刻みに震えていることに。

まさか——と、史季は思う。

銃口の前に立つ。距離が離れていたとはいえ、史季自身もつい先程体験したことだから、それがどれほど恐ろしいものであるのかは、それこそ身に沁《し》みてわかっている。

もし、同じように夏凛も恐怖を覚えていたとしたら？

もし、弾丸を弾くという絶技が、たまたま上手くいっただけだったとしたら？

血の気が引いていくのを感じながら、史季は震える手で、震える夏凛の手を摑《つか》む。

ハッとしたようにこちらを見返してきた夏凛の顔は、史季とは比較にならないほどに血の気が引いていた。

こんな時、斑鳩ならば気の利《き》いた言葉の一つや二つかけてあげられるのかもしれないけれど。そんな言葉も余裕も持ち合わせていなかった史季は、ただ一言絞り出すだけで精一杯だった。

「……行こう。夏凛」

エピローグ

抜け道を通ってヤードの外に出た史季は、夏凜の手を引いて、市街地の方角を目指して歩いていく。

とはいえ、パトカーのサイレンが聞こえてくる方角に逃げるのは——史季としては大変遺憾ながら——危険なので、必然、遠回りをして市街地へ向かうことになるが。

そのせいか、それとも抜け道を通ってヤードの外に出たのが他の不良たちがもうほとんど逃げ出した後だったせいか。市街地に辿《たど》り着《つ》いた頃にはもう、同じ制服を着た人間は自分と夏凜の二人だけしか見当たらず。市街地といっても町外れにあるような場所だからか、それとも夕暮れ時だからか、人自体を見かけることはほとんどなかった。

まるで世界に二人だけ取り残されたかのようなうら寂しい生活道路を、史季は引き続き夏凜の手を引きながら歩いていく。

何十分と夏凜の手を摑んでいたにもかかわらず、史季が少しも恥ずかしがらずに済んでいるのは、やはり、夏凜の手が震え続けていたからに他ならない。

何十分もの間、一言も言葉を交わしていないにもかかわらず、史季が少しの気まずさも覚えていないのは、やはり、夏凜の顔色が青くなっていたからに他ならない。

ただただ夏凛の手を引いて歩き続け……空の色合いが茜色《あかねいろ》よりも闇色の方が濃くなってきたところで、ようやく夏凛が口を開く。

「サンキュな、史季。もう、大丈夫だから」

そんな言葉とは裏腹に、夏凛の手はまだ微《かす》かに震えている上に顔色も良くなったとは言い難《がた》いが、それでもヤードを出る前に比べたらマシにはなっていたので、史季は言われたとおりに手を離した。

途端、夏凛は歩速を速め、史季の前に出てから立ち止まる。

なんとなく追い越してはいけないような気がした史季も、同じように立ち止まった。

手を伸ばしてもまだ少しばかり届かない、微妙な距離。それが今、彼女が望んでいる距離感だったのか、夏凛はこちらに背を向けたまま訥々《とつとつ》と語り出した。

「もう史季にはバレちまってるだろうから白状するけど……弾丸を弾いたアレな……ただのマグレなんだよ」

やっぱり――と思うと同時に、一歩間違えていたら夏凛が撃ち殺されていたかもしれなかった事実に心胆が凍え、夏凛にそこまでさせてしまった自身の不甲斐《ふがい》なさに、凍えたばかりの心胆が燃えるほどの憤《いきどお》りを覚える。

「一応クソ親父《おやじ》からそういう扇術《わざ》を教えてもらってたから、ぶっつけ本番でやってみたけど……鉄扇一コ、オシャカになっただけでなんとかできたのは……まー、出来すぎも出来すぎだな」

史季は思い出す。ヤードを脱出する前、夏凛が鉄扇を懐《ふところ》に仕舞おうとした際に、弾丸を弾いた方——右手の鉄扇が、扇面が変形してしまって閉じきることができなくなってしまったことを。恐怖のあまり体が硬直してしまったのか、夏凛が右手の鉄扇から手を離すのに、少々以上に時間がかかってしまったことを。

「もう一コ白状するとさ……入山《あいつ》の銃を見た時はマジでビビっちまったんだよ。でもさ……威嚇射撃っ言うの？　とにかくあいつが史季に向かって銃をぶっ放すとこ見たら、居ても立っても居られなくなって……」

銃口の前に立った時の恐怖がぶり返したのか、夏凛の体が小刻みに震え出す。

それこそ居ても立っても居られなくなった史季は、背中から夏凛を抱き締めた。

自然、夏凛の目が驚いたように見開かれる。

そんな彼女を抱き締めながら、史季は想《おも》う。

（たぶん僕は、夏凛のことを守りたいと思いながら、心のどこかで夏凛には一生敵《かな》わないと思っていたのかもしれない……）

だけど、その認識は間違っていた。

確かに夏凛は強すぎるくらいに強い。

けれど、同じように弱さも抱えていた。

それは、幽霊や怪談の類が苦手といった話ではなく。

言ってしまえば、僕と同じ、草食動物じみた弱さを。

強いと言っても、夏凛は僕と同じ高校生……言ってしまえば子供だ。

だから、自分の命が危険に晒《さら》された時、恐《こわ》くなってしまうのは当たり前の話だし。

大切な人の命が危険に晒された時も、恐くなってしまうのは当たり前の話だ。

だからこそ、なおさら強く想う。

この女性《ひと》を守りたい――と。

そんな想いとは裏腹に、守られてばかりの自分が許せなくて、自然と謝罪の言葉が口をついて出てしまう。

「ごめん……僕が弱いせいで、夏凛に無茶をさせて……」

「ばか。銃相手に強いも弱いもねーだろが。そもそも、あの斑鳩《いかるが》センパイに勝ったんだから史季はつえーよ。あたしが保証する」

「でも……僕は夏凛に守られてばかりだ。《アウルム》との集団戦《ゴチャマン》の時も……銃を向けられた時も……」

実際そのとおりだったため否定できなかったのか、夏凛が気まずそうに口ごもる。

「だから、僕はもっと強くなりたい……。それこそ、夏凛を守れるくらいに……」

心の底から溢《あふ》れ出た想いをそのまま言葉にしていると、なぜか夏凛の顔がみるみる赤く

なっていき、史季の首がわずかに傾《かし》ぐ。どうしてなのかと思っていたら、

「あ、あたしを守るって……な、何ちょっと告白みてーなこと言ってんだよ⁉」

思わず「え？」と、間の抜けた声を漏らしてしまう。

そして、これまでの自分の言葉を、今この時も後ろから夏凜を抱き締めている状況を、今さらながら正しく認識して……今度は史季の顔がみるみる内に赤くなっていく。

「あ……いや、違っ――……」

言いかけて、否定するのも違うと思った口が中途半端《ちゅうとはんぱ》に固まった、その時だった。

夏凜が突然、弾《はじ》かれたように史季の腕の中から抜け出したのは。

まさかの拒絶に、史季の赤かった顔が青くなりかけるも、

「おい、おまえら。そこにいんのはわかってんぞ。出てきやがれ」

何だったらちょっとキレ気味になっている夏凜の視線の先――生活道路の曲がり角に史季も視線を向けたところで、気づく。夏凜が突然弾かれたように自分の腕の中から抜け出した理由を。そして、気づいてしまったからこそ、青くなりかけていた顔が赤くなっていくのを抑えることができなかった。

道路の曲がり角には、こちらのことを覗《のぞ》き見している、千秋、冬華、春乃の姿があった。

夏凜の〝圧〟に負けたのか、それとも単純に観念したのか、千秋と冬華は苦笑いをしながら、春乃は何も考えていない顔をしながら曲がり角から出てくる。

「で、なんでおまえらがここにいんだ？」

という夏凛の問いに対し、春乃《はるの》は元気よく「はい！」と手を挙げ、

「たまたま大人の階段を登ろうとしていた夏凛先輩と史季先輩を見つけたので、つい覗いちゃいました！」

「たまたま⁉　つうか、大人の階段ってどういう意味だよ⁉」

「待って夏凛！　それたぶん答えさせたら駄目なやつだと思う！」

思わずツッコみを入れる夏凛と、慌てて制止を求める史季を尻目に、千秋は「あちゃぁ……」と片手で頭を抱える。

春乃が「たまたま」と言ったとおり、実のところ千秋たちがこの場にいるのは全くの偶然だった。

ヤードの入口を出た後、家の方角上、千秋たちと同じ方向に逃げるのは都合が悪かった美久《みく》を、先の抗争で彼女の後ろ盾になると言っていた朱久里《あぐり》に預け、パトカーのサイレンから逃げるようにして移動していたら、偶然史季と夏凛を発見してしまったのだ。

春乃がまた頓珍漢な発言をしたのか、賑《にぎ》やかな有り様になりつつある史季たちをよそに、千秋は小声で冬華を非難する。

「だから覗くのはやめとけって言ったんだよ、ウチは」

「でもちーちゃん、あ〜んなおいしい場面に出くわしておきながら、覗かずにいるなんて

できないでしょ～？」

「……できねぇな」

あっさりと認める千秋に冬華はニンマリと笑うと、彼女の小さな背中を押しながら、いよいよ賑やかになっていく史季たちの輪に加わる。

ほんの少し前の史季と夏凛《かりん》の甘い雰囲気はどこへやら。

結局いつもどおりの状況になってしまったことに、助かったと思っているのか、邪魔されたと思っているのか……自分のことでありながら、史季は全く判断がつかなかった。

それならそれでいい――そう思ったのは夏凛も同じだったらしく、今はただこの賑やかで楽しい空気に、二人仲良く身を委ねた。

あとがき

どうも亜逸《あいつ》です。心なしか、あとがきを書くと最初の数行が「ヒロシです」みたいなノリになってる気がします。亜逸です。

二巻のあとがきでも触れたとおり「古《こ》味《み》辛《から》い酢《ず》」という調味料が発売……はされませんでしたが（当たり前だ）、月刊ドラゴンエイジにて本作のコミカライズ版の連載が開始しましたので、そちらの方もよろしくしていただけると幸いです。

ここからは亜逸という作家の長所でもあり短所でもある話になるのですが、亜逸的に「これ面白いぞ～」という話が思いついても、話を積み重ねてからでないと十全に面白さが発揮できないやつか、もうそれ話自体が終わってしまうよねというやつが、ほとんどだったりします（白目）。本巻につきましては前者のパターンにあたり、亜逸的には「面白いぜ～」という話に仕上がっとりますので、あとがきから読んでいる方は、これから楽しんでいただけたら幸いです。すでにもう読んでいただいた方は、楽しんでいただけたことにしていただけたら幸いです（悪文）。

からの、高齢（誤字）のキャラクター小話をば。

○斑鳩《いかるが》　獅音《れおん》

本作の設定まわりを考えた際に「不良じゃなくてなおかつ最初は弱いタイプのヤンキー漫画の主人公をやってそうなキャラ」と「不良でなおかつ最初から強いタイプのヤンキー漫画の主人公をやってそうなキャラ」を戦わせようという構想が、割りと初期の段階から頭の中にありまして、史季《しき》は前者、斑鳩は後者のタイプをイメージしてつくったキャラだったりします。とはいえ、史季の方が「最初は弱い」タイプなので、「最初から強い」タイプの斑鳩とやり合えるだけの経験と格を積ませる必要があり、それゆえに一巻や二巻ではできなかったという意味では前述の話に繋《つな》がってたりします。

あと、お互いに主人公だからこそ、ケンカをさせるための理由付けに苦戦したのはここだけの秘密です。

斑鳩のキャラ設定を考えた際、よくわからない方向に捻《ひね》ってみた結果、どこに出しても恥ずかしくない〝マインスイーパー〟が出来上がったこともここだけの秘密です。

○五所川原《ごしょがわら》　アリス

メスガキ書きたかってん。……だけで終わらせるのもどうかと思うので、もう少しだけお話ししますと、メスガキ以外にもわかりやすい属性を盛りたいな～と考えた結果、ぼくっ娘《こ》でスパッツっ娘なアホの子な五所川原が爆誕しました（爆）。

実を言うと、アリスというキャラは二巻の初期構想の段階では影も形もなかったのですが「一年最強決定戦に斑鳩派のキャラは出すべきじゃね？」という思惑と「史季が手を出すことができない女子に追われているところを春乃《はるの》が助ける」という流れをつくりたいという思惑が合わさった結果、メスガキが書きたくなりました（オイ）。

ぼちぼち紙幅もなくなってきたので、謝辞に移らせていただきます。

担当編集様、ｋａｋａｏ様、コミカライズを担当してくださった、あおやぎ孝夫《たかお》様を筆頭に、本書に関わった全ての方々に多大なる感謝とお礼を述べさせていただきます。

さて、今巻で学園内における戦いは〝一旦〟終わりを迎えたことになるわけですが、なまじ切りが良い《い》分、今巻の売上が微妙だった場合はこのまま本当に終わってしまうなんてことにもなりかねないので、この本を読んだ方は宣伝、布教、押し売り（ォォイ）などをしていただけると幸甚《こうじん》の至りです。それではマタ（アイヌ語で冬の意）。

亜逸

お便りはこちらまで

〒一〇二-八一七七
ファンタジア文庫編集部気付
亜逸（様）宛
kakao（様）宛

富士見ファンタジア文庫

放課後《ほうかご》はケンカ最強《さいきょう》のギャルに連《つ》れこまれる生活《せいかつ》3

彼女《かのじょ》たちに好《す》かれて、僕《ぼく》も最強《さいきょう》に!?

令和6年4月20日　初版発行

著者――亜逸《あいつ》

発行者――山下直久

発　行――株式会社KADOKAWA

〒102-8177

東京都千代田区富士見2-13-3

0570-002-301（ナビダイヤル）

印刷所――株式会社暁印刷

製本所――本間製本株式会社

ISBN978-4-04-075446-8 C0193 ◇◇◇

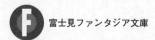

切り拓け！キミだけの王道
ファンタジア大賞
原稿募集中！
賞金
《大賞》300万円
《金賞》50万円
《銀賞》30万円
選考委員
細音啓 「キミと僕の最後の戦場、あるいは世界が始まる聖戦」
橘公司 「デート・ア・ライブ」
羊太郎 「ロクでなし魔術講師と禁忌教典《アカシックレコード》」
ファンタジア文庫編集長
前期締切 8月末日
後期締切 2月末日
公式サイトはこちら！ https://www.fantasiataisho.com/
イラスト／つなこ、猫鍋蒼、三嶋くろね